EX-LIBRIS

the adventures of tom sawyer

湯姆歷險記

mark twain

馬克‧吐溫

笛藤出版

　　馬克・吐溫（Mark Twain），為美國十九世紀著名的幽默文學家，與惠特曼並列開創美國本土文學的先驅，世人譽之為「美國文壇上的林肯」。

　　文章幽默機智，常對時事明喻暗諷，由於具有濃烈的美國本土風味，頗受人們歡迎。尤其擅寫生活紀實的冒險故事，藉之諷喻當時崇虛尚偽、追求物質的社會現象。

　　馬克・吐溫所處的年代正值美國南北戰爭前後，當時正發生大規模的移民運動，勇往直前的拓荒者前仆後繼，不斷向西推進，人人抱著一夕致富的美國夢；另一方面工商業急速發展，工廠林立，富者越富、貧者越貧，拜金主義盛行。因此，整個大環境的變遷、社會風氣的轉變，在在表現於他的作品內。

　　馬克・吐溫原名塞姆・朗赫恩・克萊門斯（Samuel Langhorne Clemens），1835 年出生於美國西部密蘇里州的佛羅里達城。父母原是從南方來的移民，跟隨著大部分拓荒者的腳步，輾轉來到此地。

　　在他四歲時，全家再次遷居密西西比河畔的漢尼拔鎮。馬克・吐溫即是在這樣一個民風粗獷、封閉的偏僻小鎮度過了他的童年，而在此的生活更深深影響他之後的創作，如《湯姆歷險記》、《頑童流浪記》等等。

　　父親不幸在馬克・吐溫十二歲時逝世，家境貧寒的狀況，迫使他中途輟學，至當地《新聞報》印刷廠做學徒，學習排版工作；後到哥哥經營的報社幫忙，並開始嘗試寫作，從此與報紙、文字、排版機器密不可分。十八歲時他離開漢尼拔鎮，在聖路易斯、紐約、費城間流浪，先後在幾個當地

的報社擔任新聞記者。

馬克・吐溫並未受過完整的教育，他的寫作內涵大部分得自於早年艱苦的奮鬥過程。除了排版工人外，他也曾當過領航員，且領有正式執照；也曾於美國南北戰爭期間加入淘金的行列，更試過股票買賣。之後更在維吉尼亞市的《企業報》擔任新聞記者，並以「馬克・吐溫」（Mark Twain）為筆名發表文章。「Mark Twain」原為「二噚深」之意，由此可見，馬克・吐溫深受領航員生涯的影響。

1865 年，馬克・吐溫將他在礦區得知的奇聞趣事，寫成《卡拉維拉斯著名的跳蛙》短篇小說，發表於紐約《周末報》，竟一舉成名。之後也將在各地巡迴演講時遊玩的經歷集結成《傻了山洋記》，出版後狂銷熱賣，旋即登上美國文壇，成為知名的幽默文學家，並攜家帶眷進駐康乃狄格州的高級住宅區哈特福德市。

1872 年後，馬克・吐溫專事寫作，並在世界各地展開巡迴演講。在哈特福德市居住的二十年間，他完成了生命中大部分的傑作，包括《苦行記》、《密西西比河上的生活》多篇遊記，《湯姆歷險記》與《頑童流浪記》、《王子與乞丐》等長篇，也曾與華納合著《鍍金時代》。

晚年因背負巨額負債，兒女、妻子又相繼逝世，馬克・吐溫一改達觀幽默的天性，文筆偏向悲慘、絕望的內容，如《神祕的來客》。於 1910 年逝世之後，他的自傳，以及各類小說、書信、演講集等仍在陸續出版中。

馬克・吐溫出生的那年巧遇哈雷彗星造訪地球。哈雷彗星七十五年出現一次，而他逝世的那一年正是在 1910 年、七十五歲之時。馬克・吐溫的生命隨彗星而來，又隨彗星而走。上天用哈雷彗星的軌跡，織就他傳奇的一生。

　　一提到「湯姆」這個名字，相信每個人都會不自覺會心一笑，腦海中浮現出一張咧著大嘴、哈哈大笑的調皮臉蛋。

　　沒錯！那就是我們所熟悉的小男孩，一個頑皮搗蛋、不喜歡受人約束、滿腦子奇思異想、常蹺課、愛惡作劇的鬼靈精。

　　他就像顆開心果，常惹得我們忍不住哈哈大笑；又像是面鏡子，照出你我真實的內心世界；他年少輕狂，在挨寶莉阿姨責罵、受了委屈之後，心中曾燃起輕生的念頭，對著自我生命一陣謳歌，再至戀人窗前暗自悲嘆，「享受」自傷的痛苦，卻被女僕的一盆水澆醒。讀他的故事，有如重新走過一次童年。我們終將記起那些無憂的歲月，重新撿起曾經擁有的美麗回憶，而那些曾做過、來不及嘗試的夢，也藉由湯姆得以實現。

　　事實上，「湯姆」也是作者自己童年的回憶。《湯姆歷險記》這部美國十九世紀深具代表性的寫實小說，正是馬克‧吐溫以家鄉為背景，描述密西西比河畔一個偏僻小鎮的風俗民情，生動刻畫出美國當時社會的真實生活。書中大部分的故事也都確有其人其事，而它戲劇性的情節或許也都來自作者內心的投射。

　　然而，身為幽默大師的馬克‧吐溫塑造出這麼一位淘氣的湯姆，意義絕不僅僅於此。在大人眼中，他是個麻煩、搗蛋鬼，但他的敢做敢為、勇於冒險、渴望自由，以及善良的心地，卻深深暗諷小鎮居民的守舊、迂腐、虛偽，以及早已流於形式的社會規範。

　　在挨老師鞭打時，明知不承認錯誤會受更大的處罰，為

了維護「個人原則」，拼命喊冤；他不念舊惡，為貝琪頂下撕破書的罪名；他帶貝琪逃出洞穴的臨危不亂，更充分表現出樂觀、豁達、堅韌的生命力，但湯姆的偉大天性卻不被大人所理解。

馬克・吐溫高超的諷刺手法，在本書中表露無遺。在形容湯姆上教堂做例行禱告時，藉由一隻貴賓狗追逐著一隻小甲蟲，從小鎮居民不時發出的訕笑、牧師呆板無意識的唸誦經文、唱詩班間偶爾會傳出笑鬧聲，凸顯出眾人的漫不經心，信仰的實質意義蕩然無存；當鎮民誤以為迷失在洞穴裡的湯姆和貝琪已遭不測時，全鎮陷入一片哀淒，開始「誠心誠意」對這兩位孩子歌功頌德。凡此種種，皆可看出作者蘊含其中的深意。

作為一部寫實的文學作品，《湯姆歷險記》更於其中揉和了浪漫主義的精神。本書寫作的手法是寫實的，但在主觀意識上卻是浪漫的。馬克・吐溫藉由幽默詼諧的筆法，為本書灌注了豐富的內涵。書中有對生命的喜悅，也有對物質世界的嘲弄，在社會的黑暗面潛藏著飢餓、貧窮、奴役、謀殺與仇恨。

在書的最後一章，發財後的哈克被道格拉斯寡婦所收養，但因為受不了世俗的制約，又重回往日流浪飄盪、睡糖桶的日子。他對湯姆說：「這種日子不適合我，什麼都要按照規矩。」這無疑是對當時社會最大的控訴，也說明了人不是擁有財富就一定會快樂，物質生活並不能帶來真正的幸福。唯有真情真性、心靈的自由豐盈，才能獲得永恆的幸福與滿足。

《湯姆歷險記》可說是馬克・吐溫最膾炙人口的作品之一。它不僅是具有高度藝術價值的兒童小說，也是成人百讀不厭的文學作品，更曾被製成卡通，家喻戶曉，伴隨許多人一起走過愉快的童年。

the adventures of tom sawyer

湯姆歷險記 content

chapter 01

來了個陌生男孩

湯姆的口哨聲突然停了下來,因為眼前出現了一個陌生人——一個比他個頭稍人的陌生人。

「湯姆！」

沒人回應。

「湯姆！」

還是沒人回應。

「那孩子到底跑哪去了？喂，湯姆！」

老婦人拉低了眼鏡往屋裡瞧，然後又抬高眼鏡從鏡片下面看。她很少——應該說幾乎不曾靠眼鏡尋找像「小男孩」這麼小的東西，這副眼鏡只是個裝飾品，所以造型大於實用性，就算是隔著一對暖爐蓋，她也能看得一清二楚。她愣了一會才又開口喊，雖然態度不兇，但嗓門卻大得足以讓整個房間的人都聽得見：「好，要是讓我逮到你，我就……」

她沒把話說完，因為這會她正彎下腰，拿著掃把在床底下揮掃，得停止說話才能喘口氣。但除了貓，她什麼也沒發現。

「從沒看過像這樣的孩子！」

她走向敞開的門邊，站在那裡朝滿園的番茄藤和曼陀羅花望去，但還是不見湯姆的蹤影。於是她目測了一下距離，提高了嗓門大喊：

「湯—姆——」

身後有點動靜，說時遲那時快，她轉身抓住了小男孩的衣領，沒讓他逃跑成功。

「逮到你了吧！早該想到你會躲在櫃子裡，你在裡面做什麼？」

「沒做什麼啊！」

「沒做什麼？看看你的手和嘴巴，告訴我那是什麼？」

「我不知道，阿姨。」

「嗯，我倒是很清楚，那是果醬。跟你說過幾百次，你要是再去碰那些果醬，我就剝了你的皮。來，把鞭子給我拿來！」

鞭子在空中發出咻咻聲，危險至極。

「天哪！阿姨，小心妳後面！」

老婦人轉過頭去，緊抓著自己的裙子小心戒備。就在那瞬間，小男孩迅速越過高高的圍籬，消失無蹤。

寶莉阿姨愣在原地，隨後不禁輕輕笑了出來。

「這該死的孩子，我怎麼永遠學不會教訓？這種把戲他耍了那麼多次，我還不提防一點嗎？人家都說最笨的是那些老是重複被騙的傻蛋。俗話說得好，『老狗學不會新把戲』，但老天爺，他的花招還都不會重複呢！誰知道接下來會有什麼鬼主意？看來他也很清楚，要折磨我多久才會真正發火；他也知道怎麼平息我的怒火，或是逗我笑就會沒事，我也不至於揍他一頓。我實在沒盡到照顧這孩子的責任，上帝知道那是真的，《聖經》說：『孩子不打不成器。』我太溺愛這孩子，這樣對我們彼此都不好，他滿腦子鬼點子，但這可憐的孩子是我死去親姐姐的兒子，我怎麼也不忍心揍他啊！可是每一次饒了他，我就感到良心不安，但動手打他，我又心痛難忍。唉，聖經上還說了『人為婦人所生，日子短少，苦難多多。』此話還真有道理。要是今天下午他又逃學，明天我得逼他做點工作，懲罰懲罰他。雖然星期六叫他工作是苛刻了點，因為所有的小孩都在放假，且他最痛恨的莫過於工作，我必須盡點責任管教他，否則這孩子會毀在我手上。」

不出所料，湯姆真的翹課了，他玩得可開心了。他回家時正好趕上幫小黑人吉姆的忙，幫他在晚餐前鋸好、劈好明天要用的木柴。還好回到家時不算太晚，還來得及把他的冒險故事說給吉

姆聽，此時吉姆的工作已經完成四分之三了。湯姆同父異母的弟弟席德已經做完撿木屑的工作，他是個安靜的孩子，不愛冒險，也不惹麻煩。

晚餐時，湯姆趁機隨手偷了幾顆糖，寶莉阿姨卻在此時設了幾個陷阱問題問他，希望湯姆自己露出馬腳，招出翹課的事情。她和那些單純的人一樣，一心以為自己有耍計謀的天分，把極易被人識破的詭計當成高明的計謀。她說：

「湯姆，學校今天有點熱吧！是不是？」

「是啊！」

「很熱嗎？」

「很熱啊！」

「那你難道不想去游泳嗎？湯姆。」

湯姆嚇了一跳，有種不好的預感。他觀察了一下寶莉阿姨的表情，看起來沒什麼異狀，於是他回答：

「不會，嗯……我不想游泳。」

老婦人伸手摸了摸湯姆的襯衫，說道：「不過你現在沒那麼熱了吧！」

寶莉阿姨發現湯姆的衣服是乾的，沒人知道她內心的真正用意，為此她感到些微得意。不過湯姆卻嗅出些許端倪。他先聲奪人：

「我們幾個把水噴到頭上了啦！你看，我的頭髮還有點濕呢！」

寶莉阿姨懊惱自己竟然忽略了這點證據，錯失了機會。不過她突然靈機一動：

「湯姆，往頭上噴水的話，你不必把我縫的領子解開吧？把夾

克打開讓我看看！」

湯姆的憂慮一掃而盡，他打開夾克，襯衫領子縫得好好的。

「真是的，隨便你啦！我以為你一定又翹課跑去游泳了。算了，原諒你！湯姆，我真覺得你像隻毛被燒焦的貓一樣，不像表面看起來那樣壞。這次算你走運！」

她一方面覺得遺憾，因為計劃落空沒能罰他幹活；另一方面也覺得很欣慰，因為湯姆總算做了一次聽話的孩子。

不過席德卻開口了：

「好奇怪哦！我記得你給他縫領子是用白線縫的，可是現在是黑線耶。」

「什麼？我是用白線縫的啊，喂，湯姆！」

但湯姆才不會乖乖坐在那挨罵呢！在跑出家門之際，他丟了一句話：

「席德，我可要好好揍你一頓！」

到了安全的地方，湯姆才檢查了一下別在外衣折領裡的那兩根大針，還有繞在針上的線——一條白的、一條黑的。他說：

「要不是席德那小子說出來，阿姨根本不會注意到。真該死，她有時用白線縫，有時又用黑線縫，真希望她能固定用一種顏色的線，換來換去我實在記不住。總之，我發誓一定會好好教訓教訓席德，給他點顏色看看！」

湯姆不是鎮上的模範男孩。雖然他和那位模範男孩很熟，卻很討厭他。

才不到兩分鐘，湯姆就把麻煩忘得一乾二淨了。倒不是因為已經不在乎這些問題，而是他有了新發現、新的樂趣，讓他暫時忘了煩惱。這就好比人在開創新事業時，會沉浸在那份興

奮之情中，忘卻了自己的不幸與厄運。他發現了一種吹口哨的新
技巧，是剛從一個黑人那學來的，不過平時很難在練習時不受打
擾。這是一種特殊的轉音，類似鳥叫聲，像嘴裡含著水鳴囀，得
快速地用舌頭碰觸上顎才發得出這種聲音，如果你們脫離孩提時
期不遠的話，說不定還會記得怎麼吹。湯姆練得很勤奮又專心，
很快就掌握到技巧，於是他嘴上吹著口哨，沿街閒晃，開心得不
得了。他覺得自己的興奮程度完全不輸給一個剛發現新行星的天
文學家。

　　夏天的下午很長，天好晚才黑。湯姆的口哨聲突然停了下來，
因為眼前出現了一個陌生人──一個比他個頭稍大的陌生人。在
聖彼得堡這個貧窮小鎮上，不管是男女老少，任何新面孔都會引
起大家的好奇心。今天不是假日，這個男孩還穿得那麼體面，光
這點就很令人驚奇了；他的帽子也很精緻，藍色的上衣紐釦扣得
整整齊齊，又新又乾淨，緊身褲也一樣；今天可是星期五，他居
然穿著鞋出門，甚至還打著顏色鮮豔的領帶；他身上有股都市人
的架勢，讓湯姆感到不快。湯姆一邊盯著這個華麗的男孩看，一
邊把鼻子翹得高高的，越來越覺得自己穿得又破又髒。兩個男孩
都沒說話，誰要是往旁邊動一動，另一個也跟著動，像是繞著圈
圈。他們一直面對面、眼睛狠狠地盯著對方。終於，湯姆開口了：

「你知道嗎？我打得過你！」

「我倒想看看你怎麼打得過我！」

「我真的可以揍扁你！」

「算了吧，你不敢！」

「我敢！」

「你不敢！」

「我就是敢！」

「你才不敢！」

「敢！」

「不敢！」

一陣不安的靜默。湯姆問：

「你叫什麼名字？」

「不關你的事！」

「我會把它變成我的事。」

「那你變變看啊！」

「你再講多一點，我就來真的了。」

「多一點、多一點、多一點。現在咧？」

「哼，你以為自己很聰明，是吧？我想打倒你的話，一隻手就可以把你扳倒了，笨蛋。」

「是嗎？既然你這麼說，幹嘛不動手？」

「你敢捉弄我的話，我就動手了。」

「哼，像你這種光說不練的傢伙我可是見多了。」

「自作聰明！少自以為很了不起，瞧你戴的什麼帽子！」

「你看不順眼就把它打掉啊！我賭你不敢！」

「你胡說！」

「你也一樣。」

「你只是個滿口胡說八道的傢伙，根本不會打架。」

「哼，快滾開吧！」

「你……你要是再回嘴，我就拿石頭砸你的腦袋。」

「是喔，你最好是敢啦！」

「我當然敢！」

「那你幹嘛不砸咧？只會耍嘴皮子，怎麼不快點行動？因為你怕了吧。」

「我才不怕呢！」

「你怕！」

「我不怕！」

「你怕！」

又是一陣沉默，兩個人再次互相瞪著對方，繞著圈圈移動。終於，兩人的肩膀互撞，湯姆喊道：

「你給我滾開！」

「你先滾！」

「我才不滾！」

「我也不滾！」

於是他們就這麼站在那裡，兩人都斜著一隻腳支撐著身體，並且死命地推擠對方、怒視對方。然而誰也占不到優勢，就這樣一直僵持到兩個人都熱得滿臉通紅，才稍事鬆懈。湯姆說：

「你是個膽小鬼，是隻小狗！我要去跟我大哥告狀，他用一根小指頭就可以把你打爆，我一定會叫他來揍你。」

「誰怕你大哥啊？我有一個比你大哥更壯的大哥，我告訴你，他能把你大哥扔到竹籬笆外呢！」兩人口中的大哥都是虛構的。

「你騙人。」

「你自己還不是騙人。」

湯姆用大姆趾在地上畫出一條線。說：「你要是敢跨過這條線，我就把你揍到站不起來。敢的話就試試看！」

這個新來的男孩毫不猶豫地跨過了界線。說：「你不是說要揍我嗎？我倒要看看你怎麼個揍法？」

「別逼我，你最好給我小心點！」

「噢，是你說要把我揍到站不起來，怎麼還不動手？」

「老天，如果你給我兩分錢，我就馬上動手。」

新來的男孩從口袋裡掏出兩個銅板，滿臉嘲笑地攤開雙手，湯姆卻一拳將銅板拍落在地上。轉眼間，兩個男孩已經在地上扭打，像兩隻貓似的緊抓著對方，一有機會，就互相拉扯對方的頭髮和衣服，往對方的鼻子又搥又打，弄得渾身都是塵土，勇猛得很。一陣混亂之後，湯姆又從戰鬥揚起的塵土中站起，他跨坐在新來的男孩身上，用拳頭狠狠搥他。

「挨夠了嗎？快認輸吧！」他說。

那男孩只想奮力掙脫湯姆。他哭了，多半是因為氣憤而落淚。

「快求饒！」湯姆還在不停搥打。

終於，新來的男孩擠出「饒了我」幾個字後，湯姆這才停手，對他說：

「你現在學到教訓了吧！下次在搞清楚對象是誰前，最好給我小心點！」

新來的男孩拍掉身上的塵土，抽抽噎噎地，不時回過頭來，威脅說下次再讓他碰上，將會對湯姆怎樣怎樣。湯姆給他的回應是嘲笑，不屑一顧。然而就在湯姆轉身之際，新來的男孩乘機拾起一顆石頭砸向他，正中湯姆的背，接著掉頭就跑，速度快得像頭羚羊。湯姆一路追著這個小叛徒到他家，現在湯姆可知道這傢伙住在哪了。湯姆守在門口一會，嚷著叫他的敵人出來較量，但是敵人只敢在窗戶前朝湯姆做鬼臉，不肯出來。最後，敵人的媽媽走了出來，罵湯姆是個既壞心又惡毒的野孩子，並喝斥他走開，於是湯姆只好不情不願地離開了。不過，臨走時說了下次要好好

找那男孩算帳。

　　那天，湯姆很晚才回到家。當他小心翼翼地從窗戶爬進去時，發現了有人埋伏在那裡。原來是寶莉阿姨。她看到湯姆的衣服滿是髒污，更加堅定了要讓湯姆在休息日好好幹活的決心。

chapter 02

漆牆遊戲

當這艘「大密蘇里號」在烈日下揮汗賣力工作的同時，湯姆這個好不容易能休息的藝術家，就坐在附近一個有遮蔭的木桶上，垂著雙腿盪來盪去，大口大口啃著他的蘋果。

　　星期六清晨來臨，夏天的世界明亮又清新，到處都生氣蓬勃。每個人的心裡全哼著歌，如果是顆年輕的心，樂音就會傳唱出來；每個人的臉上都洋溢著喜悅，腳步輕盈。刺槐花盛開了，空氣中滿是花香味。小鎮後面的卡迪夫山坡上，種滿了綠色植物，從這個距離看過去，就像是一塊樂土，夢幻、寧靜又令人嚮往。

　　湯姆提著一桶石灰水，拿著一把長柄刷，出現在人行道上。他環顧了一下籬牆，所有的歡樂都煙消雲散，心中不禁鬱悶了起來。這是一道三十碼長、九英呎高的籬牆啊！此刻，他覺得生活好空洞，活著只剩下沉重的負擔。他嘆了口氣，拿著浸了石灰水的長柄刷，沿著木板牆的最頂端刷下來，一次又一次。湯姆看著眼前刷好的一小塊，再看看遠處還沒粉刷的籬牆，他洩氣地坐在木箱上。此時，吉姆嘴裡哼著《水牛城女孩》，蹦蹦跳跳地提著錫桶出現在大門口。到鎮上打水向來是湯姆最痛恨的工作，但現在他可不這麼想，他記得在汲水處總有一大票伙伴聚集在那，裡頭有白人、黑人，也有黑白混血，大家會在那裡排隊、休息、交換玩具，甚至吵架、打鬧、嬉戲。他還記得，汲水處離家只有一百五十碼遠，不過吉姆從未在一個小時內把水提回來，還得經常派人去叫他……於是湯姆叫住吉姆：

　　「吉姆，你幫我刷點牆，我就幫你去提水。」

　　吉姆搖了搖頭。

　　「不行啦，湯姆少爺。老太太叫我去提水，並且不可以和任何人鬼混。她猜湯姆少爺一定會叫我刷牆，所以她吩咐我做好自己的事，別管閒事，她會親自檢查刷牆的工作。」

　　「拜託！吉姆，你別理她說什麼，她都是這樣講的啦！把水桶給我，我去一下子就回來了，她不會知道的。」

「我可不敢哪！湯姆少爺。老太太她會把我頭給擰下來的！她真的會！」

「她？她從來沒真的揍過人，了不起用她的頂針敲敲你的頭，誰會在乎這個啊？她罵人是有點可怕，可是嘴上罵罵又傷害不到你，反正只要她不哭就沒事了。來，吉姆，我給你一個好玩的東西，是一顆白色的彈珠哦！」

吉姆開始動搖了。

「白色的彈珠耶！吉姆，這可是超棒的彈珠唷！」

「天哪！那真的是個好東西。可是，湯姆少爺，我真的很怕老太太。」

「還有，如果你答應的話，我就給你看我受傷的腳趾。」

吉姆畢竟是個平凡人，這個誘惑實在是太吸引他了。他放下水桶，拿了那顆白色彈珠，正彎起腰，期待地看著湯姆解開腳上的繃帶，但下個瞬間，吉姆就感到屁股一陣刺痛，於是他飛快地拎著水桶沿街跑掉了，湯姆則轉身繼續奮力刷牆。後面，寶莉阿姨手裡正拿著一隻拖鞋，眼中充滿勝利的喜悅，緩緩離去。

湯姆的幹勁撐不了很久，他一想起原本計劃好今天要做的那些好玩的事，心裡就頗不是滋味。再過不久，那些沒事做的男孩就會展開各種有趣的冒險活動，他們一定會拿他必須工作這件事當笑話看。一想到這，便讓他怒火中燒。

湯姆掏出自己口袋裡的所有家當寶貝，仔細審視了一下：玩具碎片、彈珠，還有些廢物。買通別的小孩和他交換工作，或許可以，但卻買不到半個小時的自由。他把自己的小小資產放回口袋，打消了收買男孩們的念頭。就在這灰暗又無助的時刻，湯姆忽然靈光乍現，他想到一個天大的絕妙好計！

　　湯姆拿起刷子，開始一聲不響地工作。此時，班 · 羅傑斯出現了，在所有的孩子當中，湯姆最怕他的嘲諷。班一路蹦蹦跳跳地走來，由此可知他此時心情相當愉悅。他啃著蘋果，不時發出長而悅耳的嗚嗚聲，接著是一陣深沉的叮噹噹、叮噹噹——原來他在假扮一艘蒸汽船！「蒸汽船」減緩速度靠了過來，占據街道的中央，身體傾向右舷，故作沉重地繞了個彎，使船停下。他化身成「大密蘇里號」，假想自己航行在九英呎高的海浪上，他是船、船長和引擎鳴笛聲的綜合體，所以他必須想像自己站在頂層甲板上指揮並執行命令。

　　「停船，夥計！鈴、鈴、鈴……！」前方就是盡頭了，他緩緩地靠向人行道。「掉頭轉向！鈴、鈴、鈴……！」他把手臂打直，雙臂硬挺挺地貼在身體兩側。「轉右舷！鈴、鈴、鈴……！啾！啾、啾……！」他的右手打著圓圈，代表一個四十英呎的舵輪。「轉左舷！鈴、鈴、鈴……！啾！啾、啾……！」他的左手也打起了圓圈。

　　「右舷停！鈴、鈴、鈴！左舷停！右舷前進，停下來，慢慢轉過去，鈴、鈴、鈴！啾、啾、啾！把船頭的繩索拿過來！快一點！你在忙什麼呀？把繩頭靠船椿繞住，好，就這樣拉緊，放手吧！報告長官，引擎沒問題！鈴、鈴、鈴！啾、啾……！」班正在模仿液壓計旋塞閥的聲音。

　　湯姆繼續刷他的牆，壓根沒把身旁的輪船放在心上。班看了湯姆一會才說：

　　「嗨，你又惹麻煩被罰了吧？」

　　湯姆沒回應。他用藝術家的眼光檢查剛剛刷過的地方，接著拿刷子又輕輕刷了一下，重覆剛剛檢視的動作。班走過來站在他

身邊，湯姆好想吃他手上那顆蘋果，但仍不動聲色繼續刷牆。班說：

「嘿，老兄，你得工作呀？」

湯姆猛然轉身說道：

「噢！原來是你啊！班，我沒注意到。」

「跟你說，我要去游泳！你想不想去？你當然想囉！可是你得工作，對吧？真是可憐！」

湯姆默默望了他幾眼，說：

「你說什麼工作啊？」

「咦，難道你不是在工作嗎？」

湯姆繼續刷他的牆，蠻不在乎地回答：

「這算不算工作我不曉得，但粉刷牆壁可是本人最愛的事哪！」

「哦！拜託，你不會是說你喜歡這個工作吧？」

湯姆的刷了還在不停地揮動。

「喜歡它？我沒理由不喜歡它吧！你想想看，哪個男孩有機會天天刷牆？」

班倒從沒這麼想過，他停下啃蘋果的動作。湯姆優雅地來來回回刷著牆，刷完一道就往後站一步，檢視一下成品的效果，這裡添添，那裡補補，再品頭論足一番。他的一舉一動，班全看在眼裡，也對這份工作越來越有興趣、越來越被吸引，於是他說：

「欸！湯姆，讓我刷一下吧！」

湯姆考慮了一下。他幾乎就要答應班的要求，卻又改變心意：

「不……不行，我想你沒辦法。不過，班，你也知道，寶莉阿姨對這面牆挑剔得很，因為它正對著街道嘛，如果是後面的牆，

讓你刷刷倒是無所謂，阿姨也不會在乎。沒錯，她對這道牆可是特別重視，一定要刷得很用心。我想，在一千人裡，不、大概兩千人裡也找不到一個能刷得這麼完美的人。」

「不會吧？別這樣，拜託啦！讓我試試看嘛！我刷一下下就好了。換做是我，我也會讓你刷的呀！湯姆。」

「班，我也想啊！說真的，可是寶莉阿姨她……吉姆也想做，但她不讓他做；席德也想做，她也是不肯。現在你知道我身負重任了吧！如果讓你刷牆，萬一把這面牆給搞砸了……」

「欸！放心啦，我會很小心的。讓我試試吧！不然，我把蘋果核給你。」

「那就……不行，算了啦，我怕……」

「我整顆蘋果都給你啦！」

湯姆一臉勉強地把刷子交給班，但其實他心中暗自竊喜。當這艘「大密蘇里號」在烈日下揮汗賣力工作的同時，湯姆這個好不容易能休息的藝術家，就坐在附近一個有遮蔭的木桶上，垂著雙腿盪來盪去，大口大口啃著他的蘋果，盤算著如何設計更多肥羊上門。他不擔心找不到人，這裡不時就會有幾個男孩經過，他們一開始都先湊過來嘲笑一番，但最終都留下來刷牆。當班刷得精疲力盡，湯姆早已和比利·費雪達成了交易，將下一個機會給他，換來一個修得還不賴的風箏；等到比利累了，強尼也拿來了一隻繫著繩子的死老鼠，換得另一個刷牆的機會。就這樣，刷牆壁的人接二連三，過了好幾個小時。到了下午時分，早上那個貧困可憐的窮小子，儼然成了超級大富翁。除了上述提及的戰利品，他還換來十二顆彈珠、一隻單簧口琴、一片透明藍色玻璃瓶碎片、一捲大炮線軸、一把開不了鎖的鑰匙、一截粉筆、一塊玻璃瓶酒

瓶塞、一個錫製戰士玩具、一對蝌蚪、六根爆竹、一隻獨眼小貓、一支黃銅門把，還有一條狗鏈（不過沒有小狗）、一把刀柄、四片橘子皮，以及一個破舊的窗框。

湯姆過了舒服、自在又悠閒的一天。身邊圍繞著夥伴，那面圍牆甚至被漆了三遍！要不是因為白漆沒了，鎮上的男孩們可都要破產了。

湯姆對自己說，這世界也沒那麼空洞乏味嘛！他無意間發現人類行為中一條偉大的定律，那就是：「為了讓一個大人或小孩渴望擁有一件東西，最好的方法就是讓他覺得難以到手。」如果他和本書作者一樣，是個偉大又睿智的哲學家，那麼他現在就會瞭解：不得不去做的事，叫工作；沒有義務要做的事，才叫玩耍。這麼一來，他就能明白，為什麼做人造花和碾穀物是一種工作，而打滾球和登勃朗峰卻是一種娛樂了。在英國，一些有錢的紳士會在夏天的時候，天天駕著四匹馬的客車跑上二、三十哩路，他們為了這特權還必須付上一大筆錢，但如果因此而付酬勞給他們的話，那這件事就變成了工作，他們就會辭職不幹了。

湯姆思考著一天之內發生在他身上的變化，他踏著輕鬆的腳步，準備向「總司令」寶莉阿姨報告去了。

chapter 03

遇見「她」

這位新任的英雄連一顆子彈都沒發射，就被她的風采迷倒了。原先愛慕的那位艾美‧勞倫斯立刻從心中消失得無影無蹤，一點記憶都不剩。

　　湯姆跑到屋後的房間找寶莉阿姨，這間房有臥室、餐廳和書房的功能，寶莉阿姨就坐在敞開的窗邊。夏日和風，幽靜的午後，空氣中飄散著芬芳的花香，還有蜜蜂那叫人昏昏欲睡的嗡嗡聲。寶莉阿姨邊織著毛衣邊打起了瞌睡。此刻陪在她身邊的，只有一隻酣睡在她膝上的貓。她把眼鏡擱在泛灰的頭髮上，以策安全。她猜湯姆老早就溜出去玩了，她倒想聽聽這次他有什麼合理的理由。

　　「我現在可以去玩了嗎？阿姨！」

　　「怎麼，你做完啦？你做了多少啊？」

　　「全做完了，阿姨。」

　　「湯姆，別騙我！我受不了你老說謊！」

　　「我沒有騙妳，阿姨，我真的做完了。」

　　寶莉阿姨不太相信他說的話，於是她決定自己走一趟。湯姆的話若有百分之二十是真的，她就很滿足了。當她發現整面牆不但刷好，而且是刷了一遍又一遍，連與地面接縫的部分都完成時，她驚訝得說不出話來。

　　「天啊！我真是不敢相信。湯姆，有心的話，你還是可以做得很好嘛！」不過她不敢把湯姆捧得太高，於是又補了一句來沖淡剛剛的讚美。「但我不得不說，你很少有那個心就是了。好吧！你去玩吧！但別玩得太晚，不然我就要揍人了。」

　　有感於湯姆如此出色的表現，寶莉阿姨帶他到櫥櫃前，挑了顆上好的蘋果給他，還不忘乘機向他說教，告訴他辛苦耕耘後所得到的果實，不但沒有罪惡感，滋味更是香甜無比。就在她引用一段聖經裡的話做結尾時，湯姆又順手拿了個甜甜圈。

　　湯姆跑出去，剛好看見席德正要上二樓到後面的房間去，湯

姆隨即抓起了地上的泥塊朝席德砸去。這些泥塊像冰雹般在空中飛舞，在寶莉阿姨覺察情況不對、趕來救席德前，他已挨中了六、七塊泥塊，而湯姆早已翻越圍牆，跑得無影無蹤。雖然圍籬上有道門，但湯姆總是因為各種緊急狀況，沒時間用它。這會他的心裡總算痛快些，因為他已經報了席德打小報告之仇。

湯姆繞過街道，走進牛棚後的泥濘巷道。到了這裡他就安全了，不會被抓到，也不用受罰。他走向鎮上的廣場，兩隊「少年兵團」根據上次的約定，即將開戰。湯姆是其中一隊人馬的將軍，對方的將軍則是湯姆的密友——喬‧哈波，這兩位總指揮都不會親自下場戰鬥，在戰場上廝殺是小兵的工作，他們坐在高處，讓副官發號司令，指揮作戰。經過漫長、艱辛的一役，湯姆的軍隊打了場大勝仗。然後他們計算傷亡人數，交換俘虜，訂定停戰協議，約定下次對戰的日子。最後大家列隊解散，湯姆也獨自踏上歸途。

當他經過傑夫‧柴契爾家時，他看到花園裡有位陌生女孩，穿著白色夏日小洋裝，有著一雙湛藍的迷人眼睛，和紮成兩條長辮子的金髮。這位新任的英雄連一顆子彈都沒發射，就被她的風采迷倒了。原先愛慕的那位艾美‧勞倫斯立刻從心中消失得無影無蹤，一點記憶都不剩。湯姆原以為自己對艾美已經愛到神魂顛倒，對她的熱情近乎崇拜，但現在看來，那不過是變幻無窮的愛戀罷了。他花了好幾個月的時間去追艾美，而她點頭答應也不過是一個禮拜前的事，他曾經是世上最幸福、最驕傲的男生，卻僅僅為期七天而已。此時此刻，艾美對他而言就像個過客，從他心中消失得一乾二淨。

湯姆偷偷望著這位新來的天使，直到她發現他為止。然後，

　　湯姆假裝不知道她的存在，開始用各種可笑的、小男生耍的把戲，企圖贏得她的芳心。他做了一堆奇怪又愚蠢的動作，甚至做起危險的體操姿勢，眼睛往旁邊瞟了一下，就看到那小女孩轉身朝屋裡走去了。湯姆攀靠在籬笆邊，傷心地希望她再多逗留一會。她果真在階梯上停了一下子，然後朝大門走去。她的腳跨過門檻，湯姆深深地嘆了口氣，但臉上很快又泛出笑容──因為她在進屋前的那一瞬間，扔了一朵三色紫羅蘭出來。

　　湯姆跑了過去，停在離花一、兩英呎遠的地方，雙手放在眼睛上方遙望街上，彷彿在尋找什麼有趣的事情。然後他拾起一根稻穗，把頭拼命往後仰，試著讓稻穗在鼻子上保持平衡。他左搖右晃、赤著腳朝三色紫羅蘭移動，越來越近，終於停在花旁，然後彎動腳趾夾起了那朵花。他帶著這個寶貝，輕跳著步伐，消失在街角。走沒多久，他就把花別在夾克內側，也就是他的心臟旁邊，或是他的肚子……但這無所謂啦！湯姆對解剖學不熟，也不在意這種事。

　　他又走回女孩住處的籬笆邊，和之前一樣賣弄花招，一直待到天黑。女孩沒再出現，但湯姆心裡總是懷抱著一絲希望，或許，她曾經靠近窗邊，留意他的存在。到最後，他還是帶著那顆充滿幻想的小腦袋，依依不捨地回家去了。

　　晚餐時間，湯姆始終情緒高漲，讓寶莉阿姨忍不住好奇這孩子到底怎麼了，他之前拿泥塊砸席德，挨了一頓臭罵，卻似乎一點也不在意，居然還想在她面前偷糖吃，手指頭頓時又挨了一記。湯姆埋怨道：

　　「阿姨，席德也會拿糖吃，為什麼妳就不打他？」

　　「因為席德不像你那麼調皮。而且我要是不盯著你，你就會不

停偷糖吃。」

　　寶莉阿姨走進廚房，有了豁免權的席德，開心地伸手要拿糖罐，瞧他一副洋洋得意的表情，湯姆簡直快忍不住了。不料這時，席德手一滑，糖罐應聲落地，碎了。湯姆樂得很，但還是努力讓自己閉嘴不出聲。他告訴自己，當寶莉阿姨進來，什麼也不要說，只要乖乖坐在那裡，等阿姨開口問是誰闖禍的時候，再一五一十說出。世上再也沒有比逮到這個模範寶寶闖禍更棒的事了！他開心到了極點。看到寶莉阿姨返回時發現碎片，並從眼中透露出憤怒時，他幾乎無法控制高興的情緒，內心喊著：「來了！來了！」但一瞬間，被打趴到地板上的竟然是自己！寶莉阿姨那有力的巴掌又舉起來正要打下去時，湯姆哭喊：

　　「等一下，為什麼要打我？是席德弄破的！」

　　寶莉阿姨遲疑了一會，住了手。湯姆渴求著她的安慰，沒想到，她再次開口時卻只說：

　　「喔，是這樣嗎？不過我想你也沒什麼好怨的。反正你都趁我不在的時候調皮搗蛋，這就當是處罰你以前犯的錯吧！」

　　事實上，寶莉阿姨心裡自責不已。她本想說一些溫柔、安慰的話，但如此一來，就必須承認自己剛剛犯了錯，在管教孩子時這是不容許的！所以她只好保持沉默，假裝若無其事地去做其它的事，心裡難受得很。湯姆窩在角落生悶氣，越想越難過，不過他很清楚，寶莉阿姨心裡對他感到很愧疚，因此他暗自得意。他知道有兩道渴求的目光不時向他望來，那雙眼睛甚至泛著淚光，但他卻不吭一聲，假裝沒發現。他幻想著，自己瀕臨垂死邊緣，寶莉阿姨彎著腰，懇求他的原諒，而他把臉轉向牆壁，沉默不語地死去。啊！到時候她會有什麼感受？然後他又想像自己溺死在

河裡讓人抬回來，一頭鬈髮都濕了，傷透心的他終於得到安息，
阿姨會如何撲到他身上？她又會如何淚如雨下，祈求上蒼把這個
孩子還給她，說保證再也不虐待他了！而他卻只能冰冷地躺在那，
一動也不動，這可憐的小東西，終於終結了悲傷。他沉醉在幻想
的痛苦中，必須不斷吞口水，才不至於哽咽到無法呼吸。淚水在
他眼裡打滾，一眨眼就溢了出來，順著鼻子流下。沉溺在自我憐
憫中，對他來說是種安慰。此刻，任何世俗的喜悅或歡樂都無法
打斷他的情緒。就在這時，離家一週的瑪麗表姐手舞足蹈地跑進
來，她到鄉下作客，因為終於回家而雀躍不已，此刻湯姆站起身
來，走出家門，離開哼著歌、滿臉陽光的表姐，把烏雲和黑暗帶
離這個地方。

　　湯姆刻意避開男孩們常玩耍的地方，找了一處契合他心境的
孤單角落。河上一艘木筏正在召喚他，他獨自坐在木筏邊緣，凝
視廣闊孤寂的河流，他想著自己要是淹死就好了，他希望自己可
以失去意識，不用承受大自然安排的痛苦折磨。然後他想起了他
的花，可是花已經皺掉、枯萎了，讓他心裡更添憂傷。如果那女
孩知道他淹死了，不知道會不會同情他？她會為他流淚嗎？他們
會不會讓她來到他身邊，環著他的脖子安慰他？還是她會冷漠地
走開，就像這個空洞的世界對待他一樣？這個畫面讓湯姆感到莫
大的痛苦，卻又帶著幾分甜蜜，他不禁在腦海裡一再重複這個鏡
頭，從不同角度想像著，直到感到乏味為止。最後，他嘆息著站
起身，在黑暗中離去。

　　夜已深，此時大約是九點半或十點左右，湯姆走在寂涼的街
上，走向那不知名的迷人姑娘的家。在那裡，他停下腳步，豎耳
傾聽，卻什麼聲音也沒有。只有二樓窗口透著微暗的燭光，莫非

那聖潔的女孩就在那？他爬過籬笆，小心翼翼穿過樹叢，來到窗下，他深情抬頭望了好久，然後就地躺了下來，背貼著地，雙手合握在胸前，手裡還緊握著那朵枯萎的小花。他情願就這樣死去，在這冰冷世界裡，他的頭上沒有一絲遮蓋物，沒有人伸出友誼之手，為他抹去額上臨死的汗珠，當那最痛苦的一刻來臨之際，也沒有慈愛的臉龐會憐憫地朝他多看一眼。當美好的清晨來臨，她往窗外一望，就會看到他的存在。哦！她會不會在他冰冷、沒有氣息的身體上，流下一滴淚珠呢？當她看到一個年輕的生命就這樣被無情剝奪，是否會輕輕 嘆呢？

這時，窗戶打開了，一個女僕說話的聲音，打破了這神聖的寧靜，一大桶水就這樣倒在這名偉大的烈士身上！

險些斷氣的英雄，噴了一大口水就從地上跳了起來。空氣中傳來一陣飛彈般的颼颼聲，混雜著喃喃的咒罵聲和玻璃碎裂聲，最後是一個模糊的小小身影跳過籬笆，在幽暗中飛奔而去。

過了沒多久，湯姆回到家裡，點著微弱的燈光，查看他脫下的那件濕透的衣服，席德這時醒了過來。他很想問哥哥發生什麼事，但還是決定閉上嘴，因為他看到湯姆殺氣騰騰的眼神。

湯姆沒做煩人的晚間禱告就上床睡覺了，一旁的席德卻默默把這件事記在心上。

chapter 04

獎品風波

至於那些曾經拿著卡片和湯姆交換的男孩們，直到現在才發現自己在不知覺中駡了這個討厭的傢伙，氣得心裡一陣陣的痛。他們痛恨自己，竟然讓這個狡猾的騙子騙得團團轉。

太陽在寧靜中升起，陽光彷彿上天的恩賜，灑落在平靜的小鎮上。早餐後，寶莉阿姨帶著大家做家庭禮拜。她從聖經裡擷選文句，再加上一些新意，成了自製禱文。當唸到情緒激動時，她彷彿站在西奈山上，宣讀著嚴苛的摩西誡律。

接著，湯姆振作精神，準備去做他的功課——背誦聖經。席德早在幾天前就背好了。湯姆專心致志地想記熟這五節經文，這些經文是他從「登山訓眾」中選出來的，因為他找不出任何比它更短的經文。過了半小時，湯姆總算對這些經文有了粗略的印象，不過僅此而已，因為他的心早不知道飛哪去了，雙手不安份地忙個不停。瑪麗拿起了經書，要檢查他的背誦成果，他只好努力試著在茫然大霧的記憶中找尋出路。

「虛……呃……虛……」

「虛心的。」

「對，虛心的，虛心的人有……嗯……有……」

「有福了。」

「有福了。」

「因為天國。」

「虛心的人有福了，因為天國是他……」

「他們的。」

「他們的。虛心的人有福了，因為天國是他們的。悲傷的人有福了，因為……因為……因為他們……」

「將……」

「因為他們……呃……」

「將……」

「因為他們將……下面我不記得了！」

「將要……」

「噢！因為他們將要……因為他們將要……呃……呃……悲傷，呃……呃……他們有福了，他們將要……悲傷，到底將要什麼呢？瑪麗，妳幹嘛不告訴我？」

「湯姆呀，你這可憐的小傻瓜，我不會笑你，但你得再回去把它背熟。別灰心，湯姆，你辦得到的。只要你背好了，我就給你一個很棒的獎品！你乖，快去背好它，這樣才是好孩子。」

「好耶！妳要給我什麼？瑪麗，告訴我。」

「這你先別管。你知道的，只要我說是好東西，就一定是好東西。」

「好吧，瑪麗，我相信妳。我現在就去背。」

他真的乖乖去背了，在好奇心和獎品的雙重激勵下，湯姆士氣高昂地背誦了一番，果真漂亮地背好了經文。瑪麗送了他一把全新的「巴洛牌」折疊刀，價值一毛兩分半。當他看到這個獎品時，簡直是樂不可支——說真的，這把刀或許切不了任何東西，但卻是把「貨真價實」的巴洛牌小刀，這是多麼不可思議的寶物啊！雖然西部的孩子可能會說它是冒牌貨。湯姆拿小刀在櫥櫃上比劃來比劃去，正打算在衣櫃上刻劃幾刀時，就被叫出去換衣服準備上主日學校了。

瑪麗遞給他一個錫製臉盆和一塊肥皂，他走到門外，把臉盆放在一張小長凳上，拿肥皂沾了點水，再放回原位。接著，他捲起袖子，慢慢把水倒到地上，然後就轉身進了廚房，用門後的毛巾拼命擦臉。但瑪麗突然把毛巾拿開，對他說：

「湯姆，你真是的，怎麼這麼不乖。水又傷不了你。」

湯姆的計畫被看穿，感到有些慌張。瑪麗把臉盆再次裝滿水，

這一次湯姆在臉盆旁邊站了好一會，鼓足勇氣後，深吸一口氣，重新洗了一次臉。回廚房時，他兩眼緊閉，伸手摸索毛巾，肥皂水的泡沫不斷從臉上滴下來。當他用毛巾擦過臉後，還是讓人不甚滿意，因為乾淨的地方只到他的下巴，看上去就像個面具似的，下巴以下和兩旁都是沒沖洗到的髒泥土。瑪麗拉著他，親自幫他梳洗，才總算有點人樣，乾乾淨淨的，沾濕的頭髮也梳得整整齊齊，短短的鬈髮看起來勻稱又講究——其實他私底下拼命想把鬈髮梳直，弄得服服貼貼的，因為他覺得鬈髮像女生，也著實為此受盡嘲笑，吃了不少苦頭——然後，瑪麗拿出一套衣服，就叫它「另一套衣服」吧，因為這兩年來，湯姆只有星期天才會穿上它，這樣我們就了解湯姆衣櫥裡的衣服共有多少了。湯姆換上衣服後，瑪麗再幫他把外衣的鈕子一路扣到下巴，把大大的襯衫領子翻出來，全身上下刷整之後，再幫他戴上那頂斑點草帽。這會湯姆看起來是人模人樣多了，但他開始覺得渾身不自在，因為穿上這套衣服必須保持整潔，讓他倍感約束，那股乾淨的味道也讓他覺得很煩躁。他暗自乞求瑪麗會忘了那雙鞋，無奈事與願違，瑪麗按照慣例把鞋塗上蠟油，拎了出來。這時，他終於耐不住性子，嚷著說自己總是被迫做自己不想做的事。瑪麗勸他：

「別那樣說，湯姆。乖乖穿上，這才是好孩子。」

於是他只好一邊抱怨，一邊把鞋穿上。瑪麗自己也很快做好準備，三個孩子就一起去上主日學校了，那是湯姆最痛恨的地方，但席德和瑪麗卻非常喜歡那裡。

主日學校的上課時間是從九點到十點半，接著就是教堂禮拜。其中兩個孩子總是自願留下來聽牧師講道，另一個也會留下來，不過他是因為更重要的原因留下。教堂裡的高背硬長凳大約可以

坐三百人，但教堂本身只是個小而簡陋的建築物，在上面加了一個松木箱當做尖塔。湯姆站在門邊，故意退後一步，對他身邊一個穿著筆挺西裝的同伴說話：

「嘿！比利，你有黃卡嗎？」

「有啊！」

「怎樣才能換給我？」

「看你拿什麼來換囉！」

「　塊甘草糖和一個魚鉤。」

「拿出來看看。」

湯姆把東西拿給他看，雙方都很滿意，東西就此易主。之後，湯姆拿了兩顆白色彈珠換來三張紅卡，還用一些零零碎碎的小東西換兩張藍卡，又花了十幾分鐘，攔下身邊經過的男孩們，和他們交易各種不同顏色的卡片，這才跟著一群整潔又喧鬧的男孩女孩們一起走進教堂裡。湯姆一坐下，就和隔壁的男孩吵了起來。年長、嚴肅的老師把他們勸開，但轉過身沒多久，湯姆又伸手去扯隔壁男孩的頭髮，等那男孩一回頭，他又裝作全神貫注地在看書；過一會又拿別針去刺另一個男孩，為的只是想聽一聲「哎呦！」，結果又被老師訓斥一頓。湯姆班上的同學都是一個樣，精力充沛，吵吵鬧鬧，一群小麻煩。背誦經文的時候，沒人能完整地背出來，個個都要人提示。不過大家終究還是背完了，每個人也都可以拿到一張小小的藍卡作為獎勵，每張卡上面都印著一段聖經經文。背兩節經文就可以得到一張藍卡，十張藍卡就可以換一張紅卡，十張紅卡等於一張黃卡，集到十張黃卡的學生，主日學校的校長就會送他一本平裝版的聖經──在那個日子好過的時代，一本價值四毛錢──不知道我的讀者裡，有多少人能那麼

勤奮、那麼努力去背兩千節經文,即使那樣可以換一本有著法國知名藝術家多雷繪圖的聖經?但瑪麗就照這個方式,拿到了兩本聖經,足足花了她兩年的時間。還有一個德裔小男孩獲得四、五本聖經,有一次他還不間斷地背了三千節經文,但後來因為用腦過度,從此以後變得跟笨蛋一樣。這是主日學校的大不幸,因為以前每逢重大場合,校長總會把學生叫到前面「表現」一下。只有年紀比較大的學生才會堅持這冗長的工作,不斷蒐集卡片以換得聖經,所以能夠贏得這些獎品,是既稀罕又光榮的。贏得獎品的學生,在受獎日當天總是出盡風頭,讓每個讀書人都燃起一股雄心壯志,這股熱潮往往會持續幾個禮拜。湯姆心裡或許從來就沒真正渴望贏得那份獎品,但毋庸置疑的是,他有很長一段日子都夢想著贏得那份榮耀。

時間一到,校長站到學生面前,手上拿著一本聖歌集,食指插在書頁間,要大家安靜。每一個主日學校的校長照慣例上台說話時,手裡總是要抱一本聖歌集,就像是演唱會歌手上台獨唱時一定會拿本樂譜一樣,至於為什麼要這麼做,就沒人知道了。而且不管是聖歌集或樂譜,上台的那個人從來都不會用到。校長華特斯先生年紀約三十五歲,身形瘦長,一頭淡褐色的短髮,蓄著淡褐色的山羊鬍;他的上衣領子堅挺直立,領口上緣都快到他的耳際,而領子尖端則向前彎捲,差不多和他嘴角的位置平行——導致他只能往前看,如果想往旁邊看,就得整個身體轉過去;他的下巴就撐在那寬大的領結上,那領結簡直像張鈔票那麼寬,周圍還有流蘇;腳上套的靴子是當時最流行的款式,前端尖尖翹起,看起來像是雪橇滑板——當時的年輕人得坐下來,費心費力地花上把個鐘頭將腳尖頂住牆,才能做出這種效果。華特斯先生是態

度嚴謹的人，內心十分誠懇忠實，非常尊敬有關宗教的一切，會
將這些宗教的事和俗事分開來，所以在主日學校時，總是不自覺
地用平常用不到的特殊腔調說話。他是這樣開頭的：

「孩子們，現在我要你們盡可能地把身子坐直，專心聽我講一
兩分鐘，對，就是這樣，乖孩子都應該這麼做。我看到一個小女
孩正在望著窗外，她可能以為我人在外面，正在樹上對著一群小
鳥演講呢！（這時孩子們拍手竊笑）我要告訴大家，能看到這麼
多活潑、整潔的孩子來到這樣一個地方，學習是非對錯，是件多
麼令人開心的事。」校長說個不停，其實剩下的話沒有聽的必要，
因為這些都是千篇一律，沒什麼變化，大家早就熟到不能再熟了。

華特斯校長最後三分之一的演說受到了一些干擾，被一些壞
孩子給破壞了，他們開始打打鬧鬧，玩樂起來。這股坐立不安的
情緒和低聲耳語傳遍開來，就連像席德和瑪麗這樣沉穩的磐石都
受到了影響。但隨著華特斯先生的聲音漸漸放低，大家忽然安靜
了下來，此刻，大家用靜默來感謝校長即將結束的演講。

原來，剛剛演講時的竊竊私語是因為某件極少發生的事情而
引起的。當時有一群訪客走進教堂：柴契爾律師、一位非常虛弱
的老先生，一位福態、鐵灰色頭髮的優雅中年男士，以及一位高
貴的婦人，她八成是那位中年男子的妻子，這位婦人手中則牽著
一個小孩。湯姆今天一直精力旺盛，躁動不已，良心也感到愧疚，
他不敢直視艾美的眼睛，也無法承受她深情的目光。但當他看到
這個新來的小女孩，他的靈魂瞬間洋溢著幸福感覺。很快，他就
開始竭盡所能地「表現」自己：他拍撞別的男孩、拉人頭髮、做
鬼臉，總之就是做出各種可能吸引那女孩的舉動，希望獲得她的
芳心。不過，湯姆的欣喜之情有一個小小遺憾，就是曾經在這美

麗天使的花園裡留下了羞辱的記憶。但在這片幸福浪潮的衝擊下，那段不愉快早已被沖刷殆盡。

　　這幾位訪客們坐上貴賓席，當華特斯先生的演說結束，便將他們介紹給全校師生認識。原來那中年男士是身分尊貴的郡法官，是這些孩子們見過最有地位的人。大家都對他很好奇，一方面期待他會突然大吼一聲，另一方面又害怕他真的吼叫。他來自康士坦丁堡，離這有十二哩遠，因此他是個四處旅遊、見過許多世面的人。他的那雙眼睛曾見過郡法院——據說那房子的屋頂是用錫做的。這一片異常的寧靜和凝視的眼神，就足以證實這位訪客讓大家有多敬畏。他就是柴契爾大法官，當地柴契爾律師的胞兄。傑夫立刻走上前去，和這位偉大的法官打招呼，羨煞學校裡的每個人。這時他聽見一陣樂音般的耳語：

　　「吉姆，你看！他過去了，你快看哪！他要走過去和他握手耶！他們真的握手了。天哪！難道你不會希望自己就是傑夫嗎？」

　　華特斯先生開始「表現」自己，他忙進忙出，一會發號施令、評斷紛爭，一會又跑來跑去，找到目標就指示一番；圖書館員也開始「表現」起來，手上捧滿了書東晃西晃，口沫橫飛說個不停，像隻想討人歡欣的昆蟲在嗡嗡打轉；年輕的女老師也加入了「表現」的行列，她俯身向剛剛被處罰的學生輕聲細語，舉起纖纖細手警告那些壞孩子別使壞，又輕輕拍拍那些好孩子的頭；有些年輕的男老師們也在「表現」，他們小聲責罵孩子，稍稍訓了幾句，小露他們的權威。而大多數的老師，不論男女，都忙著在講堂旁的圖書室找事做，這些事還總是做不完似的，讓他們看起來忙得不可開交。小女孩「表現」的方式多樣，小男孩更是力求「表現」，讓空中充滿了亂飛的紙屑和扭打所發出來的聲音。那位偉大的大

法官坐在高處，掛著一抹莊嚴的笑容高高在上，把自己籠罩在自己的莊嚴所帶來的溫暖陽光中，怎麼說，他也是在「炫耀」嘛。

這時只差一件事，華特斯先生就會欣喜若狂了，那就是他非常希望送出聖經作為獎品，好展現一下學生的才能。但他已經在明星學生間詢問好幾回，雖然也有幾個學生持有黃卡，但都不足以換一本聖經。現在他真的很願意付出一切，以換取那德裔男孩能在此刻正正常常地回來。

眼看希望就要破滅，湯姆卻在這個時候，拿著九張黃卡、九張紅卡和十張藍卡，走上前來要換聖經！這真是晴天霹靂！就算再過十年，華特斯先生壓根也想不到會是這個孩子來換聖經，但事實擺在眼前，他仔細檢查過，那些卡片都是真品。於是湯姆被邀上台站在法官旁邊，向大家宣布這個人好消息。這真是十年來最令人震驚和意外的事，在情緒激昂的大眾眼中，這位新英雄的地位和法官一樣高，現在學校等於有了兩個模範人物供人家景仰。男孩們嫉妒得咬牙切齒。至於那些曾經拿著卡片和湯姆交換的男孩們，直到現在才發現自己在不知覺中幫了這個討厭的傢伙，氣得心裡一陣陣的痛。他們痛恨自己，竟然讓這個狡猾的騙子騙得團團轉。

校長毫不保留地表現出他的欣喜之情，把獎品頒給了湯姆。但總覺得缺了點真實感，因為直覺告訴他，事情恐怕沒那麼單純。這個小男孩竟然能夠背下兩千篇經文，未免太荒謬了點，十二篇大概就已經是他的極限了吧！

艾美很開心，她希望湯姆看到她多麼以他為傲，但湯姆的眼光卻沒有朝著他看去。她先是不解，然後有點困惑，突然她起了疑心，越想越不對勁。她看著湯姆，他偷瞄的眼神宣告了一切。

她心碎了，她嫉妒、生氣，淚水從她眼裡流了下來，她痛恨每個人，尤其是湯姆。

　　校長介紹湯姆給法官認識。湯姆緊閉著雙唇，緊張得快要不能呼吸。他的心在狂跳，因為眼前的法官是如此莊嚴，但最主要的還是因為他是「她」的父親。如果是在黑暗中，湯姆一定很樂意跪倒在他面前、向他膜拜。法官把手放在湯姆頭上，稱呼他是優秀的小青年，並詢問他的名字。小男孩喘口氣，結結巴巴地說：

　　「我叫湯姆。」

　　「哦，不，你的全名是……」

　　「湯瑪斯。」

　　「喔，這就對了！我想你應該有長一點的正式名字。很好，不過，你一定還有姓氏，可不可以告訴我呢？」

　　「把你的全名告訴法官，湯瑪斯。還有，要加一句『先生』。別忘了應該有的禮貌。」華特斯先生叮嚀。

　　「我叫湯瑪斯‧索耶，先生。」

　　「這就對了！好孩子。真是個有教養的好孩子，很好！像個男子漢。兩千篇經文真的很多，非常非常不簡單。你永遠不會後悔花那麼多精神去學習，因為知識是世上最有價值的東西，知識造就偉人及好人。湯瑪斯，有一天，你也會成為一個偉人、一個好人，當你回顧過去，你會說：『這全要歸功於我童年在主日學校的所學所聞，以及親愛的老師們的教誨，還有校長對我的鼓勵與照顧，他給了我一本美麗的聖經，一本精緻、高雅的聖經，讓我能永遠擁有一本自己專屬的聖經。這全歸功於正確的教養！』你屆時一定會這麼說的，湯瑪斯。這兩千篇經文是千金也買不走的無價之寶，不是嗎？現在，你願意將你學過的內容說給我和這位

太太聽嗎？我知道你一定很樂意分享，我們都以像你這樣愛學習
的小男孩為榮。那麼，毫無疑問，我相信你一定知道十二門徒的
名字。你可以告訴大家，最先受命的兩位門徒叫什麼名字嗎？」

湯姆使勁拉著釦子，一臉害羞的模樣。他垂著雙眼，臉都漲
紅了。華特斯先生的心也隨之沉落谷底，他告訴自己，這孩子是
不可能答得出這麼簡單的問題。法官為什麼要問他這個問題？即
使如此，華特斯先生還是不得不開口說：

「回答法官的問題，湯瑪斯，別害怕。」

湯姆還是不發一語。

「來，跟我說，」那位太太說，「最初的兩位聖徒的名字
是……」

「大衛和歌利亞！」

我們就此仁慈地謝幕，別提接下來發生的慘況了吧！

chapter 05

小甲蟲大戰貴賓狗

身為本書主角的那個男孩並不欣賞這場禱詞，他只是一直忍耐著——如果他這麼做也算是忍耐的話。

　　約莫十點半左右，小教堂殘破的鐘聲響起，群眾開始聚集參
加禮拜。主日學校的學生們魚貫進入屋內，坐到父母身邊，方便
大人監督。寶莉阿姨也走了進來，湯姆、席德和瑪麗坐在她身
邊，湯姆被安排坐在靠走道的位置，好讓他盡可能遠離敞開的窗
戶，免得他為窗外的夏日美景所吸引。走道上擠滿了人，在這些
人之中，有曾經意氣風發、現在卻已貧困的郵政局長，有市長和
市長夫人──不過市長這個職稱，和其他無用的機構一樣形同虛
設──有治安法官、道格拉斯寡婦。道格拉斯寡婦是位聰明美麗
的四十歲婦人，慷慨、富有、樂善好施，她山丘上的宅第是鎮上
唯一可以被稱為皇宮的地方，而她也是好客的人，每逢節慶，她
的慷慨也是聖彼得斯堡最引以為傲的事。除此之外，駝著背、德
高望眾的華德少校和少校夫人也到了，另外還有遠道而來的賓客
瑞佛森律師。接下來是鎮上的美女，身後跟著一群身穿薄麻布衣、
綴著緞帶的迷人少女，然後是鎮上的年輕男職員，他們的頭髮上
抹了油，打扮得光鮮亮麗，早在女孩們到來之前，這群傻笑的愛
慕者就已經圍成人牆、站在門廳前，直到最後一個女孩從他們眼
前走進去。走在最後面的是模範兒童威利，他小心翼翼地扶著母
親，彷彿她是精雕細琢的玻璃製品。威利總是帶著母親上教堂──
陪兒子上教堂，是所有已婚婦女的驕傲──但小男孩們都討厭他，
因為他太優秀了，總是讓他們相形見絀。威利的褲子後面口袋總
是露出一截白色的手絹，每個星期天都是如此，真是故意。湯姆
沒有半條手帕，他認為有手帕的男生都是自以為是的傢伙。
　　來聽佈道的群眾已全部坐定，鐘聲又響了一次，提醒那些落
後和脫隊的人加快腳步，接著教堂裡一片莊嚴肅穆，只有唱詩班
在走廊上的喃喃笑語。唱詩班總是在講道的時候竊笑、耳語。我

曾經見過一個有教養的唱詩班，不過忘了是在哪見到的。那是好多年前的事，實際情形我已記不得了，不過我記得應該是國外所見。

　　牧師先告訴大家今天要唱的讚美詩，接著津津有味地朗誦了一遍。他朗誦的獨特腔調在當地相當受到歡迎，他的聲音以中等音調出發，然後穩定地向上揚升到某一點，用力強調最重要的那個字之後，就像從跳板跳下似的驟然下降：

　　當他人為榮耀而奮鬥，航行在血染的海洋上，
　　我豈能逍遙進天堂，安睡在佈滿花卉的床上？

　　大家都認為他是一個非常棒的朗讀高手，在教堂聯歡會時，他總是會被邀請上台去朗誦詩歌。每當他朗讀完畢，女士們就會高舉雙手，再讓雙手無力地落到膝上，閉起雙眼，搖頭晃腦，彷彿是說：「這實在太美妙了！美得無法用言語形容，在這世上再也找不到這麼動聽的聲音了！」

　　詩歌唱完後，史普瑞格牧師搖身一變，成了一塊佈告欄，唸出各種會議、集會的注意事項，他一直說個沒完，彷彿要唸到世界末日的雷聲響時才會停止。在美國，即使是報紙資訊充斥的城市裡，也仍然保有這個奇怪的習俗。通常，越是缺少合理解釋的傳統習俗，就越難根除。

　　牧師現在要禱告了。這是一篇周詳、寬厚的祈禱文：

　　為教堂祈福，為教堂裡的孩童們祈福；為鎮上其它的教堂祈福；為整個鎮、整個郡、整個州祈福；為州官員祈福；為美國祈福；

為全美國的教堂祈福；為議員、為總統、為政府的官員們祈福；為那些顛簸在海上風暴中的可憐水手們祈福；為生活在歐洲君主政治和東方專制霸權下的哀苦蒼生祈福；為那些享著佳音福報卻視若不見、充耳不聞的人祈福；為蠻荒海島上的化外之民祈福；最後，牧師希望天主恩准他的懇求，願這些話像播種在肥沃大地的種子一樣，將會開花結果。阿門！

　　一陣衣服摩挲的窸窣聲，站著的民眾紛紛坐下。身為本書主角的那個男孩並不欣賞這場禱詞，他只是一直忍耐著——如果他這麼做也算是忍耐的話。從頭到尾他都顯得不耐煩，一直不自覺地記錄著禱文的細節。他根本無心聽，只不過他知道舊的內容，也知道牧師祝禱時習慣走的「路線」，所以每當禱文裡加了點新內容時，他的耳朵立刻就能辨別出來，然後渾身上下都不舒服。他覺得這樣做對他來說是卑劣且不公平的。禱告到了中途，一隻蒼蠅飛到他前面那排長椅的椅背上，就停在他眼前。牠安逸自得地摩擦著前足，伸出胳膊抱著頭，使勁摩擦著腦袋，牠的頭好像快要和身體分開，連那絲線一般的頸部都露了出來；牠用後腿撥弄雙翼，再將它們服服順順地貼在身上，彷彿它們是那燕尾服的後襬。整個過程中，牠老神在在，好像知道這是個絕對安全的地方似的，此情此景看在湯姆眼裡，簡直就是一大折磨。事實上，這對牠來說，的確是個安枕無虞的地方，湯姆不管再怎麼手癢、想去抓牠，都不敢真的動手，因為湯姆相信如果在牧師講道途中做了褻瀆神明的事，會立刻魂飛魄散。就在佈道將要結束之際，他開始彎起手來、偷偷向前移動，等到牧師一說出「阿門」二字，這隻蒼蠅就成了他的階下囚。寶莉阿姨發現了他的舉動，便叫他

放了蒼蠅。

　　牧師宣布他要講解的聖經章節之後，又開始一連串單調、無趣的論述。內容貧乏至極，台下不少人都低頭打起了瞌睡。這次講的是地獄裡的各種刑罰磨難，讓注定獲救上天堂的人數越變越少，少到幾乎不值得去救贖他們。湯姆計算著佈道的頁數，每次上完教堂，他總是清楚當天牧師講了幾頁的經文，卻鮮少記得內容說了些什麼。然而，今天他對內容感到有點興趣。牧師正描繪出一個壯觀而動人的畫面，在基督降臨的千禧之際，眾生齊聚，獅子和羔羊會並臥在一起，由一個孩童引領著大家前進。湯姆留意的不是這幅偉大景象所蘊含的感人話語、教訓和道德觀，他只想到這個眾所矚目下的主角有多麼威風神氣。一想到此，湯姆整張臉都亮了起來，他自言自語說希望自己可以當那個威風的孩童，如果那頭獅子溫馴不會咬人的話。

　　現在他又陷入痛苦，因為枯燥的講道又來了，他想起自己還有一件寶貝，於是把它拿了出來。那是一隻下巴尖硬突出的黑色甲蟲，湯姆幫牠取名為「大鉗蟲」，他把牠放在一個雷管盒裡，甲蟲對他做的第一個反應，就是伸出鉗子夾他的手指。湯姆本能一甩，甲蟲就一翻兩翻地掉到走道，湯姆趕緊把受傷的手指含在嘴裡。甲蟲在那腹部朝上，擺動無助的幾條腿，但怎麼也翻不了身。湯姆盯著牠看，心裡很想把牠抓回來，但牠卻落在他伸手不及之處。其他對佈道不感興趣的人也在這隻甲蟲身上找到了解脫，一起盯著牠看。這時，一隻閒晃的貴賓狗跑了進來，牠心情不好，柔和的陽光和寧靜惹得牠懶洋洋的，在屋裡被關久了，似乎渴望著改變。牠一眼發現了甲蟲，原本下垂的尾巴豎直、搖擺起來，牠開始對這個意外的獎品進行檢視，先是圍著甲蟲走一圈，在安

全距離外嗅了一嗅，然後再繞一圈。牠膽子越變越大，更靠近聞一聞，接著張開了嘴，小心翼翼地咬下去，但沒能成功，於是牠一試再試，漸漸喜歡上了這個遊戲。牠趴在地上，把爪子擱在甲蟲旁邊，繼續牠的實驗。最後牠終於失去興趣，變得一副無所謂、心不在焉的樣子，牠的頭點啊點的，下巴越沉越低，最後不小心碰到甲蟲，甲蟲趁機一把夾住牠！貴賓狗一聲慘叫，甲蟲和牠頭上的一搓毛都被甩到了幾碼遠的地方，可憐的甲蟲又被摔得仰面朝天。席上的旁觀者看了都發出會心一笑，不少人用扇子和手帕遮住笑臉，湯姆更是樂歪了。狗看起來傻傻的，搞不好牠自己也這麼認為，但牠心裡還是不滿，渴望找到機會報仇，於是牠走向甲蟲，再次展開謹慎攻擊。牠先是繞著甲蟲轉圓圈，抓到機會就撲上去，落地時前爪離甲蟲只一吋遠，然後用牙齒再靠得更近點咬，搖頭晃腦地，雙耳不斷拍動。但沒過多久，牠又覺得厭煩了，這次牠找上一隻蒼蠅，卻發現毫無樂趣；然後牠又跟著一隻螞蟻，還把鼻子貼在地板上，但也是沒多久就不想玩了。牠打著呵欠、嘆了聲氣，完全忘了那隻甲蟲的存在，接著一屁股坐在甲蟲身上！然後就聽到一聲慘叫聲，這隻貴賓狗開始在走道上狂奔，哀痛的叫聲不斷，穿越了聖餐檯，跑到另一邊的走道，再穿過門，吵鬧著衝上最後一段路程。牠越跑越痛苦，看起來就像一道毛茸茸的彗星，拖著微光並以光速在軌道上運行。終於，這痛到發瘋的受害者脫離軌道、跳回主人的膝上。主人把牠往窗外一甩，牠那哀嚎的聲音很快就減弱，消失在遠處。

　　現在，整個教堂裡的人都因為憋笑而漲紅了臉，差點喘不過氣來，台上的講道也驟然停止。牧師重新恢復講道後，卻說得不清不楚、斷斷續續，無法吸引聽眾注意。即使是最嚴肅的祝詞，

台下遙遠的長椅上，也總是發出一陣陣不莊重的笑聲，彷彿這可憐的牧師說了什麼滑稽的話。等到整個「受難」過程結束，牧師說出最後的祝禱文，大家才真的解脫了。

　　湯姆回家時心情很好，他想，如果加點變化，上教堂也可以是件有趣的事。今天只有一件事讓他感到遺憾：雖然他很樂意讓那隻狗和他的大鉗蟲玩，但牠竟把他的甲蟲當戰利品帶走，未免太說不過去了。

chapter 06

星期一的早上

就在這個時候，湯姆感覺到有人慢慢抓住
他的耳朵，把他提了起來。就像被老虎鉗
鉗住似的，從教室這一端拉到另一端，丟
回他原來的座位上，引起全班哄堂大笑。

　　星期一的早上總是讓湯姆感到不開心。每個星期一都是如此，因為這意味著他必須到學校忍受一星期的漫長煎熬。每次到了這一天，他就會希望自己昨天沒放假，放假讓他覺得再次受到學校的禁錮和束縛，讓他感到十分厭惡。

　　湯姆躺在床上想事情。突然間，他好希望自己生病，那他就可以待在家裡，不用去上學了，但這幾乎是不可能的事。他仔細檢查自己的身體狀況，沒發現任何疾病，於是又再檢查一遍，這回他找到了一絲絲肚子痛的徵兆，於是他開始對這疼痛抱起相當大的希望，但痛意很快就消失了。他再找，赫然發現上排牙齒有一顆牙齒鬆動了，真是走運！正打算開始呻吟時──他稱這為「序幕」──卻突然想到，要是把這顆牙當作呈堂證供，寶莉阿姨一定會直接將它拔掉，那可是很痛的，所以還是先保留這顆牙，再找找看有沒有別的病因好了。

　　過了一段時間，他還是一無所獲。接著，他想起曾聽醫生說過，有種病會讓病人躺上兩、三個禮拜，甚至還會讓病人少掉一根手指頭，於是湯姆急切地把他疼痛的腳趾頭從被子裡拉出來，抓著它檢查一番。雖然並不清楚到底會有哪些症狀，但無論如何，總是值得一試，所以他開始使勁全力呻吟。

　　但席德睡死了，毫無知覺。

　　湯姆叫得更大聲，開始想像他的腳趾頭痛得要命。

　　席德還是沒反應。

　　湯姆因為用力過度而喘起氣來。他休息了一會，鼓足一口氣，再次逼真地呻吟起來。

　　席德繼續打呼。

　　湯姆這可生氣了，他大叫：「席德、席德！」並搖醒他。這

一招很管用，湯姆又再次開始呻吟。席德打著呵欠、伸懶腰，用手肘撐著身子悶哼一聲，瞪著湯姆看。湯姆則繼續呻吟著。席德說：

「湯姆！欸！湯姆！」

沒有回應。

「湯姆！湯姆！你怎麼啦，湯姆？」他搖著湯姆，臉上充滿了焦慮。

「呃，別……席德，別搖我。」湯姆呻吟著說。

「你到底怎麼了啊？湯姆！我去叫阿姨來。」

「不要，沒關係的。我也許過一下子就沒事了，你誰都別叫。」

「可是，我一定得去叫人的。別再那樣呻吟了，湯姆，聽起來好可怕。你這個樣子已經多久了？」

「幾個小時了。哎唷！別這樣搖我了，席德。你想要我的命啊！」

「湯姆，你怎麼不早點叫醒我？哦！湯姆，別再叫了！我聽了都要起雞皮疙瘩了啦！湯姆，你究竟怎麼了？」

「席德，」湯姆繼續呻吟，「我原諒你做過的每件事。你對我做過的每件事，我都不怪你，等我死了之後……」

「哦！湯姆，你不會死的，對不對？別這樣，湯姆，哦！你不會有事的，說不定……」

「席德……我原諒每個人，幫我告訴他們，席德。還有，席德，我要你幫我把我的窗框和那隻獨眼貓，送給那個鎮上新來的女孩，告訴她……」

可是席德早已抓了衣服跑掉了。湯姆這時真的感到些微痛苦，他的想像力如此完美，讓他的呻吟也變得十分逼真。

　　席德飛奔下樓喊著：

　　「寶莉阿姨，妳快來！湯姆快要死了！」

　　「快死了？」

　　「對啊！別說了，妳快來呀！」

　　「胡說八道，我才不信！」

　　話這麼說，她還是奔上樓去，席德和瑪麗則緊跟在她後頭。她臉色轉白、嘴唇顫抖著，一來到床邊就大喊：

　　「湯姆！你這孩子，怎麼啦？」

　　「阿姨，我……」

　　「你怎麼啦？發生什麼事了？」

　　「哦！阿姨，我受傷的腳趾頭……要發炎爛掉了！」

　　老婦人跌坐進椅子裡，笑了一會，又哭了一會，就這麼又哭又笑地。等恢復鎮定後，她才開口：

　　「湯姆，我真是被你嚇死了。你別再鬼吼鬼叫了，該起床啦！」

　　湯姆停止哀嚎，突然間腳趾頭的痛也消失得無影無蹤，他覺得自己有點蠢，他說：

　　「寶莉阿姨，腳趾頭看起來真的像發炎了嘛！痛得我都忘了牙齒的事。」

　　「你的牙齒！你的牙齒又怎麼啦？」

　　「有一顆鬆動了，一痛起來就像要我的命似的。」

　　「好了、好了，你別再呻吟了。把嘴張開。嗯，是有一顆牙齒鬆動了，不過你不會因為這樣就死的。瑪麗，拿條絲線給我，還有，到廚房拿塊燒紅的炭來。」

　　湯姆緊張地說：

　　「不要啦！阿姨，我不要拔牙啦！我現在一點都不痛了。要是

再痛起來我也不會亂叫了。拜託啦！阿姨，我現在不想待在家，我要去上學了。」

「哦？你不會再叫了，是吧？原來你搞這麼多事，為的就是想待在家裡不上課，然後再跑去釣魚，是不是？湯姆啊湯姆，我這麼疼你，你怎麼盡搞些花招來讓我老人家傷心呢？」

此時，拔牙工具已經就序。老婦人把絲線一端牢牢套在湯姆的牙齒上，另一端則綁在床腳。然後她拿起那塊燒紅的炭朝小男孩臉上晃去，牙齒就這麼懸盪在床腳邊了。

但這一番折磨也是有所補償的。吃過早餐後，湯姆成了上學途中每個男孩欽羨的目標，因為上排牙齒的空隙，讓他有了新的吐口水方式，人人稱羨。一大群夥伴跟在他身後，對這新鮮事很有興趣。先前有個男孩因為割傷了手指，成為大家嚮往、崇敬的對象，但現在他卻突然發現自己的觀眾全跑了，光環頓失。他心情變得沉重，不自覺地用不屑的語氣說湯姆那種吐口水的方式沒什麼了不起，但其他男孩都說他是「酸葡萄」，這失去光環的英雄只好落寞地離開了。

沒多久，湯姆遇見鎮上最不受大人歡迎的少年——哈克。哈克的父親是個酒鬼，鎮上所有的母親們都十分討厭，也害怕哈克，因為他是個遊手好閒、無法無天、低俗粗野的孩子，而且她們的孩子都很崇拜他、嚮往他那樣的生活，渴望自己能像哈克一樣。湯姆和其他守規矩的男孩們一樣，都羨慕哈克自由斑斕的生活，因此他也受到嚴格的管教，不被允許和哈克一起玩。然而只要一逮到機會，他還是會去找哈克。哈克總是穿著大人丟棄的舊衣服，衣服上印有大大的花，還垂著一條條的破布，戴著一頂大破帽，帽緣還打了一個寬大彎月形的結；如果當天有穿外套，長長的外

套總是快垂到腳踝，背後則是一路到底的釦子；他的褲子只有一邊有吊帶，臀部的部分鬆垮垮地垂著，褲管要是不捲起來，就會拖到地上弄得髒兮兮的。

　　哈克隨心所欲來去自如。天氣好的話，會睡在門前階梯上，下雨天就睡到空的大桶子裡；他不必上課，不必上教堂，也不用幫誰做事、聽誰的話；隨時隨地都可以去想去的地方釣魚或游泳，愛待多久就待多久，也沒人禁止他打架，愛睡多晚就睡多晚；春天時，他總是第一個打赤腳，到了秋天，他卻是最後一個穿上鞋。他從來不必洗澡，也不必換上乾淨的衣服，還可以暢所欲言地咒罵別人。簡單的說，凡是能讓生活有趣的事，他都擁有。至少聖彼德堡每個被嚴加管教的男孩子都是這麼想的。

　　湯姆向這位無拘無束的流浪漢打招呼。

「哈囉，哈克！」

「哈囉，來看看你喜不喜歡這玩意。」

「你拿的是什麼啊？」

「一隻死貓。」

「讓我看看，哈克。天哪！它還真硬呢！你從哪弄來的？」

「向一個男孩買來的。」

「你拿什麼向他買？」

「我給他一張藍卡，還有我在屠宰場弄來的豬膀胱。」

「那你的藍卡又是哪裡來的？」

「兩個禮拜前，我用滾鐵圈的棒子向班買來的。」

「是嗎？你要死貓做什麼，哈克？」

「做什麼？治療肉疣啊！」

「不會吧？你確定？我知道比這更好的方法。」

「我敢打賭你不會不知道。你說的是什麼方法？」

「就是仙水。」

「仙水！我才不信仙水那一套呢！」

「你不信？你試過嗎？」

「我沒試過，不過鮑伯試過。」

「誰跟你說的？」

「是他自己告訴傑夫，然後傑夫告訴約翰，約翰告訴吉姆，吉姆告訴班，班再告訴一個黑人，然後那個黑人再告訴我的。就是這樣！」

「是嗎？那又怎樣？他們都會撒謊，至少那個黑人以外的其他幾個人都會撒謊。至於那個黑人，我不認識他，但我從沒見過哪個黑人是不會說謊的。管它的，哈克，那你現在告訴我，鮑伯是怎麼做的？」

「他啊？就把手浸泡在充滿雨水的爛樹樁裡。」

「大白天嗎？」

「那當然。」

「他的臉面向樹樁嗎？」

「是吧？我是這麼認為啦！」

「他有沒有說什麼？」

「我想沒有吧！我也不知道。」

「啊哈！我就說吧！那傻蛋哪知道怎麼用仙水去除肉疣！拜託，他那樣做根本就沒效好不好。你必須自己一個人走到樹林裡有仙水的樹樁那裡，等到半夜，然後背對著樹樁把手塞進去，嘴裡要唸：『大麥粒，大麥粒，帶來餐餐美味；仙水，仙水，治好這些肉疣。』然後閉著眼迅速走開，直到第十一步才能把眼睛睜

開，原地轉三圈之後回家，沿途不可以和任何人講話，因為一開口，魔法就會失效。」

「嗯！這聽起來是個好方法，不過鮑伯不是這樣做的。」

「當然不是，我敢打賭他不是這麼做的，因為他是鎮上肉疣最多的男生，要是他知道怎麼利用仙水，他身上的肉疣早就沒了。我就是用這方法除掉手上幾千個肉疣的呢！哈克，因為我很愛玩青蛙，所以身上生了一大堆肉疣。有時我也會用豆子來除肉疣。」

「沒錯！豆子很有效，我也用過。」

「真的嗎？你怎麼用的？」

「我把豆子剝成兩半，把肉疣割出一點血來，再把血放到其中一瓣豆子上。到了半夜，趁著月黑風高，找個十字路口，挖個洞把它埋進去，再把另一瓣豆子燒掉。沾有血的豆子會一直吸、一直吸，想把另一瓣豆子吸回去，這樣就可以藉豆子上的血把肉疣吸走，很快那個肉疣就會掉了。」

「沒錯，就是這樣，哈克，我也是這麼做的。不過，如果你在埋豆子的時候，嘴裡邊唸：『埋了豆子、沒了疣子，從此別再來煩我！』的話會更好。喬就是這樣做的，他去過很多地方，都快到康維爾那附近了。你倒是說說，你要怎麼用死貓去除肉疣呢？」

「你必須在午夜前，帶著死貓走進某個壞蛋剛被埋葬的墓園裡。午夜一到，魔鬼就會出現，魔鬼可能來一個，也可能兩三個，但你看不到他們，你只能聽到像風一樣的聲音，或許你也可以聽到他們說話的聲音。當他們把死去的那傢伙帶走的時候，把死貓扔在他們後頭，口中唸著：『魔鬼跟著屍體，死貓跟著惡魔，肉疣跟著死貓，跟肉疣一刀兩斷！』這樣一來，什麼肉疣都能夠治好。」

「聽起來不錯，你試過了嗎？哈克！」

「還沒，不過這是霍普金斯老太太告訴我的。」

「哦！那應該就沒問題了，因為大家都說她是個巫婆。」

「拜託！湯姆，她本來就是個巫婆。她曾經對我爸施過巫術，我老爸也這麼對我說。他說，有一天他看到她正在對他施巫術，就拾起一顆石頭扔她，要不是她即時躲開，我老爸就會打中她。結果那天晚上他喝醉，從一個架子上滾下來，把手給摔斷了。」

「真是詭異。他怎麼知道她在對他施巫術咧？」

「我的老天，很簡單啊！我老爸看得出來。他說，如果有人死盯著你看，就表示在對你施巫術，特別是口中唸唸有詞的時候，因為這時他們會把主禱文倒過來唸。」

「那，哈克，你什麼時候要用這隻死貓？」

「今晚。我想他們今天晚上會來把霍斯 · 威廉斯帶走。」

「但他星期六就下葬啦！哈克。魔鬼不是星期六就把他帶走了嗎？」

「你真是的！他們的魔法要到午夜時分才有效果，午夜一過就是星期日了。我想魔鬼星期日是不會出現的。」

「我倒沒想到，原來是這個樣子。讓我和你一起去好不好？」

「只要你不害怕的話，當然沒問題。」

「害怕？怎麼可能。你來找我時，會在外面學貓叫嗎？」

「會，你要是有機會就回我一聲貓叫。上次你害我在外面一直喵喵叫，惹得老漢斯往我這邊砸石頭，還大喊『你這該死的貓！』所以我拿了一塊磚頭砸破他的玻璃，你可別講出去哦！」

「我不會說的。那天晚上阿姨一直盯著我，我才沒機會學貓叫，不過這次我會的。咦！哈克，那是什麼？」

「沒什麼啊！不過是一隻扁蝨。」

「你在哪抓到的？」

「在外面的樹林裡。」

「你要拿牠換什麼？」

「我也不知道。我不想賣掉牠。」

「也好。反正牠也只是隻小扁蝨。」

「對啊！誰都可以把不屬於自己的扁蝨踩在腳底下。我倒挺滿意的，這隻扁蝨對我來說已經夠好了。」

「扁蝨多的是，我要的話也可以去抓個一千隻來。」

「是嗎？那你怎麼不去抓？因為你很清楚自己辦不到。我想這隻扁蝨出來得算早的。牠是我今年看到的第一隻扁蝨。」

「喂！哈克，我拿我的牙齒和你換。」

「我看看。」

湯姆拿出一張紙，小心翼翼地把它攤開。哈克大受吸引，最後他說：

「這真的是你的牙齒嗎？」

湯姆翻開上唇，露出空缺的牙洞。

「那好吧！成交了。」

湯姆把扁蝨放進原先用來關甲蟲的雷管盒中，兩人就此分道而行，各自都覺得自己比以前富有許多。

湯姆抵達偏僻的小校舍，腳步輕快地走進去，裝作他一直是以這種速度趕來上學的，然後掛好帽子，一本正經地坐到座位上。老師高坐在那張大大的扶手椅上，學生讀書的嗡嗡聲聽得他打起了瞌睡，但一陣騷動把他吵醒，於是：

「湯瑪斯 · 索耶！」

湯姆知道，每當有人叫他的全名，就表示麻煩來了。

「老師！」

「過來這邊。現在，告訴我你為什麼遲到，又和以前一樣嗎？」

湯姆正打算編個藉口混過去，但當他看到那背後垂著兩條金髮長辮的女孩，不禁感到一陣愛的電流，也同時注意到女生堆中唯一有空位的地方就在她旁邊。於是馬上說：

「因為我在路上停下來和哈克說話！」

老師大吃一驚，氣得脈搏快停止跳動，他無可奈何地瞪著湯姆。讀書聲也驟然停止，同學們都在懷疑這個莽撞的小子是不是瘋了。老師問：

「你……你說你什麼？」

「我在路上停下來和哈克說話。」

他真的沒聽錯。

「湯瑪斯‧索耶，這真是我所聽過最大膽的白白。我看平常戒尺的懲罰還不夠教訓你。把外套脫掉！」

老師打到手都累了，軟鞭顯然也不夠有效，於是他又下令：

「現在，你去和女孩們坐在一起，這是給你的教訓。」

教室裡掀起一陣竊笑聲，看起來這男孩有點窘，但實際上，他是因為對那位不知名的偶像太過崇拜，再加上降臨在自己身上的好運讓他太開心了，才顯得不好意思的。他坐在長木椅的末端，女孩甩開了頭不理他。眨眼、耳語和輕推的動作在教室蔓延，但湯姆卻一派鎮靜，雙手擱在前面又長又矮的書桌上，一副在讀書的樣子。

漸漸地，大家的注意力不再集中在湯姆身上，沉悶的空氣中又再次揚起校內慣常的吟誦聲。湯姆偷偷瞥了那女孩幾眼，她發

現了，嘴裡嘟噥幾句，就轉過臉背對他。當她好奇地再次回過頭來，一顆桃子便出現在她眼前。她把桃子推開，湯姆又輕輕把它放回去，她再度把桃子推開，不過這次態度沒那麼厭惡了。湯姆很有耐心地把它放回原處，這回她就這樣任由桃子放在那裡。湯姆在板子上寫了幾個字：「請收下。我還有很多。」女孩瞄了板子上的字幾眼，卻沒有任何表示。現在湯姆又在板子上畫些東西，卻用左手把他的畫作遮了起來。女孩想堅決不去看他作畫，但她好奇的天性蠢蠢欲動，只能盡量不露痕跡。男孩繼續畫畫，故意裝作不知道女孩正注意他。女孩一副想看又不想看的樣子，男孩則繼續假裝，最後她忍不住了，遲疑地低聲道：

「讓我看一下。」

湯姆露出漫畫的一部分給她看，那是一間屋子，前後各有一道山形牆，煙囪裡冒出螺旋狀的煙。女孩對這幅畫開始感興趣，把其它事都忘得一乾二淨。他畫好了畫，她看了一會才低聲道：

「畫得真好，再畫個人吧！」

於是，這位「畫家」把人畫在前院，那「人」看起來像個人字起重桿，簡直就可以一腳跨越那棟房子了，但女孩沒那麼講究，她很滿意這個怪物。女孩要求：

「這個人畫得真好看，現在也把我畫進去吧，畫我走過來的樣子。」

湯姆畫了一個沙漏，加上滿月般的圓臉和稻草般的四肢，張開的十指則握著一把怪異扇子。女孩說：

「畫得真好……真希望我也會畫畫。」

「這很簡單啊！我可以教妳。」湯姆小聲地說。

「真的嗎？什麼時候？」

「中午。妳要回家吃午飯嗎？」

「如果你願意教我畫畫，我就留下來。」

「好，那就這麼辦。妳叫什麼名字？」

「貝琪·柴契爾。你呢？啊！我知道，你是湯瑪斯·索耶。」

「我挨打時才叫這個名字。平常他們都叫我湯姆，妳也這樣叫我吧，好嗎？」

「好。」

湯姆又開始在板子上塗鴉，卻不讓女孩看到他寫的字。這次她不退縮了，她求湯姆讓她看，他說：

「呃，這沒什麼好看的。」

「才不呢！」

「真的啦！妳不會想看的。」

「我想看，我真的想看。求求你讓我看啦！」

「妳會說出去的。」

「我不會，我發誓！我保證！我一定不會說的。」

「妳真的不會對任何人說？到死都不會說？」

「對！我永遠不會對任何人說。現在給我看吧！」

「哦！妳不會想看的啦！」

「湯姆，你這樣對我，我就更要看了。」她把小手放在湯姆手上，兩個人一陣拉扯，湯姆假裝真的不想讓她看，手卻一點一點滑下去，直到板子上露出三個字：「我愛妳。」

「哎喲！你這個壞小子！」她往他手上猛地一拍，但從泛紅的臉頰看得出來蠻開心的。

就在這個時候，湯姆感覺到有人慢慢抓住他的耳朵，把他提了起來。就像被老虎鉗鉗住似的，從教室這一端拉到另一端，丟

回他原來的座位上，引起全班哄堂大笑。老師在他身邊站了好一
會，最後才不發一語地走回他的講桌。雖然湯姆的耳朵還在刺痛，
但他的心卻在歡呼。

　　大家都靜下來之後，湯姆也想專心讀書，但他的心實在是太
混亂了。先是在朗讀課的時候出了錯，然後在地理課時把湖當成
山、山當成河、河又當成了大陸，一切被他弄回原始的混沌狀態；
到了拼字課時，幾個連小嬰兒都會拼的字，他都拼不出來，成績
在班上成了墊底，他只得交出那個風光了好幾個月的白鐵獎章。

chapter 07

與貝琪訂婚

湯姆開始覺得不太妙，害怕錯的人其實是他。現在要他低聲下氣去討好人家，是很困難的。當他再次鼓足勇氣走回教室，看見貝琪還站在角落，面對牆壁不斷啜泣，湯姆的內心感到非常不安。

　　湯姆越是想把專注力放在書本上，腦子就越混亂，所以最後，他還是嘆了口氣，打個呵欠，決定放棄。他覺得午休時間彷彿永遠不會來了，空氣死沉沉的，連半點呼吸的氣息都沒有。這真是最容易讓人昏昏欲睡的日子，二十五個學童讀書的呢語，就像蜜蜂的嗡嗡聲一樣，安撫著靈魂，也催人入眠。熾熱的陽光下，遠處的卡迪夫山丘在閃閃發光的熱霧中，露出它柔綠的山坡，距離也為它加添紫色的光采。幾隻鳥兒展著慵懶的雙翼，在空中翱翔，映入眼簾的除了幾隻昏昏入睡的牛，就再也沒其它生物了。湯姆的心渴望自由，好歹也要找些他感興趣的東西，好打發這段乏味的光陰。他把手伸進口袋摸索，忽然間，他的臉上泛起因禱告成真而出現的感激之情，但他卻不自知。他偷偷把那個雷管盒拿出來，打開盒子，把扁蝨放到長又平坦的書桌上。這一瞬間，這小東西可能也因禱告成真而感激不已，但這喜悅來得太早，因為當牠開始感激地邁開腳步，湯姆卻用一枚別針逼著牠轉向而行。

　　湯姆的摯友喬就坐在他旁邊，他和湯姆一樣無聊得難受，他相當感激，也立刻被這項娛興節目深深吸引。這兩個男孩平常是患難之交，到了週末才成為交戰的敵人。喬從衣領取下一枚別針，開始幫助這小囚犯活動筋骨，這個動作頓時引發兩人的興趣。湯姆不久便表示，他們這是互相干擾，誰都玩得不盡興，於是他把喬的板子放到桌面上，在板子中間由上到下畫了一條直線。

　　「現在，如果他跑到你那邊，你就可以逗牠玩，我就不理牠。但如果你讓牠回到我這邊，就輪到我玩牠，只要我能保住牠，你就不可以碰牠。」

　　「好啊！那你先，開始吧！」

　　現在扁蝨逃離湯姆，越到喬的那一邊。喬逗牠玩了一會，牠

就又爬回湯姆那邊。這樣的變化來來去去，其中一個人玩得起勁，另一個人也看得很樂，兩個人都低頭看著板子，沒有任何事可以吸引他們的注意。最後，幸運之神似乎落到喬的身上，扁蝨一直被留在喬這邊。牠這裡走走，那裡晃晃，就和兩個男孩一樣，既興奮又緊張，一次又一次，眼看就要成功越過來，湯姆的手指正要躍躍欲試之際，喬的大頭針卻又巧妙地讓牠轉向，保住了持有權。湯姆終於忍不住了。這股誘惑實在太大，於是他伸手用他的大頭針干擾那隻扁蝨。這下可把喬惹火了，他說：

「湯姆，你別插手。」

「我只是想逗牠一下嘛，喬。」

「不行，那不公平。你別弄牠啦！」

「好啦！我不會玩很久的。」

「我叫你不要碰牠！」

「我偏要碰！」

「你不能碰，因為牠現在在我這邊。」

「你搞清楚點，喬，別忘了這隻扁蝨是誰的？」

「我才不管這隻扁蝨是誰的咧！牠現在在我這邊，你就不可以碰牠。」

「哼！我就是要碰牠，怎樣？牠是我的扁蝨，我愛怎麼動就怎麼動，拼上性命我也不在乎！」

突然，湯姆的肩膀重重挨了一擊，接著喬也一樣，不到兩分鐘，灰塵就不斷從他倆的夾克上揚起落下，全班同學都看得津津有味。兩個男孩打得太專注了，完全沒發現老師已悄聲走近，大家都肅靜了下來。老師在插手這場混戰之前，倒是好好觀賞了一陣子。

　　等到午休，湯姆就飛奔到貝琪身邊，在她耳旁輕語：

　　「把妳的軟帽戴上，假裝要回家。走到角落時就乘機脫隊，掉頭沿著小巷子走回來。我會走另一條路，用同樣方法甩掉他們，再和妳會合。」

　　於是兩人各自跟著不同的隊伍離開。過沒多久，又在小徑的盡頭相遇，回到學校，享受屬於他們的兩人時光。他們坐在一塊，把寫字板放在前面。湯姆把筆交給貝琪，握著她的手指導她畫畫，就這麼畫出另一棟令人驚奇的屋子。過了一會，兩人對繪畫的興趣漸失，他們便開始聊起天來。湯姆洋溢在幸福中，他說：

　　「妳喜歡老鼠嗎？」

　　「不喜歡，我討厭老鼠！」

　　「我也是，我不喜歡活老鼠。但我說的是死老鼠，就是用繩子吊著在你面前晃啊晃的那種。」

　　「不喜歡。反正我就是不太喜歡老鼠。我喜歡的是口香糖！」

　　「哦，我就知道！真希望我現在就有幾片口香糖！」

　　「你要嗎？我這裡有幾片。我可以讓你嚼一下，但你一定要還給我才行！」

　　兩人都同意之後，就開始輪流嚼起口香糖，他倆坐在長椅上，心滿意足地晃著雙腳。

　　「妳看過馬戲團表演嗎？」湯姆說。

　　「看過，我爸說如果我聽話，他還會再帶我去看。」

　　「我看過三、四次……很多次的馬戲團。教堂和馬戲團根本沒得比。馬戲團裡有好多表演都好有趣，等我長大了，我要當馬戲團裡的小丑。」

　　「哦？真的嗎？那倒不錯。小丑穿著點點的衣服真可愛！」

「對啊！妳說得沒錯。而且他們能賺很多錢。班說，他們一天最多可以賺一塊錢。對了，貝琪，妳訂過婚嗎？」

「什麼意思？」

「嗯……就是訂下來準備以後結婚。」

「沒有。」

「那妳想不想訂婚？」

「應該想吧！我也不知道。訂婚是怎麼一回事？」

「怎麼一回事？呃，很難形容。妳只要對一個男孩說，從今以後，妳的心裡只有他，絕對、絕對不會再有別人，然後你們親吻，這樣就好了。人人都能做到。」

「親吻？為什麼要親吻？」

「妳知道的嘛……就，大家都這麼做啊！」

「每個人嗎？」

「對啊！每個相愛的人都會這麼做。妳還記得我寫在板子上的字嗎？」

「嗯……記得。」

「我寫了什麼？」

「我不要說。」

「那我說給妳聽，好不好？」

「呃……好……但改天再說吧！」

「不要，我要現在說。」

「不要啦！不要現在，明天好了。」

「哦，不要啦！貝琪，求求妳，就是現在。我會小聲點說，我會說得很輕的。」

貝琪猶豫著，湯姆將她的沉默視作同意，於是把雙手圍在她

腰際，溫柔地湊近她，輕聲呢喃，說完還加上一句：

「現在輪到妳對我說了……說一樣的話。」

她抗拒了一會，然後才說：

「你把臉轉過去，你不看我，我才說。但你絕不可以告訴任何人哦！你不會吧！湯姆？答應我，你絕不會說出去。」

「我不會說的，我絕對不會說的。現在說吧！貝琪。」

湯姆把臉轉開，貝琪羞怯地彎下身子，直到她的呼吸撫過他的鬢髮，才輕聲說：「我……愛……你！」

說完她就跳開了，繞著書桌和椅子跑，湯姆跟在她後面，一直跑到轉角處才停下來，白色的小圍裙蓋住了她的臉。湯姆緊緊摟住她的脖子懇求她。

「貝琪，儀式就快要結束了……只差最後的親吻。妳不要怕，那其實沒什麼。求求妳嘛！貝琪。」

他扯扯她的圍裙和雙手。

她很快就讓步，垂下雙手。她那因掙扎而發燙的臉龐也抬了起來，順了湯姆的意思。於是湯姆親吻她的唇，說：

「現在，我們完成了，貝琪。從現在開始，除了我以外，妳不可以再愛上別人，妳只能嫁給我，不能嫁給別人，永永遠遠都不可以。妳做得到嗎？」

「嗯！湯姆，除了你以外，我永遠不會愛別人，我只嫁給你，不會嫁給別人，你也永遠不可以娶別人哦！」

「當然，那是一定的，訂婚就是這樣啊！還有，以後不管是上學或放學，只要沒有人看到，妳就要和我走在一起。舞會的時候，妳一定要和我跳，我也一定只和妳跳，因為訂了婚的人都是這樣的。」

「真好。我以前從來沒聽過這種事。」

「嗯!這真是太有意思了!像之前我和艾美……」

貝琪睜大的雙眼讓湯姆意識到自己犯了個愚蠢的錯誤,他住了嘴,一臉的不知所措。

「湯姆!原來我不是第一個和你訂婚的人?」

小女孩開始哭了。湯姆說:

「哦!別哭,貝琪。我已經不喜歡她了。」

「你喜歡,湯姆,你知道你還喜歡她。」

湯姆試著把手摟向她,她卻把他推開,轉而面對牆壁,哭個不停。湯姆又試了一次,他溫柔地安慰她,卻又被她拒絕,這卜可傷了湯姆的自尊心,他邁開腳步走了出去。他站在外面,人卻焦躁不安,不時往門的方向偷瞄,希望貝琪會後悔,然後出來找他和好。但她並沒有。湯姆開始覺得不太妙,害怕錯的人其實是他。現在要他低聲卜氣去討好人家,是很困難的。當他鼓足勇氣再走回教室,看見貝琪還站在角落,面對牆壁不斷啜泣,湯姆的內心感到非常不安。他走向她,在她身後站了一會,卻不知道該做什麼好。最後遲疑地開口:

「貝琪,我……我真的只喜歡妳而已。」

她沒有回應,只有啜泣聲。

「貝琪!」他語帶懇求。

「貝琪,妳說幾句話好不好?」

她啜泣得更厲害了。

湯姆拿出他最棒的寶貝,那是壁爐柴架上的黃銅把手,把它遞到她面前,並說:

「拜託妳!貝琪,收下這個好不好?」

　　她用力把把手砸到地上，於是湯姆大步走出了校舍，越過山丘到很遠的地方，這天再也沒回到學校。沒多久，貝琪就開始擔心了。她跑到門外卻沒看到他，飛奔到操場上，也不見他的蹤影，於是她喊著：

　　「湯姆！回來，湯姆！」

　　貝琪仔細聆聽，卻得不到半點回音，陪伴她的只有寂靜和孤獨，於是她又坐下哭泣、自責不已。這時候大家全都再次回到學校，她只能藏起悲傷和破碎的心，在一群無法和她分擔哀傷的陌生人中，獨自度過痛苦難熬的漫長午後。

chapter 08

立志當海盜

哦！還有比這更棒的選擇，他要當一個海盜！沒錯！現在，他的眼前閃耀著無法想像的光芒，清清楚楚呈現出他的未來。到時候他會揚名立萬，讓人聽到他的名字就不寒而慄！

　　湯姆沿路左閃右躲，等到確定已經遠離返校的學生，就開始鬱鬱寡歡地慢跑起來。他在一條支流上來回走了兩三趟，因為當時的少年都流傳著一個迷信，相信涉水而行可以混淆別人的追蹤。半個小時之後，他已經消失在卡迪夫山丘上那棟道格拉斯豪宅的後面，校舍也因為距離遙遠，模糊難辨了。他走進一座濃密的森林，專挑沒人踩過的小徑走到森林中央，在一棵濃蔭的橡樹下找了一塊長滿苔蘚的地方坐了下來。這裡甚至感覺不到風的搖動，沉悶的正午豔陽讓鳥兒都停止歌唱，大自然落入昏睡狀態，偶爾傳來遠處啄木鳥的咄咄聲，卻似乎更加深他滿懷的寂靜與孤獨感。男孩的靈魂陷入一片憂愁，周遭的環境正是他內心的寫照。他雙肘撐在膝上，兩手托著下巴，就這麼坐著沉思了許久。對他來說，生活似乎不過是個麻煩，現在他又更加羨慕最近才解脫的吉米。他想，如果能永遠永遠地安然入夢，只有微風輕拂樹梢，擁抱墳上的青草與小花，再沒有什麼事需要煩惱、感傷，那一定是非常平靜的吧！如果他在主日學校的記錄良好，他就很樂意這麼做，安眠於此。但說到那個女孩，他做錯了什麼？他明明什麼也沒有做。他想做世上最好的情人，卻受到像狗一樣的對待，真的就像一條狗似的，遲早有一天她會後悔，或許那時已經太遲……啊！他要是能夠短暫地死去一下，那該有多好！

　　但一顆年輕靈活的心，想長時間壓抑是不太可能的事。湯姆的思緒很快就不自覺地飄回現實。要是他此刻就轉身離開、神祕失蹤了，那會如何？要是他就這麼離開，去到遙遠的地方，越過海洋，到另一個未知的國度，再也不回來的話，又會怎樣？貝琪會有什麼感覺？他突然想起了當小丑的志向，卻忍不住反感了起來，因為他的心靈此刻正來到神聖而浪漫的國度，這些娛興、笑

話和花點緊身衣的畫面貿然闖入，是很可笑的。他才不要當小丑呢！他要當一個軍人，征戰到傷痕累累，在多年後帶著豐功偉業返回故里。不，還有更好的，他要加入印第安人的行列，在西部山脈和荒涼的大平原上獵殺水牛群，然後在很久以後的將來，以一位偉大的酋長身分榮歸故鄉，頭上插著羽毛，臉上塗滿駭人的迷彩，在某個昏昏欲睡的夏日早晨，歡聲雀躍地走進主日學校，發出令人心驚膽顫的吶喊，好讓他所有同伴的眼中都燃起無法平息的羨慕火光。哦！還有比這更棒的選擇，他要當一個海盜！沒錯！現在，他的眼前閃耀著無法想像的光芒，清清楚楚呈現出他的未來。到時候他會揚名立萬，讓人聽到他的名字就不寒而慄！他那艘長又後的黑色戰船「暴風雨精神號」，船頭揚起駭人的旗幟，他會架著它光榮地在翻騰的海洋上奮鬥！然後，在名聲沸鼎之際，飽經風霜、曬得黝黑的他赫然出現在這老村莊裡，大步走向教堂。他會穿著黑色大鵝絨緊身衣褲，腳踏長統軍靴，腰上繫著深紅色的腰帶，皮帶上豎滿馬槍，身經百戰的短劍則佩在腰際，翻邊軟帽上插著飛揚的羽飾，開展的旗幟印有骷髏頭和交叉人骨的圖案，然後他會聽見大家交頭接耳：「那就是海盜湯姆！他就是西班牙海域的闇黑復仇者！」

沒錯，就這麼辦！他的生涯就這麼決定了。他要離家出走，展開海盜生涯。他打算第二天早晨啟程，所以現在就得開始準備。他要把家當先收集起來，於是他走到附近一塊腐爛的木頭旁，開始用他的巴洛牌小刀在一端挖洞。他很快就敲到木頭空心的部分，接著把手放上去，嚴肅地唸起咒語：

「尚未到此地者，來！已存於此地者，留！」

然後他撥開泥土，露出一截松木板。拿開木板，露出一個底

部和四周也都是木板的小寶盒，盒子裡頭有一顆彈珠。湯姆一臉意外，他不解地搔著頭：

「怎麼不靈了！」

他索性把彈珠扔開，站在那認真地沉思了一會。這個湯姆和同伴們都深信不疑的魔法，如今竟失效了。那個魔法是，如果你唸了某種咒語，再把一顆彈珠埋起來，等兩個禮拜之後再唸咒語，然後把這個盒子打開，就會發現以前遺失的那些彈珠，不管掉得有多遠，都會再次聚集在這裡。但是，現在這個方法已被證實是無效的，湯姆堅定不移的信念整個都受到動搖了。這個方法，他聽過好幾個成功的例子，卻從沒聽說有人失敗過。他倒沒想到，自己以前就試過好幾次，只是每次都忘了原先藏寶的地方，於是就不了了之。他苦思了好一陣子，最終認定是巫婆搞的鬼，破了他的魔咒。湯姆對這樣的解釋感到很滿意，於是四下查看，找到一處有個小漏斗形、低窪的沙地，然後趴下身子，把嘴靠近窪地呼叫：

「小甲蟲、小甲蟲，請告訴我這是怎麼一回事！小甲蟲、小甲蟲，請告訴我這是怎麼一回事！」

沙地有了動靜，不久一隻黑色小甲蟲跑了出來，但沒過一會就又嚇得鑽了回去。

「牠不敢告訴我！所以一定是巫婆幹的好事。我就知道。」

他十分清楚，企圖和巫婆爭鬥是無濟於事的，所以沮喪地放棄了，但又突然想起，或許還可以拿回剛剛扔掉的彈珠。他又走了回去，耐心尋找，卻一無所獲。於是他走回藏寶盒的地方，謹慎地站在剛剛扔彈珠的位置上，從口袋裡拿出另一顆彈珠，往同一個方向扔出去，嘴裡說著：

「好傢伙，去找你的兄弟吧！」

他看準彈珠的落點，再跑過去看。但不是扔得太近，就是太遠，他又多試了兩次。最後一次成功了，兩顆彈珠相距不到一英呎。

就在這時候，從森林綠色小徑隱約傳來一陣玩具喇叭的吹奏聲。湯姆脫掉夾克和長褲，把吊褲帶變成皮帶，撥開爛木頭後面的灌木叢，翻找出一套粗製弓箭、一把木劍和一個錫製喇叭。他很快抓齊這些東西，套了一件鬆垮垮的衣服，光著腳就跳到一邊去。他停靠在一棵大榆樹下，吹奏回應的喇叭聲，然後踮著腳、有所提防地左顧右盼，謹慎地對想像的同伴說：

「且慢，我親愛的朋友們！快藏起來，等我吹起號角下令。」

這時喬出現了，他和湯姆一樣，一身輕便打扮但武裝齊全。

「站住！來者何人？沒有我的批准，膽敢擅闖雪伍德森林？」

「吉斯本的蓋伊毋需任何人的批准！你是誰，膽敢、膽敢……」

「膽敢出此狂言。」湯姆幫他提詞，因為他們現在正憑著記憶，照本宣科唸台詞。

「你是誰，膽敢出此狂言？」

「我乃羅賓漢是也！你們這些烏合之眾馬上就會知道我的厲害。」

「你就是大名鼎鼎的亡命之徒羅賓漢嗎？我倒想和你較量較量，看誰能在雪伍德森林裡發號施令。放馬過來吧！」

他們各自拿出木劍，把其它武器都扔到地上，腳尖對腳尖，擺出擊劍的姿態，循著「二上二下」的規則，展開一場嚴肅、謹慎的戰鬥。不久湯姆便說：

「聽著，你若有真本事，就儘管使出來吧！」

於是他們「痛快地較量了一番」，打到喘氣流汗。過沒多久湯姆又大叫：

「倒下！倒下！你為什麼不倒下呀？」

「我才不幹！你為什麼不自己倒下？你越打越爛了！」

「那根本無所謂。我不能倒下，因為書裡不是這樣寫的。書上寫的是：『羅賓漢反手一劍，刺死了吉斯本的蓋伊！』你應該轉過身去，讓我從你背後刺一劍才對。」

既然他說的有憑有據，喬也只好轉過身，讓他攻擊。

「現在，你也要讓我殺死你，這樣才公平。」喬站起來說。

「我才不要，書裡又沒這麼寫。」

「你真是太過份了。」

「這樣吧！喬，你可以當弗萊爾‧塔克，或是米勒的兒子馬曲，這樣你就可以拿鐵頭木棒教訓我。不然我也可以當諾丁罕的警長，讓你當一陣子羅賓漢，這樣你就可以殺死我了。」

這倒是個好主意，於是他們又繼續玩著角色扮演的遊戲。湯姆再次演起羅賓漢，演到奸詐的修女將他刺傷，沒有妥善處理傷口，以致流血過多、生命垂危。喬這次則扮演羅賓漢全部的好友與部下，傷心地拖著死去的羅賓漢前進，把他的弓箭交到他那雙虛弱無力的手上，湯姆說：「箭落之地，綠林成蔭，可憐的羅賓漢長眠於此。」然後他把箭射出，向後一倒，理應就此死去，但他卻不巧躺到帶刺的蕁麻上，痛得猛然跳了起來，那樣子簡直不像剛斷氣的屍體。

等兩個男孩換好衣服，藏好那些配備，就邊走邊傷心地說，現在已經沒有綠林俠盜了，真不知道現代文明能拿什麼來彌補這

個缺陷。他們說，寧願在雪伍德森林當一年的俠盜，也不願意當一輩子的美國總統。

chapter 09

墓園驚魂

兩三分鐘之後，只有月光照著被殺害的人、蓋著毛毯的屍體、沒有蓋子的棺木、以及被挖開的墳墓。所有的一切，又再次陷入死寂。

　　晚上九點半過後，湯姆和席德一如往常地被趕上床睡覺。唸完睡前禱詞之後，席德很快就入睡了，但湯姆卻沒睡，不耐煩地等待著。當他覺得已經等了好久，以為已是黎明時分，卻聽到時鐘才敲了十聲而已！真是讓人難過。他翻來覆去，想藉此消弭煩燥的心，又怕吵醒席德，最後只好直挺挺地躺在床上，凝視這一片漆黑。整個世界靜默死寂，但很快，平時小到快聽不見的各種雜音，開始越變越大聲，牆上掛鐘的滴答聲變得清晰可辨，老舊的橫樑發出詭異的龜裂聲，樓梯也隱約在嘎吱地響，一定是幽靈都出來遊蕩了；寶莉阿姨的臥室傳出一陣陣平穩規律的打呼聲，接著永遠不知道從哪裡冒出來的蟋蟀叫聲也出現了；床頭牆上蛀蟲恐怖的吱喳聲，把湯姆嚇得渾身打哆嗦，因為這表示某個人時日不多了。此時遠處一聲狗嗥劃破夜空，更遠處的狗也嗥吠回應，聽得湯姆痛苦萬分。時間慢慢地流逝，展開漫無止盡的永恆，湯姆開始不由自主地打起盹，時鐘敲響十一點，他也沒聽見。過沒多久，就在半夢半醒之間，外面傳來一陣淒涼的貓咪哀鳴聲。鄰居開窗戶的聲音擾人清夢，有人大喊：「快滾開！你這該死的惡貓！」還朝阿姨的木籬笆砸了一個空罐子，瓶罐的碎裂聲讓湯姆驚醒過來，不到一分鐘，他就換好衣服，越出窗外，爬到邊房的屋頂上，他邊爬邊學貓叫了一兩聲，接著跳到木籬笆的屋頂上，再跳到地上。哈克就在那裡，拎著他的死貓等著湯姆。兩個男孩步行而去，消失在朦朧夜色之中。半個小時後，兩人已經來到墓地，撥開茂盛的雜草前進。

　　這是一個西部的老式墓地，座落在離村莊約一英哩半遠的山丘上。墓地四周的圍籬相當雜亂，有些朝內倒，有些往外傾，沒有一片是筆直的；整片墓地雜草叢生，所有的舊墳墓都塌陷了，

沒有一塊墓碑是完好的，圓頂墓碑、被蟲蛀的墓碑東倒西歪，找不到可以依靠的支柱。那些曾經刻在墓碑上寫著「謹此紀念……」之類的字句，現在大多已難加辨識，就算在白天有光線照射也看不出來。

一陣淒風掃過樹林，發出蕭瑟的沙沙聲，湯姆深怕那是因為亡魂受到打擾所發出的抱怨。兩個人幾乎沒有對話，有的話也只是低喃幾句，因為此時此地，肅穆與寧靜的氣氛壓迫著他們的心靈。他們找到了想找的那個新墳，就在距墳墓幾英呎遠之處，有三棵大榆樹長在一起，他們就在那裡藉樹蔭做蔽護，席地而坐。

然後他們靜靜等著，時間變得好漫長。打破這片死寂的，只有遠處貓頭鷹的叫聲。湯姆越來越難以忍受，他一定得找點話講，於是低聲說道：

「哈克，你認為死人會喜歡我們待在這裡嗎？」

哈克低聲回應：

「我也想知道啊！這裡真是安靜得可怕，對不對？」

「沒錯！」

兩個人沉默了一陣子，各自在心裡想著這個問題。然後湯姆又小聲說：

「欸！哈克，你覺得老霍斯聽得見我們說話嗎？」

「當然啦！至少他的靈魂聽得見。」

湯姆頓了一下，說：

「我應該稱呼他『威廉斯先生』才對。我真的無意冒犯，因為大家都叫他老霍斯嘛！」

「湯姆，死人不會因為別人換個稱呼方式就變得特別的。」

這句話猶如被潑了一盆冷水，讓湯姆感到掃興，兩個人的對

話就此結束。

但湯姆很快又抓著同伴的手：

「噓！」

「怎麼啦，湯姆？」兩個人緊緊靠在一起，緊張得心跳加速。

「噓！又來了！你聽到沒？」

「我……」

「來了！你快聽！」

「天哪！湯姆，他們來了！真的，他們來了。我們該怎麼辦？」

「我不知道。你想他們會看到我們嗎？」

「當然啦！湯姆，他們和貓一樣，在黑暗裡也看得一清二楚。我真不該來的。」

「欸！別怕。我覺得他們不會來找我們麻煩的，我們又沒做壞事。如果我們乖乖不動，也許他們根本不會發現我們。」

「我盡量啦！湯姆，可是……天啊！我渾身都在發抖耶。」

「快聽！」

兩個人一起低下頭，努力屏住呼吸。墓地遠端傳來一陣聽不太清楚的聲音。

「快！你看那裡！那是什麼啊？」湯姆低聲說。

「是鬼火！哦，湯姆，太可怕了！」

幾個模糊身影在昏暗中慢慢靠近，舊式錫製提燈在地上映出無數個小光點。哈克顫抖著說：

「一定是魔鬼來啦，而且還有三個！我的老天，湯姆，我們完蛋了！你知道怎麼禱告嗎？」

「我來試試，你先別怕嘛！他們不會傷害我們。『現在我將安躺入眠，我……』」

「噓！」

「又怎麼了，哈克？」

「他們是人耶！至少有一個是，我聽得出來那是莫夫‧波特那老頭的聲音。」

「不會吧！真的嗎？」

「我敢打賭是他。你別動，也別出聲。他還沒敏銳到能發現我們。我看他大概又和平常一樣喝醉了，這個糟老頭！」

「好吧！我不動就是了。現在他們停下來了，好像找不到東西。他們又走過來了。好像找到了，不過不是。又好像找到了，這次他們可找對了。嘿！哈克，我認出另一個人的聲音了，是印第安喬的聲音。」

「什麼？是那個殺人不眨眼的雜種！我還寧願是惡魔咧！他們來幹嘛啊？」

兩個人的對話完全中止，因為那三個人已經來到墓地，離男孩們只有幾英呎遠。

「就是這了。」第三個聲音開了口。說話的人把燈提高，他正是年輕的羅賓森醫生。

波特和印第安喬推著一輛手推車，車上放了一條繩子和兩把鏟子。他們把工具拿下來，開始挖墳墓。醫生把提燈放在墳墓前端，背靠著其中一棵榆樹坐下。他離男孩們很近，近到伸手就可以碰到。

「動作快點，老兄！月亮隨時可能露臉。」醫生低沉的聲音催促著。

他們低吼了一聲，繼續挖掘。好一陣子，周圍沒有半點聲響，空氣中只有他們鏟泥土和丟沙礫的聲音。終於，鏟子鏟到了棺木，

發出沉悶的木頭聲響，一兩分鐘後，他們就把棺木抬出了墓穴。他們用鏟子翹開棺蓋，粗魯地把屍體扔到地上。雲層後面露出幾許月光，照亮屍體那張蒼白的臉。手推車就定位，他們把屍體放到車上，蓋上一塊毯子，再用繩子綁好固定。波特拿出一把大型彈簧刀，切斷垂下的繩索後便說：

「這些該死的東西都搞定了。醫生，現在你還得給我五塊錢，不然這屍體就會被留在這。」

「說得好！」印第安喬附和。

「搞什麼！你們是什麼意思？你要我先付錢，我也已經付給你啦？」醫生應道。

「沒錯，但你欠我的可不止這些。」印第安喬邊說邊靠近醫生，醫生站了起來。「五年前的那個晚上，我到你老爸家討點東西吃，你卻說我沒安好心眼，還把我從廚房趕出來。當我發誓就算花上一百年，也要向你討回公道時，你老爸竟然把我當流浪漢送進了監獄。你以為我忘了嗎？我身上的印第安人血可不是白流的。現在你在我手上，這筆帳該怎麼算，你很清楚。」

這時，印第安喬伸出了拳頭，作勢威脅醫生。突然間，醫生揮他一拳，把這流氓打倒在地。波特扔了刀大喊：

「喂！你竟敢打我兄弟！」接著和醫生扭打在一起，兩個人拼命掙扎，他們的鞋跟都把草地踩爛了，把地板也劃破了。印第安喬一躍而起，眼神充滿怒火，他拾起波特的刀，像貓一樣屈起身體，在兩人身邊繞來繞去，伺機而動。就在這個時候，醫生拿起老霍斯那沉重的墓碑，把波特硬生生砸倒在地，同時印第安喬逮到機會，全力把刀刺進醫生的胸口。醫生一個踉蹌倒在波特身上，波特被沾了滿身的血。此時，雲霧散去，目睹這幅可怕的景象，

兩個嚇壞了的孩子在黑暗中逃離墓園。

　　不久之後，月光再次浮現，印第安喬站在倒地的兩人面前，俯視著他們。醫生斷斷續續地說了幾個字，喘了幾口氣就不動了。印第安喬喃喃唸道：

　　「這筆帳總算是清了，你這該死的傢伙。」

　　接著，他洗劫了屍體，再將兇刀放到波特敞開的右手，坐在打開的棺木上。三……四……五分鐘過去了，波特開始有了動靜，他呻吟，手握到了刀子，舉起來一看，嚇得馬上又把刀子丟落地上。他坐直了身子，把倒在他身上的屍體推開，盯著他看，困惑地四下張望。他和印第安喬四目相望。

　　「天哪！這是怎麼一回事，喬？」他問。

　　「真是糟透了，你為什麼要這麼做？」喬動也不動地問。

　　「我？我什麼也沒做啊！」

　　「你自己看看！再狡辯也洗脫不了你的罪行。」

　　波特全身發抖，臉色蒼白。

　　「我就知道該保持清醒，今天晚上真不應該喝酒的。我的腦袋到現在都還不清醒，比我們剛到這裡時還要糟糕。告訴我，喬，老朋友，你老老實實告訴我，我是不是真的殺了人？我是無心的，我以我的靈魂和名譽做擔保，我從來沒動過殺他的念頭。告訴我，事情是怎麼發生的，喬。哦！真慘，他還那麼年輕，又那麼有前途。」

　　「聽著，你們倆扭打在一起，他拿了塊板子砸你，你就被打趴了。過沒多久你站了起來，滿身是血，腳步也站不穩，就在他又拿起另一塊板子砸你的時候，你握著刀子狠狠朝他刺下去，然後你也倒地不起，直到現在。」

「噢！我不知道自己做了什麼。要是我真的做了，我情願現在就死掉。這全都要怪威士忌作祟，可能是我太亢奮了。我這輩子從來沒用過武器啊！喬。我會和人打架，但絕不會用武器的，這大家都知道。喬，別說出去！告訴我你不會說出去，喬，那樣才是我的好夥伴。我一直都很喜歡你，喬，我也總是站在你這邊的。你不記得了嗎？你不會說出去的，對吧！喬？」這可憐人雙手合十，跪倒在麻木不仁的兇手面前懇求他。

「我不會說的，你對我一向公平又正直，波特，我不會背叛你的。我這麼做，也算是仁至義盡了。」

「哦！喬，你真是個天使！你這麼幫我，這輩子我都會為你祈福的。」說完，波特就哭了起來。

「別這樣，夠了，現在不是哭的時候。你從那邊離開，我走這邊。走吧！別留下任何線索讓人發現你。」

波特先是快步走開，旋即加速奔離。那個雜種站在原地看著他遠離，嘴裡叨唸著：

「他腦袋挨了一擊，又喝了那麼多酒，八成也想不起來這把刀了，就算想起來，可能已經跑得老遠。不過我想，他也沒那個膽自己一個人回來拿，這個膽小鬼！」

兩三分鐘之後，只有月光照著被殺害的人、蓋著毛毯的屍體、沒有蓋子的棺木、以及被挖開的墳墓。所有的一切，又再次陷入死寂。

chapter 10

兩人的祕密

他們把木片埋在牆邊，再做了一些詭異的
儀式和咒語，於是，綁住他們舌頭的束縛
就像上了鎖的封印，而那把開鎖的鑰匙也
用不著了。

　　兩個男孩拼了命往鎮上飛奔，嚇得說不出話來，時不時邊跑邊回頭看，像是害怕被人跟蹤。路上出現的每個樹樁，都像是人、他們的敵人，嚇得他們喘不過氣。當他們奔馳著經過鎮外孤零零的小屋時，被吵醒的看門狗一陣狂吠，更是讓他們加快了奔跑的速度。

　　「只要撐到製革廠就沒事了！」湯姆上氣不接下氣地喃喃道，「我快不行了。」

　　哈克只能用痛苦的喘息聲作為回應，兩人把目光直盯著前方代表希望的目標上，竭盡全力衝向終點。他們逐漸接近目標，終於肩並著肩、擠進了開敞的大門，兩人慶幸逃過一劫，筋疲力竭地癱在有陰影遮蔽的地方。又過了一會，他們的脈搏才慢下來，湯姆低聲道：

　　「哈克，你猜最後的結局會怎樣？」

　　「如果羅賓森醫生死了，我想他們會判兇手絞刑吧！」

　　「你真的這麼想嗎？」

　　「要不然呢，湯姆？」

　　湯姆想了一會，然後說：

　　「誰會去告密？我們嗎？」

　　「你在說什麼？萬一出了什麼差錯，印第安喬沒被絞死，我敢向你擔保，他遲早會來要我們的命。」

　　「我也是這麼想的，哈克。」

　　「要告密就讓莫夫・波特自己去幹吧！反正他那麼蠢，又常常都醉得不醒人事。」

　　湯姆還在思考，沒開口說話。不久，才低聲地告訴哈克：「莫夫・波特根本不知道發生了什麼事，他怎麼可能去說呢？」

「他為什麼不知道？」

「因為印第安喬殺人的時候，他剛好被醫生打昏了啊！你覺得他會看到什麼？他會知道什麼？」

「說的對耶！湯姆。」

「再說，你想想，搞不好那一敲把他也敲死了！」

「不會的，那不太可能，湯姆。我看得出來，他之前是喝了酒，不過他常常這樣。我老爸喝醉的時候，就算拿一座教堂來敲也敲不死他，這是他自己說的，所以莫夫‧波特也應該是這樣。不過我想，要是一個很清醒的人被那樣敲，那一擊可能會要了他的命。我不曉得。」

兩人又沉默了一下，湯姆才說：

「哈克，你確定你可以保密嗎？」

「湯姆，我們一定得保密啊！你知道的，要是我們洩漏半點風聲，那個印第安魔鬼又沒被絞死的話，他會像淹死兩隻小貓一樣把我倆給解決掉！我說湯姆，不如我們現在互相發誓，發誓我們會守口如瓶，絕不走漏風聲，我們一定得這麼做。」

「我同意，哈克。這樣做最好不過了。你握住我的手，我們發誓。」

「哦，不行，這樣發誓是不夠的。如果是為了一些小事發誓，特別是和女生有關的事，那倒綽綽有餘，反正她們一發脾氣還是會背叛你，把祕密全說出去，但為了這種大事發誓，就應該把它寫下來，而且要用鮮血寫。」

湯姆對這個提議大為讚賞，這個方法深奧、隱密又恐怖，而且這個時刻、這個事件、這個地點，都很適合做這件事。他拾起月光下一片乾淨的松木片，從口袋裡拿出一小塊紅色粉筆，就著

月光，辛苦地寫下這幾排字，每當寫到向下的筆劃，就會咬牙切齒地用力慢慢寫，筆劃回到上方時，才放鬆力道：

　　　　哈克‧芬和湯瑪斯‧索耶在此立誓
　　　　他們會對這件事守口如瓶
　　　　如果有誰洩漏一字半句
　　　　就會當場暴斃，屍骨無存

　　哈克對於湯姆的一手好字和高尚用詞，感到欽佩不已。馬上從衣領上拆下一枚別針，打算用它刺自己的肉，但湯姆說：

　　「等一下！別用那個刺。別針是銅做的，可能會有銅綠。」

　　「什麼是銅綠？」

　　「就是一種毒藥。你只要吞下一點點的銅綠，就知道會怎樣了。」

　　湯姆把自己其中一根縫針的線拆掉，在兩人的大拇指上刺了一下，把血擠出來。擠了幾次後，湯姆就拿小指頭的指腹代筆，簽下他名字的縮寫，接著教哈克如何寫下名字的開頭字母「H」與「F」兩個字，到此宣誓結束。他們把木片埋在牆邊，再做了一些詭異的儀式和咒語，於是，綁住他們舌頭的束縛就像上了鎖的封印，而那把開鎖的鑰匙也用不著了。

　　這時，有一個身影鬼鬼祟祟地從這間破屋子的另一端穿進來，但他們倆卻沒有察覺。

　　「湯姆，這東西會讓我們永遠保密，一輩子都不說出去嗎？」哈克小聲地問。

　　「那當然。不管發生什麼事，我們都要守口如瓶，不然會當場

暴斃的，你也知道的，不是嗎？」

「對，我也是這麼想的。」

他們繼續低聲交談了一會，直到十英呎外有隻狗突然發出一聲悲慘的長鳴。兩個男孩嚇得魂飛魄散，緊緊抱在一起。

「牠是對我們哪一個人叫啊？」哈克大口喘著氣問。

「我不知道，你從縫隙偷看一下！快！」

「才不要，你去看啦，湯姆！」

「我不行，我不敢看！哈克！」

「拜託！湯姆。牠又叫了啦！」

「呼──謝天謝地！」湯姆鬆了一口氣，「我認得牠的聲音，牠是哈比森家的小狗布爾·哈比森。」如果哈比森先生有一個叫布爾的奴隸，湯姆會叫他「哈比森的布爾」，但是如果他的兒子或狗叫布爾，那湯姆就叫他布爾·哈比森。

「啊！那就好。告訴你，湯姆，我快被嚇死了，我還以為是隻流浪狗呢！」

狗兒又再嗥叫一聲。兩個男孩的心再次低落下來。

「哦，我的天哪！那傢伙不是哈比森家的小狗！快去看哪，湯姆！」哈克低聲道。

湯姆害怕得渾身打哆嗦，被迫把眼睛湊到裂縫邊。他的聲音小得幾乎聽不見：

「喔！哈克，牠是條流浪狗！」

「快！湯姆你快看！牠是對誰叫啊？」

「哈克，牠一定是對著我們倆一起叫的啦！我們不都在一起嘛！」

「哎喲！湯姆，我想我們倆完蛋了。我知道我死了之後會到哪

裡去，誰叫我平時幹了那麼多壞事。」

「該死！都怪我平時逃學曠課，又不聽話。如果我願意，或許可以做個像席德一樣的乖孩子，可是我沒有。要是能躲過今天這一劫，我發誓今後在主日學校一定會安安分分！」湯姆開始抽噎了起來。

「你壞？」哈克也開始語帶哽咽，「湯姆，你這該死的傢伙，和我比起來，你乖多了好不好！哦，天哪、天哪、天哪！我要是有你一半乖就好了。」

湯姆哽咽著低聲說：

「看，哈克，你快看！那隻狗是背對著我們耶！」

哈克滿心歡喜地看著。

「我的媽呀！是真的耶！牠之前就是這樣背對我們的嗎？」

「對啊！我真笨，剛剛竟然都沒注意這一點。呵，太好了！那麼，牠到底是對著誰叫呢？」

狗兒的嗥叫聲暫歇，湯姆豎起了耳朵。

「噓！聽！那是什麼？」他小聲地說。

「聽起來像是……像是豬的叫聲。不對……是有人在打呼！湯姆。」

「沒錯！它是從哪裡傳來的啊？哈克。」

「我想是從另外一邊傳來的吧？聽起來像是這樣。我老爸有時會在那和豬睡一塊，不過他打呼起來能把屋頂都掀了呢！再說，我不認為他會再回到這個鎮上來。」

兩個男孩的冒險精神立即被激發。

「哈克，要是我帶頭，你敢不敢和我去看看？」

「我不太想去欸！湯姆。那搞不好是印第安喬呢！」

聽到這名字，湯姆害怕得發抖，但這誘惑實在太大，兩人最終還是決定一試，不過他們也有了共識，就是如果打呼聲停下來，就要立刻逃跑。於是他們一前一後、躡手躡腳地悄悄往下走去。當他們離打呼的人只五步之遙時，湯姆竟然踩到一根樹枝，發出尖銳的破裂聲。那人呻吟了幾聲，身體一扭動，在月光中露出了臉，是莫夫‧波特！波特身體扭動的時候，兩個男孩動也不動，連心跳都幾乎快停了，但是現在內心的恐懼已然消失。他們踮著腳走出去，穿過破損的防風板，走了一段路才停下來道分手。這時，夜空中又傳來那悲淒的長嗥聲！他們轉身看見那條陌生的狗就站在距離波特沒幾英呎遠的地方，臉正對著波特，仰天長嗥。

「哦，天哪！那狗是衝著他來的。」兩個男孩都倒抽一口冷氣。

「嘿，湯姆，聽人家說兩個禮拜前的某個午夜，有隻流浪狗跑到強尼家咆哮，而同一天傍晚，又有一隻夜鷹飛到他們家欄杆上叫個不停。但是到現在還沒人掛掉。」

「嗯，這我知道。人是沒有死。不過那次之後的星期六，葛蕾絲不就跌進廚房爐火中，被燒得很慘嗎？」

「是沒錯，但她沒死啊！而且復原的情況越來越好了呢！」

「好，你等著看吧！她死定了，就和莫夫‧波特一樣，逃不掉的。那些黑人都這麼說，他們很清楚這種事的，哈克。」

分開時，兩人都若有所思。湯姆爬進臥室的窗戶時，天色幾乎亮了。他非常小心地脫掉外衣，邊慶幸著沒人知道他逃家的事，很快就入睡了。他不知道，輕聲打呼的席德其實已經醒了，而且醒了至少一個小時。

湯姆醒來的時候，席德已經換好衣服不見人影。天色似乎不早，空氣中有種睡過頭了的氣氛。他大吃一驚，為什麼沒人叫他

起床？為什麼他們不像平常那樣一直纏著他直到他起床為止？想到這裡，他滿懷不祥的預感，不到五分鐘即換好衣服下樓去，全身痠痛又睏得要命。全家人都坐在餐桌前，還在用著早餐，沒人責怪他，但閃躲的眼神與沉默嚴肅的氣氛，讓這個犯了錯的孩子心頭掃過一陣涼意。他坐在位子上，嘗試逗大家開心，卻徒勞無功，沒有人笑，也沒有人回應他，他也只好閉嘴收聲，讓一顆心不斷下沉。

　　早餐過後，寶莉阿姨把他叫到一邊，湯姆以為自己要挨打了，還開心阿姨終於回復正常。但事與願違，寶莉阿姨哭倒在他身上，問他怎麼能夠就這樣離開，如此傷她老人家的心，最後還說隨便他繼續混下去、自毀前程去吧！讓她這白髮人傷心地走進墳墓，因為她再怎麼做也沒辦法讓湯姆走向正途。對湯姆來說，這比挨一千下鞭子還糟糕，現在他的心比身體還要痛，他也哭了，哭著求阿姨原諒他，他再三保證以後一定會改過自新，阿姨才饒了他。但他卻覺得自己並沒有得到真正的原諒，心中感到半信半疑。

　　湯姆離開的時候實在是太難過了，以至於忘了要找席德報仇，所以其實席德也沒必要迅速從後門溜走。他悶悶不樂地晃到學校去，又因為前一天和喬蹺課，挨了一頓打，心裡只惦記著早上那更加沉重的災難，其它的事一點也沒放在心上。他坐在位子上，雙手托著下巴，手肘撐在桌上，兩眼直愣愣地凝視窗外，他的痛苦已經到極限了，再也受不了更多刺激。突然間，他意識到手肘壓到了某個硬梆梆的東西，即使如此，湯姆也過了好一陣子，才慢慢地、難過地換個姿勢，嘆了一聲，把那東西拿起來。是一個紙包。他把紙攤開，發出沉重地、深深地一聲長嘆，他心碎了。裡頭包的竟然是他送給貝琪的那個黃銅把手！

這是壓垮駱駝的最後一根稻草，他徹底崩潰了。

chapter 11

誰是謀殺犯？

群眾開始往兩邊分開，警長一副神氣的樣子，押著波特從中間穿過去。可憐的傢伙一臉憔悴，眼中透露出內心的恐懼，當他站在被害者面前，像是突然癱瘓一樣，雙手掩面，嚎啕大哭了起來。

接近中午時分,可怕的消息震驚了全鎮。根本用不著電報——當時人們做夢都想不到會有這種東西——消息就一傳十,十傳百,挨家挨戶地傳開來,速度可能只稍遜於電報。當然,校長會讓學生在這個下午都放假不上課,如果不這麼做,鎮上的居民會認為校長是個怪人。

人們在屍體附近發現一把沾滿鮮血的刀,有人指認這把刀是屬於波特的,事件就這樣開始流傳了。有人說,凌晨一兩點的時候,一名晚歸的市民碰巧遇上正在河流裡清洗自己的波特,波特一看見他就偷偷溜走了。但這個說法很可疑,尤其是在河邊清洗的部分,波特並沒有這樣的習慣;也有人說,大家為了找這個「謀殺犯」——民眾在蒐證裁決這些事情上的效率可不怠慢——把整個鎮都翻遍了,卻還是不見他的身影。騎警在每條道路上來回搜查,警長很有信心,覺得可以在入夜之前逮到這個犯人。

鎮上的人都慢慢湧向墓園,湯姆已把悲傷拋在腦後,他加入了人群行列,即使他百般不願意重回那個地方,卻有一種可怕的、莫名的魔力吸引他去。到了那個可怕的地方,他小小的身軀就鑽過人群,目睹那悲慘的景象。他覺得,距離上次來到這裡,彷彿已經過了一世紀那麼久。這時,有人撞了一下他的手臂,回頭一看,他和哈克四目交會,但兩個人都立刻往別處瞧,擔心有人從他們對望的眼神中發現什麼。每個人都在交談,專注著眼前這駭人的景象。

「可憐的傢伙!」「可憐的年輕人!」「這對盜墓者來說,應該是個教訓!」「要是抓到波特,就該判他絞刑!」這些是大家評論的重點,而牧師說:「這是神的旨意,是上帝的審判。」

湯姆這會全身上下顫抖不已,因為他看見了印第安喬那張無

動於衷的臉。此時群眾開始騷動、推擠，有人大喊：「是他！是他！他來了！」

「誰？誰來了？」二十幾個聲音在問。

「莫夫‧波特！」

「嘿，他停下來了！小心，他轉身了！別讓他跑了！」

「他並不是想逃跑，只是看起來很困惑、不知所措的樣了。」坐在湯姆頭頂上方那棵樹上的人議論紛紛。

「真是無恥的傢伙！八成想回來看看自己的傑作，卻沒料到會有這麼多人在這裡。」一個旁觀者如此評論。

群眾開始往兩邊分開，警長一副神氣的樣子，押著波特從中間穿過去。可憐的傢伙一臉憔悴，眼中透露出內心的恐懼，當他站在被害者面前，像是突然癱瘓一樣，雙手掩面，嚎啕大哭了起來。

「各位，我沒有殺他，我用名譽做擔保，我絕對沒有做這件事。」他啜泣著。

「誰控告你殺了人？」有人這麼喊著。

聽到這句話，他突然語塞。波特抬起頭來，用一雙絕望、無助的眼睛環顧四周。他看見印第安喬，驚呼：

「哦，印第安喬，你不是答應我你絕不會……」

「這是不是你的刀？」警長突然插進這麼一句話。

聽到這句話，波特險些腿軟，幸好有人扶住他，把他放到地上。然後他說：

「我就是有種感覺，要是不回來拿……」他渾身打顫，舉起虛弱無力的手比了一個投降的手勢，「告訴他們吧，喬，告訴他們。現在說什麼也沒用了。」

　　哈克和湯姆不發一語地站在那裡，瞪大雙眼，聽那鐵石心腸
的騙子滔滔不絕地說著自己編造的謊言，他倆每分鐘都在期盼這
萬里晴空上，這壞蛋能遭到天打雷劈的懲罰，他們疑惑著要等多
久老天才會顯靈。當印第安喬說完話，卻還好端端地站在那時，
兩人本想將誓言拋諸腦後，不顧一切去救那可憐遭到背叛的犯人，
但見此情景，那股衝動就消失殆盡了。這個惡棍顯然已經把自己
賣給了撒旦，干預這種人的事，是會出人命的。

　　「你為什麼不一走了之？你想回來這裡做什麼？」某個人問。

　　「我就是忍不住，我身不由己啊！」波特低喃道，「我想逃得
遠遠的，但似乎哪裡也去不了，只能回來這裡。」他又開始啜泣。

　　驗屍幾分鐘後，印第安喬一派冷靜地在宣誓後，重述他的證
詞。兩個男孩等不到那道閃電打下來，於是更加確信印第安喬已
經把自己賣給了撒旦。對他倆來說，印第安喬現在是他們見過最
邪惡、也最有趣的東西，兩雙為之著迷的眼睛就是無法從印第安
喬的臉上移開。

　　他們內心都暗自下了決定，夜裡要去看他，要是有機會的話，
希望能一瞥他那魔鬼主人的真面目。

　　印第安喬協助將屍體抬起來，放到一輛馬車上載離此處。騷
動的群眾間傳起了耳語，說那屍體的傷口流了一點血！男孩們以
為這可喜的現象會將疑點帶往正確的方向，但他們失望了，因為
幾個鎮民都說道：

　　「那屍體滴血的時候距離波特只有三英呎遠，兇手一定是
他！」

　　此後，湯姆一直守著這可怕的祕密，因為良心的不安，長達
一個禮拜都睡不好覺。某天早上吃早餐時，席德說：

「湯姆，你晚上睡覺翻來覆去的，一直說夢話，害我大半夜都睡不了覺。」

湯姆臉色發白，垂下了雙眼。

「這可是個壞兆頭。你有什麼心事嗎？湯姆。」寶莉阿姨陰鬱地問。

「沒有啊！我不知道我有什麼心事。」但這孩子的手在發抖，抖到連咖啡都灑了出來。

「而且你還說了這樣的話，昨天晚上你說：『血啊，都是血，全是血啊！』你不停說這句話。你還說：『別這樣折磨我，不然我會說出去的。』說什麼啊？你會把什麼說出去啊？」席德問。

所有的畫面又再次浮現在湯姆眼前，他不知道現在該怎麼辦，但幸好寶莉阿姨已經轉移了席德的注意力，但她並沒有察覺自己替湯姆解了圍。她說：

「當然啦！他說的就是那件恐怖的謀殺案。我幾乎每晚都會夢到這件事。有時候還夢到是我殺了人呢！」

瑪麗說，因為這起謀殺案，她也做了許多惡夢，這下席德終於不再問東問西的了，湯姆想辦法盡快離了席。接下來的整個禮拜，湯姆又抱怨牙痛，每天晚上都用繃帶綁住下巴固定。他從不知道席德晚上都躺在床上觀察他，時常偷偷地把繃帶解下來，用自己的手肘頂住，好聽他說些什麼，聽夠了，再偷偷把繃帶包回原狀。漸漸地，湯姆的心情平靜了，佯裝牙痛變成一件令人厭煩的事，最後終於放棄假裝。如果席德真的從湯姆支離破碎的夢囈中聽出些什麼，他也沒把它說出來。

近來同學們老愛玩「替死貓驗屍」的遊戲，這一直困擾著湯姆，因為這會不斷地提醒他心中的「煩惱」。席德留意到，每次

有新玩意，湯姆總是習慣帶頭嘗鮮，但卻從不在這些驗屍遊戲中擔任驗屍官的角色；他也注意到，湯姆也從不擔任證人的角色，這實在是奇怪極了；席德也沒忽略，湯姆看到這些驗屍遊戲時，臉上厭惡的表情，如果可以，他也總是避玩這些遊戲。席德感到訝異，卻隻字未提。不管怎樣，這些驗屍遊戲的熱潮最後也退燒了，總算不再折磨湯姆的良心。

在這段悲傷的日子裡，湯姆三天兩頭就找機會跑到加了鐵柵欄的小牢房窗外，送一些他費盡心思偷來的「慰問品」給那個「殺人犯」。這座監獄只是一間小型磚造密室，座落在鎮外的一塊沼澤地上，沒有守衛看管，事實上根本很少使用。不時送些補給品過去，讓湯姆減輕了良心上的負擔。

大家都知道印第安喬的盜屍行為，全部的鎮民都強烈希望在他身上塗滿柏油，再黏上羽毛以示嚴懲，但這個人實在難以對付，以至於找不到半個人願意帶頭懲罰他，因此這個想法也只得作罷。在這次的謀殺事件中，印第安喬在證詞上的兩次陳述都很小心，只談了打鬥的事，也沒有承認他當時正在盜墓，所以居民們覺得，不要馬上在法庭上審判這件案子，絕對是最聰明的做法。

chapter 12

阿姨的試驗品

老婦人站在那，嚇得目瞪口呆，從眼鏡上方盯著看了老半天。湯姆則躺在地上，笑得喘不過氣來。

　　湯姆轉移了自己的注意力，因此他慢慢淡忘了這可怕的事情。原因之一就是他發現了另一個重大的新事件：這段時間，貝琪一直沒來上學。湯姆的自尊心掙扎了幾天，試著「把她的事當成過眼雲煙」，但他卻失敗了。他發現自己晚上會在她家外面閒晃，心裡感到非常難過，因為貝琪生病了。萬一她死了怎麼辦？這個念頭讓湯姆心煩意亂，對於戰爭遊戲，甚至是海盜生涯，都失了興趣。他收起鐵環和球棒，這些東西再也無法為他帶來任何樂趣。

　　寶莉阿姨很擔心，開始試盡各種藥方想幫助湯姆。她是那種對於人稱有益身心健康的偏方或實驗性藥物都十分著迷的人，可以說是個實驗家，只要聽到有什麼新鮮妙方，她總是迫不及待地想先試為快。不過她不是拿自己做實驗品，因為她從不生病，所以就看誰剛好需要，她就找誰來試。她訂閱了各種「健康」雜誌和騙人的骨相學期刊，書中一本正經的胡說八道，都被她奉為圭臬。這些雜誌裡的餿主意，包括和通風透氣有關的事、怎麼入睡、怎麼起床、吃什麼、喝什麼、做多少運動、保持怎樣的心情、穿哪一類的衣服，都被她當作真理福音，而她卻從未發現，這些健康期刊中，當月的方法往往和上個月的建議互相矛盾。她一直是個單純又老實的人，所以也是一個容易上當的受害者。她相信跟著這些庸醫的處方和藥物，彷彿是騎上聖經中所提到的蒼白羸弱的馬，用比喻的說法就是：「地獄隨伺在後。」但她從不曾質疑過，自己並不是苦難鄰居們的華陀再世，更沒有什麼萬能仙丹能治病。

　　現在，有一種新的水療法，對於湯姆情緒低迷的症狀正好可以派上用場。每天早上，她都把湯姆叫到外面，讓他站在柴房裡，把大量的冷水潑到他身上，然後拿條毛巾，當成銼刀把他身體搓揉乾淨，再拿條濕被單把他包起來，用毯子蓋住，直到他出汗，

然後「黃色的髒污就會從他的毛細孔裡流出來，洗淨他的靈魂」。湯姆是這麼說的。

儘管她試遍各種方法，小男孩還是變得越來越憂鬱、蒼白且沮喪。她加入熱水澡、坐浴和跳水的方法，男孩卻仍然像部靈車似的死氣沉沉，不見起色。她開始在水裡加入些許燕麥和治水泡的藥膏，把湯姆當成藥罐子一樣計算他的容量，每天用那些江湖藥方把他餵得飽飽的。

到了這個時候，湯姆對這些迫害已經變得麻木了。這個現象讓老婦人心中大為驚慌失措，決定不惜任何代價，都必須讓這孩子不再如此無動於衷。這時，她頭一回聽到止痛藥這種東西，馬上就訂了一大堆貨。自己先試了一點，滿心感激。但這玩意嚐起來簡直就像一種液態的火藥！她放棄水療法和其它處方，把希望都寄託在止痛劑上。她餵湯姆吃了一茶匙的止痛藥，萬分焦慮地等待藥效。果然有效！她的煩惱立刻消退了，靈魂也再次得到平靜，因為湯姆不再「無動於衷」了。就算她把這孩子放在火上，他也沒法表現得如此活力十足。

湯姆覺得該是清醒的時候了。在如此沮喪的時刻，這種生活或許很浪漫，但卻讓人變得越來越不理智，越來越讓人感到精神渙散。於是他想了各種計畫從中解脫，終於讓他抓到機會，假裝對止痛劑有興趣，時不時就要求阿姨給止痛藥，次數多到讓阿姨都覺得很厭煩，於是她決定叫湯姆自己拿藥吃，別再煩她。如果吃藥的是席德，阿姨根本就不用擔心他會不會按時吃藥，但換作是湯姆，就必須暗中去檢查藥罐子的狀況。結果，她發現藥真的不斷減少了，但她一點都沒想到，這孩子其實把藥都拿去填補客廳地板上的裂縫了。

　　某天，湯姆正在餵裂縫吃藥的時候，阿姨的大黃貓走了過來，發出咕嚕咕嚕的聲音，眼睛貪婪地直盯著小茶匙看，渴求能嘗一嘗。湯姆說：

　　「除非你真的想吃，否則別叫我餵你，彼得。」

　　但彼得表示牠真的想吃。

　　「你最好確定一下是不是真的想吃。」

　　彼得很確定。

　　「這可是你自己要吃，我才餵你吃的哦！我可是一點惡意都沒有，你要是發現不喜歡，可別怪任何人！要怪就怪你自己。」

　　彼得同意了，於是湯姆把牠的嘴巴打開，把止痛藥倒進去。彼得一下子跳了兩碼高，然後發出一聲慘叫，在房間裡狂繞圈圈，又猛撞家具，打翻了花盆，總之製造了一場大浩劫。接下來，牠抬起後腿，到處跳來跳去，因亢奮而狂亂不已。牠的頭仰到肩後，連聲音也宣告著他無法平息的狂喜心情，下一秒牠又開始在房裡到處搞破壞，途經之處盡是一片混亂。寶莉阿姨進來時剛好看見牠在翻筋斗，發出最後一次大聲的吼叫，就往開敞的窗戶直奔而去，連同剩下的花盆也帶了出去。老婦人站在那，嚇得目瞪口呆，從眼鏡上方盯著看了老半天。湯姆則躺在地上，笑得喘不過氣來。

　　「湯姆，那隻貓到底是發了什麼神經啊？」

　　「我不知道，阿姨。」小男孩上氣不接下氣地說。

　　「哎喲，我從沒見過這怪事呢！是什麼東西讓牠這樣的？」

　　「我真的不知道，寶莉阿姨。貓咪一開心起來，都會這個樣子的。」

　　「真的嗎？」她的語氣讓湯姆警覺了起來。

　　「真的啊！真的，我相信貓咪都會這樣的。」

「你相信？」

「對啊！」

老婦人正彎下腰，湯姆的焦慮提高了她的興趣。但湯姆太晚察覺她的「動向」，窗簾下清晰可見的小茶匙把手被寶莉阿姨拿了起來。湯姆縮起身子，兩眼垂了下去，而寶莉阿姨一如往常地揪起他的耳朵，用頂針往他腦袋重重敲了一下。

「好了吧！先生，現在你告訴我，為什麼要這樣欺負那隻可憐的笨貓？」

「我是同情牠才這樣做的，因為牠又沒有阿姨。」

「沒有阿姨？你這個傻瓜，這和你餵牠吃藥有什麼關係啊？」

「關係可大了。因為牠要是有阿姨，牠阿姨就會讓牠吃那個像火燒起來的藥！她會烘烤牠的腸子，毫無感情地把牠當作人類看待！」

寶莉阿姨突然懊悔，並感到一陣心痛。這讓她對這件事情有了新的見解，如果這麼做對貓來說是殘忍的，那麼對一個小男孩來說，同樣也是殘忍的。她開始心軟，覺得很抱歉，她的眼睛有點濕，用手輕撫湯姆的頭，溫柔地說：

「湯姆，我那麼做全是為了你好。而且，那藥對你真的有效啊！湯姆。」

湯姆抬起頭來，一臉嚴肅地望著寶莉阿姨的臉，說：

「阿姨，我知道妳是為我好，我也是為了彼得好啊！那個藥對牠也很有效，我從沒看過牠這麼高興地活蹦亂跳，牠……」

「夠了，湯姆，你自己去玩吧！免得又把我惹火了。拜託你能不能試著當一次乖孩子，還有，你可以不用再吃藥了。」

湯姆提早來到學校。大家都注意到，最近天天都發生怪事。

而今天，他就和過去幾天一樣，在校門口遊蕩，沒和夥伴們玩在一塊，他說自己病了，看起來湯姆也的確是病懨懨的樣子。他假裝左顧右盼，但其實真正關注的是通往學校的路。這時，傑夫嘆著氣出現了，湯姆的臉亮了起來，但注視了一會，沒見到貝琪，就傷心地轉身離去。當傑夫抵達學校，湯姆上前和他說話，小心地找機會勾引他提到貝琪的事，但這個輕浮的小子卻總是不上鉤。湯姆四處望了又望，每當有穿著裙子的女孩映入眼簾，就滿懷希望，一旦發現那不是貝琪，就不禁生氣得咬牙切齒。最後，路上已經不再有女孩出現了，他的心無助地沉到谷底。走進空盪盪的教室，難過地坐下來承受這一切。

這時，又有一個穿著裙子的身影在校門口出現，湯姆的心狂跳不已，立刻衝出了教室，像印第安人一樣又叫、又笑，越過其他男孩，冒著生命危險跳越藩籬，又是翻筋斗又是倒立，將他能想到的英雄酷炫行徑全做盡了。從頭到尾，他都偷偷用一隻眼瞄著貝琪，看她是否注意到他了。但貝琪似乎完全沒發現，一次也沒看他，有沒有可能她不曉得他在這裡呢？於是，他立刻再更靠近她一些，繼續展現自認為英勇的行為。他喊著戰呼，抓下某個男孩的帽子，把它扔到校舍的屋頂上；衝向一群男孩，害他們跌得東倒西歪，自己則伸開雙手雙腳，摔倒在貝琪眼前，差點把她也撞倒了，但貝琪卻只是轉過身去，鼻子翹得老高，他聽到她說：「哼！有些人自以為很聰明，老是愛現！」

湯姆的雙頰發燙，他只好自己爬起來，心碎又沮喪地悄悄離開了。

chapter 13

決定出走

兩個男孩傷心地走在一塊，並達成一項新的盟約，決定成為兄弟、互相支持，永遠不分開，直到從死亡中獲得解脫。於是他們開始安排計畫。

　　湯姆現在下定決心了。他鬱鬱寡歡、灰心絕望，他說他是一個沒有朋友、被世人遺棄的男孩，沒有人愛他，如果世人發現是他們把他逼到這種境地，或許會感到抱歉。他一直嘗試做個乖孩子，和大家好好相處，但他們卻不給他機會，只想擺脫他，那就如他們所願吧！就讓他們把這些都怪到他頭上吧！有何不可？像他這樣沒朋友的人，還有什麼權利抱怨？沒錯，是他們把他逼到這個絕境的，他決定要過一個罪犯的生活。他別無選擇。

　　此時，他已經走到牧場小徑的盡頭了，學校的鐘聲隱約在他耳邊迴響，想到以後應該再也聽不到那熟悉的聲音，湯姆不禁啜泣起來。他也非常不願意，但被逼得不得不這麼做，是人們把他逼到了冰冷的世界裡，他不得不接受，不過湯姆還是會原諒他們。想到這裡，他哭得更急、更傷心了。

　　就在這個時候，他遇見了他的心靈至交——喬。喬那忿忿不平的眼神，看來他的內心也是苦悶難受的。顯然，他們現在是「兩體一心」，同病相憐。湯姆用袖子擦拭淚痕，開始哭訴他決定要離開那個冷酷又缺乏同情心的家，走進外面浩瀚的花花世界，再也不回來了。最後他還說，希望喬不要忘了他。

　　碰巧，這正是喬打算和湯姆提出的請求，他就是為此來找湯姆的。喬的母親以為他偷吃奶油而揍了他一頓，但他壓根就沒偷吃，他根本不知道有奶油這回事，顯然母親是對他感到厭煩，想打發他走才如此。既然她這麼想，他也只好屈服。他希望他離了家母親就會開心，永遠別後悔曾經把她可憐的孩子逼到殘酷世界裡受苦而死。

　　兩個男孩傷心地走在一塊，並達成一項新的盟約，決定成為兄弟、互相支持，永遠不分開，直到從死亡中獲得解脫。於是他

們開始安排計畫。喬原本打算當一名隱士，找一個偏遠的洞穴住下來，過了一段時日之後，就在飢寒交迫與悲傷中死去，但聽了湯姆所描繪的海盜生活之後，他承認當罪犯的生活遠勝於自己的計劃，所以也決定要當個海盜。

　　聖彼得堡下游大約三英哩遠的地方，在密西西比河一段約莫一哩寬的河面上，有一塊又長又窄、長滿樹林的小島——傑克森島，島的前方有一處淺淺的沙洲，是一個絕佳的海盜基地。那裡沒有任何人居住，離對岸還有好一段距離，而對岸也是一排濃密、幾乎杳無人煙的森林，所以他們相中這個島，至於海盜生涯要做些什麼，他們還沒有什麼想法。他們決定先去找哈克，哈克馬上就答應加入海盜的行列，因為對哈克而言，這輩子做什麼都一樣，他根本不在乎。現在，他們暫時分開，選定下次的見面時間，那也是他們最喜愛的時間——午夜時分，在距離小鎮兩英哩遠的河岸上，一處無人的地方碰頭。那裡有張小木筏，他們打算占為己有。每個人都要帶魚鉤和釣魚線，還要帶上他們用最神祕、最奸詐的招數所偷來的食物——這樣才能成為亡命之徒。他們期望在天黑前，聽到鎮上流傳著「將會聽到什麼重大新聞」的消息，並愉快地享受這甜蜜的榮耀。凡是收到這個模糊暗示的人都被警告要「保密並等待時機」。

　　接近午夜時分，湯姆帶著一條煮熟的火腿和一些小東西來到小峭壁上的濃密矮樹叢，俯瞰會面的地點。今夜星光閃耀，安靜得很，大河像是一片海洋，靜靜地躺在那裡沉睡。湯姆仔細聽了一會，沒有任何聲音來擾亂這片寧靜，他吹了一聲低沉、清晰的口哨，峭壁下方傳來回應，湯姆又吹了兩次，對方也做出同樣回應。接著有人用警覺的口吻問道：

「來者何人？」

「湯瑪斯・索耶，西班牙海的闇黑復仇者。報上名來！」

「血染手哈克・芬和大海魔王喬・哈波。」這些名號是湯姆從他最喜歡的文學作品中選出來用的。

「好，現在說出暗號！」

兩個人同時嘶啞地低聲說出一個恐怖的詞彙，劃破深沉的夜：「鮮血！」

於是湯姆讓火腿從峭壁上滾下去，自己也跟著滑下去，結果身上的皮膚和衣服都磨破了。其實在峭壁下沿著河岸有一條安全、好走的路，但湯姆覺得，走那條沒有困難與危險的路未免太欠缺海盜的氣概了。

大海魔王帶來一大塊燻豬肉，為了把這塊肉帶到這裡來，他整個人都快要累癱了；血染手偷了一個平底鍋、烤得半乾的菸草，還帶了幾根玉米穗軸來做菸斗，但除了哈克之外，其他兩位大盜都沒有抽過菸，也沒有嚼菸草。西班牙海的闇黑復仇者說，如果不弄點火，他們的海盜生涯永遠無法展開。這是個聰明的想法，但在那個年代，人們還不太知道火柴這回事。他們看到前方幾百碼外上游處，一個大木筏上有股火在悶燒，於是躡手躡腳地走過去，想弄些火種來。他們展開一段氣勢雄偉的冒險之旅，不斷低喊「噓！」或是突然停下來，把手指比在唇上，雙手放在假想的匕首柄上，用陰沉的嗓音小聲地發號施令說，如果驚動了「敵人」，就「殺無赦」，因為「死人是不會告密的」。他們很清楚，筏上的人現在都在鎮上採買辦貨或是狂歡作樂，但那並不能當作一種藉口讓他們用非海盜的作風行事。他們終於離岸，湯姆坐鎮指揮，哈克掌後槳，喬則負責船頭。湯姆站在船中央，眉頭深鎖，

雙臂交叉在胸前，壓低聲音、嚴厲地發號施令。

「轉舵，讓風領船前行！」

「是的，船長！」

「穩住船，穩住！」

「船穩住了，船長！」

「避開岬角！」

「避開了，船長！」

男孩們持續平穩地駕著木筏，向河的中流駛去，這些口令無疑只是做做樣子罷了，沒有什麼特別的涵義。

「現在船升的是什麼帆？」

「下桁大橫帆、中桅帆和船首三角帆，船長！」

「全帆上揚！升到桅桿頂端，來！你們六個，拉起前中桅的副帆，打起精神，動作快！」

「遵命，船長！」

「搖動大二接桅！扣住帆腳索，穩住！夥伴們，就是現在！」

「是的，船長！」

「就要起風了！靠向左舷！準備迎風！左舵，轉左舵！就是現在！加把勁！穩住！」

「穩住了，船長！」

木筏越過河中央，男孩們將木筏轉正，接著停止划槳。河流並不湍急，流速只有兩三英哩。接下來的四十五分鐘裡，大家幾乎一言不發。現在木筏已經遠遠漂離城鎮，隱約可見兩三處閃爍的燈光，顯示出城鎮的方向。在這片模糊、浩瀚，有著星光點綴的河面背後，鎮上的人都已進入恬靜夢鄉，渾然不覺這天大的事件正在發生。闇黑復仇者雙手在胸前交叉，一動不動地站著，他

對著那些過去充滿歡樂、如今滿是傷痛的地方，送上最後一瞥。但願「她」能看到此刻他正在狂風暴雨的海上流浪，憑藉一顆無畏的心面對危險和死亡，嘴角掛著一抹冷笑，步向滅亡。對湯姆而言，只要運用一點點想像力，就能將傑克森島搬離村莊的視野之外，如此便能用一顆破碎卻滿足的心，再看「最後一眼」。另外兩名海盜也投下他們的最後一望，他們望了很久，險些讓水流將他們帶離小島的範圍，幸好他們即時發現危險，把木筏的方向又轉了回來。凌晨兩點左右，木筏在島前上方兩百碼的沙洲擱淺，他們來回涉水走了好幾趟，才把帶來的東西都搬到岸上。小木筏上有一張老舊的帆，於是他們把帆張開，放在灌木叢的一個角落，當作保護他們家當的帳幕。至於他們幾個，就在天氣好的時候露天而睡，這才是亡命之徒的作風。

他們在距離陰鬱森林深處約二、三十步之遙的大樹幹旁升起一把火，用平底鍋煎了幾片燻豬肉當晚餐，還把他們帶來的玉米麵包吃掉了一半。在一座未開發、無人島的原始森林裡，用如此豪放、自由的方式大快朵頤，讓他們覺得樂趣無窮，他們說他們再也不打算回到文明世界去了。向上竄燒的火焰照亮了他們的臉，刺眼的火光投射在他們這座森林聖殿的樹幹柱樑上，也照耀在光亮的樹葉與結彩的藤蔓上。當他們吃完今天最後一片培根、吞下今晚最後一塊玉米麵包，三個男孩就心滿意足地躺在草地上伸展四肢，他們明明可以找一塊更涼爽的地方，卻捨不得放棄待在延燒營火旁這種浪漫的樂趣。

「真是太愉快了！」喬說。

「是啊，太棒啦！」湯姆應道。

「要是其他男孩能看到我們這樣，不知道他們會說什麼？」

「說什麼？他們一定嚮往得要命，對吧，哈克？」

「我想也是。不管怎麼說，我很滿意這種生活。我覺得這樣再好不過了。以前我從沒吃頓飽飯過，而且在這裡也不會被人隨便欺負、嘲笑。」哈克說。

「不管怎樣，這就是我真正要的生活，不必一大早起床，不用去上學，不用洗臉，不用做一大堆無聊的蠢事。」湯姆接著說。

「我告訴你，喬，海盜出航的時候，是什麼都不必做的，但隱士卻必須做一大堆禱告，老是孤單一個人，一點樂趣都沒有。」

「對，說得沒錯！我當時沒想那麼多，你知道的。現在我試過啦！我情願當一個海盜。」喬贊同道。

「你看吧！現在已經沒幾個人像古時候的人一樣喜歡當個隱士，不像海盜，永遠是受人尊敬的。想當個隱士得找一處最硬的地方睡覺，還要在頭上裹粗麻布、抹香灰，站在雨中淋雨，還要……」湯姆話還沒說完。

「幹嘛要在頭上裹粗麻布、抹香灰啊？」哈克覺得疑惑。

「我不知道，但他們都必須這麼做。隱士都是這樣的啊！如果你要當隱士，就得照著做。」

「要是我，我才不幹呢！」哈克說。

「那你要做什麼？」

「我也不知道，反正我不幹就是了。」

「拜託！哈克，你一定得那樣做。不然你怎麼當隱士？」

「我就是受不了做那種事啊，我會逃跑。」

「逃跑！哦，那你就是一個懶鬼隱士囉！你會丟盡隱士的臉。」

血染手沒有回應，因為他正忙於別的事。他正專心地把一個

玉米軸挖空，在裡面安上一根草梗、裝進菸草，再用一塊煤炭壓熱點燃，吹出一圈馥郁的煙雲。他完全沉醉在這吞雲吐霧的奢華享受之中，讓另外兩個海盜對他這種高貴的惡習羨慕不已，暗自決定也要很快地學會這玩意。

「那海盜要做些什麼呢？」哈克問。

「海盜呀！就是到處去欺負人啊！搶人家的船，再把船燒了，然後在海盜自己的島上找一個陰森的地方，把搶來的金錢埋在那，交由鬼神看管，最後宰掉船上的每一個人，讓他們走上跳板跳進海裡。」湯姆回答。

「海盜還會把女人帶到島上，他們是不殺女人的。」喬補充道。

「沒錯！他們不殺女人。女人太尊貴了，而且那些女人總是很漂亮的婦女。」湯姆贊同。

「還有，海盜們不都會穿著最酷的衣服嗎？哦，還不止呢！他們全身上下都掛滿了金銀珠寶。」喬興奮地描述著。

「你是說誰啊？」哈克說。

「誰？不就是海盜嗎？」

哈克鬱悶地低頭檢視自己身上穿的衣服。

「我想我的打扮不像個海盜吧，我能穿的只有這身破爛衣服。」他語帶遺憾地說。

兩個男孩告訴他，等他們展開冒險之旅，很快就會有好衣服穿了。他們努力向他解釋，雖然有錢的海盜在行動時通常都會穿著一身漂亮行頭，但不是每個都如此，他這身窮酸裝扮並不影響他展開海盜生涯。

三人的談話逐漸減少，瞌睡蟲也開始拜訪這些小傢伙。菸斗從血染手的指間掉落，他毫無意識、疲憊地沉沉入睡，但大海魔

王和西班牙海的闇黑復仇者久久難以入眠。他們在心中默默禱告
然後躺下。事實上，他們一點都不想禱告，這裡沒有權威人士要
求他們跪下來大聲背誦禱告詞，但他們又害怕，如果省略了禱告
的程序，可能會遭到天打雷劈。眼看不久就要沉入夢鄉，卻在此
時有樣東西干擾著他們的睡眠，怎麼也趕不走，那就是他們的「良
心」。他們開始有種隱隱約約的恐懼感，深怕這樣逃家是錯的，
又想起他們偷走的肉，真正的折磨就此開始。他們試著提醒自己
以前也曾偷過幾次糖果和蘋果，想藉此擺脫良心的折磨，但這番
薄弱的花言巧語卻不為良心所接受。到頭來，他們似乎不得不承
認，拿糖果只是「小兒科」，但拿燻豬肉、火腿及肉食，就真的
是偷竊的行為了，而這在聖經中是不被允許的。所以他們暗自決
定，只要身為海盜的一天，就不應該再犯任何與偷竊有關的罪刑，
於是良心同意休戰，兩個矛盾的小海盜這才終於平靜入睡。

chapter 14

傳來死訊

黃昏時分，渡輪回去做它的生意，那些小
艇也都離開了。海盜們回到營地，想到這
項新成就以及他們所惹出來的天大麻煩，
讓他們虛榮地不斷歡呼。

　　湯姆在清晨醒來，一時之間懷疑自己身在何方。他坐起身子，
揉揉眼睛，四下環顧，然後才想起來。現在是涼爽、灰濛濛的黎
明時分，樹林裡一片寂靜，有一絲平和、安詳的氣息。樹葉靜止
不動，也沒有半點聲音擾亂大自然的沉思，晶瑩的露珠逗留在樹
葉和青草上，火堆上覆蓋著一層白色的灰燼，冉冉升起一縷青煙，
直入雲霄。喬和哈克還在睡。這時，遠在森林的那端傳來一聲鳥
鳴，另一隻鳥隨即回應，然後就聽到啄木鳥不斷敲擊的聲音。原
本涼爽昏灰的清晨漸漸白亮起來，森林裡的聲音也越來越多，生
命都漸漸甦醒。大自然從沉睡中醒來，將重展生機的驚奇，呈現
在沉思少年的眼前。一條綠色小毛蟲慢慢爬過一片沾著露珠的葉
子，不時舉起三分之二的身體到處聞來聞去，然後再繼續前行——
「牠是在打探」，湯姆如此想——小蟲主動向他的方向爬過來，
他像顆石頭般定定坐著，一顆心七上八下，思緒隨著小蟲的行動
起伏不定。看著牠繼續朝自己爬來，內心的希望就不斷高漲，一
旦牠看似要往別處去，他的希望也跟著低落。就在牠轉過身子，
決意爬到湯姆腳上展開一段旅程時，湯姆整顆心歡喜不已，因為
這表示他即將得到一套新衣服了，無疑地，這將是一件華麗的海
盜制服；與此同時，不知道從哪裡跑出一排螞蟻，忙著搬運東西，
其中一隻螞蟻勇敢地伸出雙臂，奮力地想把一隻比自己大五倍的
死蜘蛛直接拖回樹幹。另外一隻有棕色斑點的瓢蟲爬上一葉草綠，
搖搖晃晃地懸在高處，湯姆彎下腰，靠近牠說：

　　「瓢蟲啊瓢蟲，趕快飛回你的家。你家失火了，只有小孩待在
家。」

　　瓢蟲聽了就振翅高飛回去觀察態勢。湯姆並沒有為此感到訝
異，因為古老的傳說告訴他，這種昆蟲很容易相信火災的傳言，

他以前就對單純的蟲子試驗過好幾次。接著而來的是一隻金龜子，努力地搬著一團土塊，湯姆伸手去碰牠，牠就嚇得裝死；鳥兒們也都起床了，鬧得翻天。一頭貓鵲——來自北方的模仿者——停在湯姆頭頂的樹枝上，欣喜若狂地模仿左鄰右舍的鳴囀聲。接著是一隻叫聲尖銳刺耳的堅鳥拂掠而過，像一團閃過的藍色火光，佇足在男孩觸手可及的嫩枝上，翹首歪向一邊，帶著強烈的好奇心注視這個陌生人；一隻灰色的松鼠和一隻像狐狸的大動物一起急速跑過，牠倆不時停下來，立起身子觀察這男孩、對著他嘀啾。這些野生動物可能從沒見過人類，所以不知道是否該感到害怕。現在，整個大自然都甦醒過來、蠢蠢欲動，陽光如長矛般穿過或遠或近的濃密樹蔭，幾隻蝴蝶也在這幅美景中翩翩起舞。

湯姆搖醒另外兩名海盜，三個人大叫一聲，打打鬧鬧離開營地，只一兩分鐘就剝光全身衣服，彼此追逐起來，互相跌落在白色沙洲上又清又淺的河水中，不再眷戀沉睡於這大河外那遠遠的小鎮。或許是一道強烈的急流，又或是上漲的潮水，載離了他們的木筏，但他們反而感到慶幸，因為木筏的漂離意謂著他們與文明世界間的橋樑就此斷絕。

他們恢復了活力，精神百倍、滿心喜悅地回到營地，肚子都餓壞了，很快就把營火再升起來。哈克在附近找到一處清澈沁涼的噴泉，男孩們用寬闊的橡樹葉或山核桃葉做成杯子汲水來喝，天然樹林的魅力讓水都變甜了，他們大可拿這來代替咖啡。喬在切早餐的培根肉時，湯姆和哈克要他先等等，兩人走到岸邊，找到一個隱蔽處，把釣線一拋，沒過多久就大有所獲。在喬等得不耐煩之前，湯姆和哈克就已經帶著幾條肥美的鱸魚、兩條太陽鱸和一條小鯰魚回來，這些漁獲足夠填飽一大家人的肚子。接著他

們把培根和魚一起煎，令三人大感意外的是，他們從未吃過如此鮮美的魚。他們從不知道，捕獲的魚如果越快拿去烹煮，魚就越是鮮美好吃，他們當然也不知道像這樣露天而睡、戶外運動、淋浴以及饑餓感都會使食物更加美味可口。

早餐過後，三個人躺在陰涼處休息，等哈克抽完菸，就走到森林裡展開探險。他們踩著愉快的腳步，越過腐朽的木頭，穿過糾結的矮樹叢，沉浸在森林大帝莊嚴的國度裡，拉著低垂的葡萄藤蔓從樹頂滑落地面，不時會發現覆蓋著青草、點綴著花朵的歇腳處。

他們發現了很多有趣的事，不過倒沒發現什麼能讓人感到驚奇的東西。他們初步估計，這座島約有三英哩長、四分之一英哩寬，最近的河岸只和它相隔將近兩百碼寬。三個人幾乎每小時都會下水游泳，所以回到營地的時候，下午都過了一半。這時已餓到沒力氣去釣魚了，只好對著冷火腿狼吞虎嚥，吃完便倒在陰涼處閒聊。只不過三人對話漸漸減少，終至無語，森林的寂靜、肅穆和那股孤獨感，開始對男孩們的情緒起了作用，他們陷入了沉思。一種難以形容的渴望在心中蔓延開來，漸漸成形，他們逐漸明白，那是發酵的思鄉情緒，就連血染手哈克也懷念起那段睡門階和空桶的日子。但三人都羞於表露自己的怯弱，沒有人敢說出自己的想法。

三個男孩隱約聽到遠方有種奇怪的聲音，已經響了一陣子，這就好像有時會突然聽到平日不太留意的滴答鐘聲一樣，但現在這個神祕的聲音越來越大，想不注意也難。男孩們嚇了一跳，彼此相互對望，每個人都擺出傾聽的姿勢。一段長時間的寧靜之後，一記又深又沉悶的轟隆聲從遠處傳了過來。

「那是什麼聲音？」喬壓低聲音驚呼。

「我也不知道。」湯姆輕聲道。

「不是打雷，因為雷聲會……」哈克語帶驚恐。

「哈克！仔細聽……別說話。」湯姆打斷哈克的話。

他們等了一會，感覺像等了好幾年似的，然後那沉悶的轟隆聲又劃破一片肅靜。

「我們去看看吧！」

三人一躍而起，跑到往鎮上去的河岸邊。他們撥開岸邊的灌木叢，偷看河岸的動靜。小鎮下方約一英哩遠的河面上，漂著一艘小小的蒸氣渡輪，渡輪甲板上似乎擠滿了人，好幾艘小艇或划或漂的圍繞在渡輪四周，但男孩們卻看不出艇上的人在做什麼。渡輪一側突然射出一道白色煙霧，煙霧擴散，冉冉生成一片煙雲的同時，又聽到了那個同樣低沉的聲音。

「我知道了，有人溺死了！」湯姆說。

「沒錯，去年夏天比爾溺死的時候，也出現同樣的狀況。他們把砲火射進水裡，好讓溺死的人浮出水面。對了，他們還會拿幾條麵包，塗上水銀，放到水面上漂，只要河裡有人溺死，這些麵包就會漂過去，停到那人的所在之處。」哈克跟著說。

「嗯！我也聽說過。真想知道那些麵包是怎麼辦到的。」喬也回應道。

「那和麵包沒啥關係！我想一定是和他們在放麵包前唸了什麼咒語。」湯姆分析道。

「可是他們放麵包前什麼也沒說啊？我親眼見過那道儀式，他們沒有唸咒語。」哈克說。

「是嗎？那就怪了。不過，也許他們是在心中默念，這是一定

的嘛！誰都知道啊！」湯姆說。

　　另外兩個人都覺得湯姆的說法頗有道理。你不可能期望一條沒有施加咒語的麵包，在被賦予這樣重大的差事時，能有如此出色的表現。

　　「天哪！真希望我現在也在那艘船上。」喬說。

　　「我也是，我好想知道究竟是誰死了。」哈克接著說。

　　三個孩子繼續觀察、繼續聆聽。湯姆心中赫然靈光乍現，他驚呼：

　　「各位，我知道淹死的是誰了。就是我們啦！」

　　一瞬間，三個男孩都覺得自己像個英雄。這是一場光榮的勝利──他們失蹤了，引起大家的哀痛。為了他們，大家都心碎、流淚了，想起過去對這些失蹤的可憐小傢伙無情的對待，大家都會自責、悔恨不已，但再怎麼懊惱也是徒勞無益。最棒的是，他們的死會變成全鎮的話題，這樣眩目的惡名，會羨煞所有的男孩。這樣很好，當海盜果然是值得的。

　　黃昏時分，渡輪回去做它的生意，那些小艇也都離開了。海盜們回到營地，想到這項新成就以及他們所惹出來的天大麻煩，讓他們虛榮地不斷歡呼。三人抓了魚、煮了晚餐，吃飽之後，就開始猜想鎮上的人是怎麼想他們、怎麼談論他們的。他們在心裡描繪出這次事件所引發的緊張畫面，非常滿足地用自己的觀點來看待這件事。但當夜幕低垂，三人卻漸漸沒了交談，只是坐在原處凝視著營火，一顆心顯然已經飄到別的地方去了。先前的興奮消退，湯姆和喬忍不住想起家裡的某些人，對於這樣的玩笑絕不會像他們那樣覺得開心，他們開始擔心，漸漸地憂慮、不安起來，不自覺發出一兩聲嘆息。喬終於冒險拐彎抹角地詢問另外兩人的

意思，看看他們對回去文明世界有什麼看法——當然不是現在回去，只是……湯姆嘲笑了他一番，讓喬感到羞愧。原本還沒決定幫哪一邊的哈克，決定站在湯姆這一邊，猶豫不決的喬趕緊想辦法替自己辯解，他表示很高興能在膽小的思鄉情結剛剛沾惹上身之際就能擺脫掉它，一場叛變這時才有效地平息下來。

　　隨著夜越來越深，哈克先是一陣點頭，終於呼呼入睡，喬也跟著睡著了。湯姆把手肘撐在地上，動也不動，專注地看著兩個人好一會。最後，他小心地跪起身子，在閃爍的營火火光下，走在草地裡摸索，他撿起梧桐樹上掉下來的幾片大型半圓柱狀的白色薄樹皮，檢視一番，選出兩片合他意的樹皮。接著，他跪在營火旁，用他那片紅粉筆費力地在樹皮上寫字，然後把其中一片捲起來，放進自己的外套口袋，再把另一片放進喬的帽子裡，移到離喬有一段距離的地方。他還在帽子裡放了一些孩子們視為無價珍寶的東西，包括一根粉筆、一顆橡皮球、三個魚鉤，和一顆被認為是「正宗水晶」的彈珠。最後他躡手躡腳地走進樹林，直到認為他們已經聽不見他的聲音，才往沙洲的方向直奔而去。

chapter 15

別傷心，寶莉阿姨！

他拿出那片捲起的梧桐樹皮，放在蠟燭旁邊。但他突然想起了什麼，站在那裡思索著，接著臉上隨著思緒露出了開心的表情。

　　幾分鐘後，湯姆來到沙洲的淺灘，往伊利諾州的河岸走去。走到河中間時，水深及腰，現在湍急的水流讓他無法再涉水而行了，湯姆滿懷自信地開始游這剩下的幾百碼。他奮力向上游，卻發現水流一直把他往下游帶，流速比他想像的快得多。無論如何，他還是順利游到對岸了。湯姆在岸邊漂了一陣子，才找到一個地勢較低的地方上岸。他伸手摸摸外套口袋，確定那片樹皮安全無恙，這才濕淋淋地沿著河岸朝樹林走下去。快到十點的時候，他走出樹林，站在小鎮對面一處空曠的地方，看見高高隆起的河岸邊有渡輪停靠在樹蔭底下。點點星光下，萬物靜若無語，他悄悄來到岸邊，睜大雙眼觀察一番後，潛入水中，游了三、四下，人就鑽進一艘準備用來執勤的小艇裡，躺在座板下喘息等待。

　　過沒多久，破損的鐘聲輕輕搖響，有人發出一聲「開船」的命令，一兩分鐘後，小艇前端就被渡輪的尾浪打得高高舉起，航程就此展開。湯姆很開心自己成功上了船，因為他知道這可是輪船今晚最後一趟出航了。過了漫長的十二或十五分鐘，輪船停了下來，湯姆也從座板下偷溜出來，在暮色中游向岸邊，又往下游了五十碼才上岸，免得遇上什麼危險，壞了他的事。

　　他飛快地穿過有些陌生的巷弄，一下子就發現自己來到阿姨家後面的藩籬。他爬過籬笆，走近邊廂房，從客廳的窗戶看進去，他發現那裡還有一盞燈亮著。房間裡有寶莉阿姨、席德、瑪麗，還有喬的媽媽——哈波太太，全都圍坐在一起說話。他們就坐在床邊，而床則隔在他們和門之間。湯姆走到門邊，慢慢地扳起門閂，輕輕地把門推出一點點縫隙。他繼續輕輕地推著門，只要一發出吱嘎聲，就停下來，直到判定自己的膝蓋可以塞進門縫，才小心翼翼地將整個人探進來。

「這燭光怎麼晃得這麼厲害？」寶莉阿姨說。湯姆加快了動作。「唉，我看是門沒關吧！果然沒錯！這些怪事怎麼沒完沒了的。席德，去把門關上！」

湯姆及時躲進床底下，沒被發現。他躺在床下，好好喘了幾口氣，接著才爬向床邊，近得幾乎可以碰到阿姨的腳。

「但是，就像我剛剛講的，他其實不壞，只是皮了點。你也知道，他就是比較浮躁、冒冒失失的，他只不過是個毛頭小子，向來無心傷害任何人。我從來沒見過像他這麼心地善良的孩子。」寶莉阿姨說完就哭了起來。

「我們家的喬也是如此。他總是愛惡作劇、頑皮得不得了，但他沒有私心，是個對人友善的孩子。而⋯⋯天哪！我竟然為了偷吃奶油的事狠狠毒打他一頓，卻沒想起是我自己把變酸的奶油扔掉的，如今我再也見不到他了，永遠、永遠、永遠都見不到我那可憐的、被我冤枉的孩子了！」哈波太太也心碎地痛哭了起來。

「我也希望湯姆現在能過得快活，要是他以前就乖乖的話⋯⋯」席德說。

「席德！」湯姆即使看不到老婦人的眼神，也一樣能感受到她眼中的火光。「不准你說湯姆半句壞話！他人都已經走了，有老天爺照顧他，用不著你來操心。唉！哈波太太，我不知道如何才能放下這孩子，我真的不知道啊！雖然他老是折騰我這個老人家的心，但他卻也是我最大的安慰啊！」

「上帝把他們賜給我們，如今又將他收回。感謝上帝！但這實在太殘酷了，太痛苦了！不過是上禮拜六的事，我的寶貝喬在我眼前玩爆竹，我竟把他打得趴到地上，那時哪知道他這麼快就⋯⋯嗚！要是一切可以重來，我一定會摟著他，安慰他的。」

「是啊、是啊！我知道妳的感受，哈波太太，我非常清楚妳的感受。就在昨天中午，我們家湯姆給貓咪餵了滿肚子的止痛劑，我當時真以為那小傢伙會把整間房子都掀翻了。老天爺，原諒我吧！我竟然拿頂針去敲湯姆的頭，可憐的孩子，我可憐死去的孩子。不過，現在他所有的苦痛也隨他而去了，我對他說的最後一句話竟然是責備……」

這些回憶對老太太來說實在太沉重，她整個人都崩潰了。湯姆自己也哭了起來，他最同情的不是別人，而是他自己！他聽見瑪麗的哭聲，瑪麗還不時為湯姆說幾句好話。他開始覺得自己的人格比以前想的更加崇高，也深深為阿姨的悲傷所感動。他很想從床底下衝出來，給她一個驚喜，但繼續躲著不現身的戲劇化效果，也同樣深深吸引著他，於是他沉住氣，安靜地躺在床底下。

湯姆繼續聽著，從對話的隻字片語中得知，原來大家起初只是猜測三個男孩在游泳時溺水，之後才發現小木筏不見了，接下來又聽到其他孩子說，失蹤的三個男孩曾經暗示這鎮上應該很快就會「聽到重大新聞」，於是腦袋聰明的人就東一句、西一句地拼湊出這三個孩子是乘著木筏離開的，不久後就會抵達下一個城鎮。但接近正午時分，木筏被人發現擱置在離鎮上五、六英哩遠的密蘇里河岸邊，於是大家的希望破滅，認為他們一定是淹死了，要不然在入夜前，就應該因為餓壞肚子，很快就跑回家才是。大家都認為打撈屍體是不會有結果的，因為這幾個孩子溺水的地方一定是在河中央，不然他們幾個游泳技術都不錯，一定可以游回岸上的。今天是星期三晚上，如果到星期天之前都還找不到屍體，就什麼希望也沒了，當天早上教會就會幫他們舉辦葬禮。聽到這些話，湯姆不禁直打冷顫。

正當哈波太太哭著道晚安，轉身正要離去時，兩個傷心欲絕的女人又突然相互擁抱，好好地哭了一陣，稍感安慰之後才分開。寶莉阿姨向席德與瑪麗道晚安的態度遠比以往溫柔得多。席德啜泣了一會，瑪麗則是回房放聲大哭。

寶莉阿姨跪下為湯姆祈禱，字字句句都充滿了對湯姆無以衡量的疼愛，她那年邁、顫抖的聲音，是如此感性、如此動人，讓湯姆早在她禱告結束前就已經哭得唏哩嘩啦了。

等阿姨上床睡覺後，湯姆又在床底下躲了一段時間，因為她不斷發出讓人心碎的嘆息，不安地輾轉反側、難以成眠。等她終於平靜下來，只剩幾聲睡夢中的呻吟時，湯姆才從床底下爬出來，慢慢地從床邊站起來。他用手遮住燭光，凝視著阿姨的臉龐，心裡對她滿是同情。他拿出那片捲起的梧桐樹皮，放在蠟燭旁邊。這時，他又突然想起了什麼，站在那裡思索著，接著臉上隨著思緒露出了開心的表情。他倉促地將樹皮收進口袋，彎腰親吻老太太蒼白的嘴唇後，就立刻躡手躡腳地溜了出去，扣下身後的門閂。

湯姆小心走回渡輪停靠的地方，發現那裡沒半個人，便大刺刺地走上船。他知道這船上沒有半個乘客，只有一個守船的人，這個守船人一睡就會睡得像個雕像似的。他解開船尾小艇的纜繩，迅速跳上小艇，不久便小心翼翼地划著小艇往上游去。划到距離小鎮上方一英哩遠之處，開始把船打橫，彎下腰堅定地划向對岸。湯姆漂亮地讓船靠了岸，對這種工作他已經有些熟練。湯姆雖然很想占有這艘小艇——理由是他將它當成一條大船，海盜理所當然可以擄獲它——但他知道人們會徹底搜尋這艘小艇，到時候也會發現他們，這樣反而形跡就敗露了，所以他只好放棄小艇，走進森林。

　　湯姆坐下來休息好久，同時拼命逼自己保持清醒，然後才疲憊地拖著腳走完最後一段路程。夜已過了大半，來到島與沙洲並行的地方時，天色早就亮了。他又休息了一陣子，直到太陽高高掛起，照得河面閃閃發亮時，才跳入河中。過了一會，他濕著身子，在營地入口處停了下來，他聽到喬說：

　　「不會的，哈克，湯姆很守信用的，他會回來的。他不會丟下我們，一個人逃跑。他知道那樣做是海盜的恥辱，湯姆才不屑做那種事呢！他一定是去忙別的事了，不過，他究竟是去忙什麼呢？」

　　「反正這些東西都歸我們所有了，不是嗎？」

　　「差不多，但時候還沒到呢！哈克。他寫的是，如果他趕不及回來吃早餐，那些東西才是我們的。」

　　「看看是誰回來了！」湯姆大叫一聲，帶著戲劇化的動作，神氣地走進營地。

　　三人很快地就用培根和鮮魚做了頓豐盛的早餐，在做早餐的同時，湯姆也描述了——還添油加醋了一番——他這趟冒險。等故事說完，他們也成了一群自視甚高、自吹自擂的英雄。之後，湯姆躲到一個陰涼的角落，一直睡到中午，另外兩個海盜則忙著為釣魚和探險做準備。

chapter 16

想家

事實上，他也很想敞開胸襟、放棄自尊，跟他們一起走。他盼望著前面兩人會停下來，但他們依舊緩慢地向前行。湯姆赫然發現，自己變得非常孤單、寂寞。

　　午餐後，海盜幫全體跑去沙洲挖烏龜蛋。他們拿著樹枝在沙灘上刺來刺去，一旦發現柔軟的地方，就跪下去用手挖開沙子。有時候，一個洞就可以找到五、六十顆蛋。這些蛋都是白色的，非常圓，只比英國胡桃小一點。他們當晚即享用了一頓著名的煎蛋大餐，星期五早上也吃了一次。

　　用過早餐，他們跑到沙洲上又叫又跳，互相追逐嬉戲，邊跑邊脫衣服，一路脫個精光，然後跑到遠遠的淺灘戲水，迎面而來的強烈水流，不斷把他們沖倒，也大大增加三人玩水的樂趣。有時候他們又圍在一起，用手掌把水潑到對方臉上，然後邊慢慢接近對方邊撇開臉，以免自己被水潑得睜不開眼。他們越玩越靠近，最後互相抓著對方搏鬥起來，直到最厲害的人把對方扳倒，然後全部人沉到水裡，只見彼此白皙的雙手雙腳糾纏在一起，等到浮上水面，又噴水又潑水花，三人又笑又喘，樂不可支。

　　等到玩累了，就跑上岸，呈大字型躺在又乾又熱的沙灘上，把自己埋在沙堆裡，過沒多久又再衝回水裡玩，重複剛才的遊戲。最後，他們突然想到，這身赤裸的皮膚就像是小丑穿的肉色緊身衣，於是他們在沙地上畫一個大圈，開始玩起馬戲團遊戲。當然三個都是小丑，因為沒有人願意把這個最神氣的位子讓給其他人。

　　演完小丑，他們拿出彈珠玩起打彈珠、敲石彈和攻堡壘等遊戲，直到趣味漸失。喬和哈克又跑去游泳了，但湯姆卻沒下水，因為他在脫褲子的時候發現，腳踝上綁的那個響尾蛇響環掉了，他納悶著為何少了這個神奇護身符的保護，還能游這麼久而不抽筋。湯姆剛找回響環，正打算下水，其他兩個男孩卻已經玩累了，準備休息。漸漸地，他們各自散開，每個人都覺得索然無味，眼巴巴凝望著大河那一端靜寐在陽光底下的小鎮。湯姆不自覺用大

拇趾在沙地上寫下「貝琪」兩個字，又趕緊把字跡劃掉，對自己的軟弱感到生氣，但又忍不住寫了一次，他就是克制不住自己，再一次消除字跡後，為了避免自己再寫下去，他湊向另外兩個夥伴，與他們玩在一塊，藉此擺脫那股誘惑。

但喬鬱鬱寡歡，他實在太想家了，很難再忍受這樣的痛苦，淚水眼看就要奪眶而出。哈克心情也不好，湯姆雖感到沮喪，卻努力試著隱藏。他心裡有個祕密，還沒有打算要說出來，但要是這種要命的消沉狀態不趕快打破的話，可能就必須全盤托出了，因此他故意表現得興致勃勃：

「各位，我敢打賭，這個島上以前就有海盜存在。我們再去探一次險吧！他們一定把寶藏藏在某個地方了。要是找到一個滿是金銀珠寶的寶箱，那有多棒！你們覺得呢？」

這個提議只引起些微的熱情，沒有人回應，而且這些熱情也很快就散去了。湯姆又試著找其它樂子來引誘他們，但都沒什麼效果。喬坐在地上，用樹枝撥動沙子，看起來非常消沉，最後他說：

「各位，我們放棄吧！我想回家了，這裡太寂寞了！」

「噢，不要啦！喬，過一陣子就好了啦！在這裡釣魚不是很快樂嗎？」湯姆說。

「我才不喜歡什麼釣魚咧，我想回家。」

「可是，喬，你去哪裡找比這裡更棒的游泳地點啊？」

「游泳有什麼好的，就算有人不讓我游泳，我也不在乎，我就是想回家。」

「哼！你這個小嬰兒！我看你是想回家找媽媽，對吧？」

「沒錯！我就是想回家看看我媽，你要是有媽媽的話，也會這樣的。你也沒比我好到哪裡去。」喬悶哼了一聲。

「那好，就讓這個愛哭的媽寶回家找媽媽，對不對，哈克？這可憐的傢伙，想找媽媽是不是？那你就去呀！哈克，你喜歡這裡的，對不對？我們會留下來的，對吧？」

哈克拖長了聲音，毫無感情地回了聲「好——吧——」

喬站了起來，說道：「我這輩子再也不要和你說話了。就從現在開始！」然後喬悶悶不樂地走開，開始穿上衣服。

「誰稀罕！沒有人會甩你，你就回去讓人家看笑話好了。是啊！你還真是個偉大的海盜呢！哈克和我都不是愛哭的小嬰兒，我們會留下來，你說對不對，哈克？他要走就讓他走，沒有他，我們說不定也可以過得很好，對吧？」湯姆回道。

但湯姆還是覺得很不安，看著喬一臉陰沉地穿上衣服，他不免有些驚慌，然後他又看到喬打包時，哈克那惆悵的眼神與不祥的沉默，讓他覺得更不舒服。喬連一句道別的話也沒說，就帶著行囊往伊利諾州的河岸走去。湯姆的心開始往下沉。他瞥了一眼哈克，哈克低下頭不敢看他，然後哈克也忍不住了，他說：

「我也想走了，湯姆。在這裡本來就越待越無聊，現在更糟。湯姆，我們也回去吧！」

「我不走。你們想走的話全都走好了，我會留在這裡。」

「湯姆，我還是想回去。」

「那你就走呀！又沒人攔著你。」

哈克開始拾起他散落一地的衣服。他說：

「湯姆，我希望你也一起走。你再想一想吧！我們到了岸邊會等你的。」

「是嗎？那你們可有得等了！」

哈克傷心地走了，湯姆站在那目送他離去。事實上，他也很

想敞開胸襟、放棄自尊，跟他們一起走。他盼望著前面兩人會停下來，但他們依舊緩慢地向前行。湯姆赫然發現，自己變得非常孤單、寂寞。他和自尊做了最後一次掙扎，然後拔腿奔向他的同伴，大喊著：

「等等！等等！我有事要告訴你們！」

兩人總算停下腳步，轉過身來。等到追上他們，湯姆把深藏已久的祕密說了出來，他們原是鬱悶地聽著，等湯姆終於說到重點時，兩人都開心地歡呼起來，說這真是「太棒了！」他們還說，要是湯姆一開始就把這件事告訴他們，他們就不會離開了。湯姆編了一個可信的藉口，但其實他擔心的真正理由，是害怕就算說出來也無法留住他們很久，所以他必須守住這個祕密，把它當作最後的王牌。

一群人興高采烈地回到營地，又起勁地玩起那些花樣，一直討論湯姆那個驚人的計畫，還稱讚這個計畫很天才。吃完一道美味的、有蛋有魚的大餐後，湯姆說他現在想學抽菸，喬也起了這個念頭，表示也想嘗試看看，於是哈克做了兩個菸斗，填進菸草。這兩個新手以前從來沒抽過，只抽過用葡萄藤做成的雪茄，那種雪茄在嘴裡又刺又麻，而且抽那個沒什麼男子氣概。

這會他們舒展四肢，用手肘撐著身子，沒什麼信心地開始吸著菸。這菸有股令人不悅的味道，嗆得令人有點想吐，但湯姆卻說：

「呵，原來這麼簡單！早知道抽菸不過如此，我早就學起來了。」

「我也是，這根本沒什麼嘛！」喬附和道。

「唉，有好幾次我看別人抽菸，心裡就想，啊！我真希望我也

會抽，但從沒想過我真的可以。」湯姆說。

「我也是那樣的，對吧！哈克？你聽過我那樣說的，不是嗎？哈克。哈克可以證明我是不是真的說過。」喬要求哈克為自己作證。

「沒錯！喬是說過好幾次。」哈克說。

「嗯！我也是。我說過好幾百次。有一次就是在屠宰場那邊說的，哈克，你不記得了嗎？我說的時候，鮑伯也在場，還有強尼和傑夫。哈克，你記得我這麼說過，對吧？」湯姆也徵詢哈克的附議。

「對，我記得！那天剛好是我弄丟白色彈珠的日子。喔不，是前一天。」哈克回憶道。

「看，我就說吧！哈克都記得。」湯姆說。

「我覺得這個菸我可以抽上一整天，而且不會覺得難受。」喬又加了一句。

「我也是啊，我也可以抽上一整天。但我敢和你打賭，傑夫一定不行。」湯姆轉移話鋒。

「傑夫？我看他抽個兩口就不行了。不信讓他試試，就知道囉！」

「我想也是。還有強尼，我真想看看強尼抽菸的樣子。」

「我也想看啊，我敢打賭強尼一定受不了這東西。只要抽一小口就會要了他的命吧！」喬說。

「說得沒錯，喬。天哪！真希望那些男孩可以看到我們現在的樣子。」

「我也是！」

「夥伴們，我們都別把這件事說出去，到時候找機會趁他們都

在時，我就突然跑去對你說：『喬，有沒有菸啊？我想抽菸！』然後你就一副蠻不在乎、沒什麼大不了的樣子說：『有啊！這是我的老菸斗，還有另外一支，不過我的菸草品質不怎麼樣喔。』然後我就回答：『那倒沒關係，只要夠嗆就好了。』接著你就把菸斗拿出來，把菸點上，他們一定會嚇得一楞一楞的！」

「我的天，那真是太酷了，湯姆。我真希望現在就能看到！」

「我也是！等我們告訴他們，我們是在當海盜的時候學會的，他們一定也會希望當初跟我們一起來吧！」

「那還用說，我敢打賭他們一定會的！」

這話題繼續下去，但很快又再度冷卻，內容變得雜亂無章。沉默的時間越來越長，因為他們吐痰的次數越來越多，孩子們腮幫子裡面的口水都變成了湧泉，舌頭底下像淹了水的地窖，為了避免泛濫成災，必須不斷往外吐出。止不住陣陣噁心的感覺，兩個男孩如今看來都面色蒼白、慘不忍睹。喬的菸斗鬆手掉在地上，湯姆的也是，兩人的口水如湧泉暴烈地不斷噴發出來，兩個幫浦也盡全力地運作著。喬虛弱地說：

「我的刀子掉了，我想我最好去把它找回來。」

湯姆抖著雙唇，吞吞吐吐地說：

「我來幫你。你找那邊，我到噴泉那邊繞一繞。不，你不用來了，哈克！我們倆就可以找到它的。」

於是哈克又坐了下來。等了一個小時左右，他開始覺得有些孤單，於是起身尋找他的同伴。他發現兩人倒在樹林裡，隔得很開，面色都很蒼白，也都睡得很熟。哈克看過他們的情況後，知道是因為抽菸不適應的關係，現在看起來應該已經沒事了。

當晚，用過晚餐之後，他們都不怎麼多話，無精打采的樣子。

當哈克飯後準備自己的菸斗，打算幫他倆一起準備的時候，兩人都拒絕了。他們說大概是晚餐吃壞了肚子，所以覺得不太舒服。

chapter 17

可怕的暴風雨

這場戰事終於結束，風雨的威力退去，閃
電與雷聲越來越微弱，一切又歸於平靜。
三個男孩回到營地，心裡充滿敬畏。

　　喬在午夜時分醒來，把另外兩人也叫醒了。悶熱至極的空氣似乎是變天的預兆，三個男孩依偎在一起，加上營火的友情相伴，就算死氣沉沉的熱氣讓他們透不過氣來也無所謂。他們靜靜坐著，專心等待，火光照射不到的地方，全都被吞噬在暗夜的黑幕之中。不久，一道顫抖的光線，隱約在樹葉之間閃爍，旋即消失不見，緊接著又一道比較強烈的閃光落下，一道接著一道。森林裡的樹枝間傳來一聲微弱的呻吟，他們突然感覺一絲氣息飛快地從臉頰上吹過，三人皆認為那是午夜幽靈擦身而過，嚇得直打冷顫。一陣靜默，忽地一道詭譎的閃電劃破天空，將黑夜照亮得有如白晝一般，把他們腳下每一吋草葉都照得清晰可辨，同時也照出三張嚇得蒼白的小臉。

　　一聲深邃的雷聲，轟隆隆地從天而降，卻在遠處發出陰沉的響聲後消失不見。一股寒風掠掃而過，所有的葉子沙沙作響，火堆燃燒過後的灰燼也如雪花般在四周隨風飄散。又是一道駭人的閃光照亮整座森林，尾隨其後的是一聲急迫的撞擊聲，彷彿要將他們頭上的樹頂劈開。他們害怕地緊緊相擁，接著烏雲罩頂，幾顆偌大的雨珠霹哩啪啦地迅速落下。

　　「快！夥伴們！大家快到帳篷裡！」湯姆大喊。

　　他們拔腿就跑，在黑暗中頻頻被樹根和藤蔓絆倒，三人都往不同的方向跑去。一陣狂風在林間呼嘯而過，所經之處萬物齊鳴；眩目刺眼的閃電一道接著一道，震耳欲聾的雷聲不絕於耳。現在傾盆大雨滂然落下，暴風雨也沿著地面整片整片掃來，他們互相呼喊對方，但怒號的狂風與隆隆作響的交加雷電，完全淹沒了他們的聲音。他們好不容易重新聚首，跑到帳篷下避難，又冷、又害怕，三人都被雨淋得濕透了，但有人陪著共患難，倒是件值得

感激的事。即使後來令人驚怖的聲響全靜了下來，他們仍無法交談，因為這張老帆布拍打得實在是太厲害了。暴風雨越來越強，過沒多久，綁著帆布的地方就鬆了，整片帆布在風雨中飄搖。三個人緊緊抓著彼此的手，連滾帶爬、滿身瘀傷地逃到河岸上一棵大橡樹下。現在，這場戰事達到頂峰。閃電不斷劃過天際，在這樣無止盡的火光下，大地萬物都顯得輪廓鮮明，連影子都沒有。彎折的樹幹、泛著白色泡沫的洶湧河川、四處飛濺的碎浪花，以及對岸高聳峭壁那暗褐色的輪廓，都能在飄流的浮雲和歪斜的雨絲中隱約瞥見。每隔一小段時間，就會有些大樹敗下陣來，壓倒在比較年輕的樹木上。那毫不鬆懈的隆隆雷聲現在就像是震耳欲聾的爆炸聲，聽來尖銳、刺耳，難以言喻地駭人心神。

暴風雨達到高潮，它那無比的威力彷彿要在同一時刻，將整個小島撕成碎片、燃燒殆盡，將它淹沒、吹走，把島上的生物都震聾了。對這些無家可歸、餐風宿露的孩子來說，這真是個瘋狂的夜。

這場戰事終於結束，風雨的威力退去，閃電與雷聲越來越微弱，一切又歸於平靜。三個男孩回到營地，心裡充滿敬畏，也有些事情值得慶幸，因為那棵遮蔽他們睡床的大梧桐樹，被閃電劈成兩半，如今已成廢墟，而災難發生的當下，幸好他們並不在現場。

營地裡的東西全濕透了，營火也被澆滅了。他們就和同年齡層的孩子一樣，做事都那麼不謹慎，都不知道要未雨綢繆。這下可急了，因為他們全身都濕透，冷得直打哆嗦。三個人對這場災難肯定記憶深刻。他們很快地發現，那根拿來燒營火的大木頭都乾了，不但往上翹，連底部也都裂開了。

不過，還好尚有一塊手掌大小的區域沒淋濕，於是他們耐心地把細樹枝和樹皮聚攏到木頭下面，讓火再次升起，再拿很多粗大的枯樹枝堆上去，直到營火熊熊燃起，才又開心起來。他們把濕掉的熟火腿煎來大吃一頓，然後坐在火堆旁，誇耀起這場午夜奇遇，一路聊到天亮，反正周圍也沒有半塊乾的地方可以讓他們睡覺。

太陽悄悄升起，照在孩子們的身上，他們的睡意也湧了上來，於是三人跑到沙洲躺下來睡覺。但很快，他們就被烈日曬得渾身發燙，只好鬱悶地起來準備早餐。吃完飯後，覺得很煩躁，全身僵硬，又開始想家了。湯姆看到這個情形，就盡他所能地逗另外兩個海盜開心。但不論是彈珠、馬戲、游泳，或其它任何事情，都提不起他們的興趣了，於是他再次提醒另外兩人那個偉大的祕密，總算引起一陣雀躍。趁著還有些興致，湯姆又提出一個新點子，就是暫時卸下海盜的身分，改扮成印第安人。喬和哈克都被這個點子深深吸引。因此，過沒多久，他們就變成了條紋一族，從頭到腳都用黑色的泥巴劃上條紋，像斑馬一樣。當然啦！他們三個人扮的都是酋長，然後就殺進森林，襲擊一批英國佬的村莊。

不久，他們又分成三個敵對的部落，埋伏起來，喊著恐怖的戰呼，突然衝出來攻擊，殺了敵人之後，再割下對方的頭皮當戰利品，數以千計。這是血腥的一天，但也讓他們感到十分滿足。

接近晚餐的時刻，三個人回到營地集合，又餓又開心。這時，問題來了，如果不先講和，敵對的印第安人是不會坐下來和敵人分享食物的；如果要講和，又必須先抽一口和平的菸斗才行——他們實在沒聽說過還有其它講和的方法。兩個小野人真希望自己還是海盜，但既然沒別的方法，只好盡量表現出很雀躍的樣子，

照規矩拿出和平的菸斗，吞雲吐霧一番。

可是你看，這幾個孩子又很開心能當野人了，因為他們有了收穫。他們發現，現在居然可以盡情抽菸，不用再去找那把遺失的小刀，也不會覺得反胃或有任何不適，於是覺得怎麼可以不好好努力一番，浪費這樣高尚的約定。

沒錯！他們是不會輕言放棄的，所以晚餐後，他們又開始謹慎地練習，還成功了幾次，度過了一個歡天喜地的夜晚。比起割下六國聯軍的頭皮或是剝光他們的皮，這項新技能更令他們感到驕傲、快樂。

既然我們現在暫時用不到他們了，不如就任由他們繼續抽菸、閒聊和吹噓吧！

chapter 18

參加自己的喪禮

牧師繼續說著感人肺腑的故事，大家越聽越受感動，聽到最後，大家都崩潰了，都和頻頻拭淚的喪家一樣哭成一團。最後，就連牧師也抑制不住自己的情緒，站在講壇上哭了起來。

　　同一天的星期六下午，寧靜的小鎮卻一點都沒有歡樂的氣氛。哈波家和寶莉阿姨一家人都換上了喪服，每個人都愁雲慘霧，淚流滿面。憑良心說，這個小鎮平時就很寧靜，但今天的平靜卻顯得很不尋常。鎮上的居民們都心不在焉，也很少說話，時不時就發出幾聲嘆氣。週末假日似乎變成了孩子們的負擔，大家都無心於各種運動，漸漸地，孩子們都不再玩耍了。

　　到了下午，貝琪不自覺地在空曠的校園裡閒晃，她內心沮喪又難過，找不到什麼能夠給她安慰的東西。她自言自語：

　　「要是我能再次擁有他那個黃銅把手就好了！現在我沒有半點東西可以拿來懷念他了。」她拼命忍住即將湧出的淚水。

　　然後她停了下來，對自己說：

　　「就是在這裡。噢，要是能重新來過，我不會那樣說了。我再也不會那樣說了。可是現在他已經不在了，我永遠、永遠、永遠見不到他了。」

　　想到這裡，貝琪再也控制不住，她兩頰流著清淚，漫步而去。接著又來了一大群男孩和女孩，他們是湯姆和喬的玩伴，站在那眺望著白色的藩籬，語氣虔誠地說起最後一次見到湯姆的情形，湯姆做了哪些事，喬又說了哪些話──現在隨便哪個人都可以很輕易地就看出，他們當時所說的話充滿了壞的預兆！──每個人都指出，說話當時那兩個失蹤的伙伴所站的確切位置，然後再加上幾句話，像是：「我當時站在這邊⋯⋯就是現在這個位置，假設你是他，我離他就這麼近⋯⋯然後他笑了，就像這樣。然後我覺得有什麼東西晃過去，就好像⋯⋯你知道的，很詭異⋯⋯當然我那時根本沒想到它究竟是什麼，但現在我知道了！」

　　接著，眾人開始爭論起誰是最後見到那些失蹤孩子的人，許

多人提出各種證據，加油添醋地說個不停。最後，終於決定了誰是最後看到他們、並與他們說過話的幸運者，那些幸運的孩子們這下子成了神聖的大人物，接受其他人欽羨的眼神。有個可憐的傢伙想不出什麼可以顯示自己偉大的事來說，便故作驕傲地說：

「其實，湯姆曾經揍過我。」

但是這沒能得到大家欽羨的目光，大多數的男孩都和湯姆打鬧過，所以這種事根本不值得說嘴。一群人慢慢離去，依舊以敬畏的口吻回憶著失蹤英雄的事蹟。

隔天早上，等到主日學校下課，教堂就響起異於平時的鐘聲，為死者鳴鐘。這是個非常平靜的安息日，悲傷的聲音似乎與大自然的沉靜相互配合。村民開始聚集，他們逗留在教堂走廊上，低聲談論這場不幸的事件，但教堂裡卻鴉雀無聲，只有女士們入座時衣服發出的沙沙聲輕擾寧靜。沒有人記得，上一次這間小教堂擠滿這麼多人是什麼時候。教堂裡出現一段無聲的等待，一段可以預期的沉默之後，寶莉阿姨走了進來，後面跟著席德與瑪麗，接著是哈波一家人，他們全都穿著深黑色的喪服。全體鎮民肅然起立，年邁的牧師也不例外，大家沉默地看著喪家走到前排就座後才坐下來。又是一陣靜默，中間夾雜著低沉的啜泣聲，然後牧師才伸出他的雙手，開始禱告。動人心弦的聖歌響起，接著是一段經文：「復活在我，生命也在我。」

禮拜持續進行中，牧師讚美著這幾位往生少年的美德、可愛之處與光明的前途，讓底下每個人紛紛自責過去總是看不到這幾個可憐孩子的優點，總是只記得他們所犯的錯誤與缺點，心裡又是一陣難過；牧師也說出三個孩子生前所做過的感人事蹟，描述他們貼心又大方的個性。現在，大家都終於明白那時的他們的行

為是多麼高尚而美好，也懊悔當時為何會認為那是調皮搗蛋的惡作劇，讓這幾個孩子吃了不少鞭子，想到這裡，大家都很心痛。牧師繼續說著感人肺腑的故事，大家越聽越受感動，聽到最後，大家都崩潰了，都和頻頻拭淚的喪家一樣哭成一團。最後，就連牧師也抑制不住自己的情緒，站在講壇上哭了起來。

這時，從教堂長廊傳來一陣沙沙聲響，但沒有人留意。過了一會，教堂的門發出嘎吱聲，牧師放下手帕，抬起他滿是淚水的雙眼，站在原地，整個人都呆掉了！陸陸續續有人循著牧師的視線看過去，然後，大家先是一愣，旋即站了起來，盯著這三個「死掉的」男孩整齊劃一地走在走道上。湯姆領頭，喬跟在後面，接著哈克一身破爛、害羞地走在最後，他們一直躲在樓上沒人的長廊裡，見證自己的喪禮儀式！

寶莉阿姨、瑪麗和哈波一家人都衝向他們失而復得的孩子，對他們又摸又親，不斷傾吐感恩之詞，讓可憐的哈克侷促不安地站在一旁，他不知道自己該怎麼辦，也不知道自己在這麼多不歡迎的眼神下該躲到哪裡去。他躊躇著，準備要偷偷溜走，但湯姆卻抓住他說：

「寶莉阿姨，這不公平。應該也有人很開心再見到哈克吧？」

「那當然啦！我就很高興能見到他，這可憐的、沒有母親的孩子！」寶莉阿姨給的關愛，反倒使哈克比以前更不自在了。

突然間，牧師用他所能夠發出的最高分貝喊著：

「讚美主！來自受恩者的祝福。唱吧！大家盡情地唱呀！」

大家都唱了起來。百首聖詩揚起一片歡聲雷動，歌聲震撼椽柱之際，海盜湯姆看著周遭少年對他洋溢的羨慕之情，他承認，這是他畢生最光榮的時刻。

　　那些「受騙」的民眾在成群離去之際，口中還說，若能再聽到那麼美妙的讚美歌，他們情願再被戲弄一次。

　　當天，湯姆得到的耳光和親吻比他一整年得到的都還多，全看寶莉阿姨的心情起伏而定。他實在搞不清楚，耳光和親吻，究竟哪個才是阿姨用來表達對上帝的感激，而哪一個是表達對他的疼愛。

chapter 19

美麗的謊言

現在，湯姆可變成一個大英雄了！他神氣地昂首闊步，走起路來一改往日的蹦蹦跳跳、歡躍不已，如同一個受到眾人注目的海盜。

　　這就是湯姆的大祕密：計畫和他的海盜兄弟們回家，參加自己的喪禮。週五傍晚，他們搭著一塊大木頭當作小舟，划過密蘇里河岸，在小鎮下方五、六英哩遠處上岸。在鎮外的樹林裡，睡到接近黎明時醒來，偷偷地沿著後面的羊腸小徑進入小鎮，再跑到教堂長廊廢棄的長椅上，補完未足的睡眠。

　　星期一早晨吃早餐時，寶莉阿姨和瑪麗對湯姆非常溫柔，湯姆要什麼都滿足他。這天早上的對話也異常地多，期間，寶莉阿姨就說：

　　「我說湯姆啊！你也許覺得你的惡作劇很有趣，但讓大家為你擔心而受罪了一個禮拜，你們幾個孩子倒玩得開開心心的。我只覺得很傷心，你竟然這麼狠心，讓我受這麼多折磨。你既然可以乘木頭回來參加自己的喪禮，應該也能回來給我點暗示，好讓我知道你沒死，只是蹺家而已！」

　　「就是說嘛！你可以這麼做的，湯姆。我相信你如果曾經想到我們，就一定會這麼做。」瑪麗說。

　　「你會嗎？湯姆。」寶莉阿姨問，臉上滿是渴望，「告訴我，孩子，要是你想到了，會這麼做嗎？」

　　「我……呃，我不知道欸！那可能會壞了事的。」

　　「湯姆，真希望你有那麼愛我。」寶莉阿姨傷感的口吻讓湯姆聽了深感不安。「如果你真的掛念我的話，就會想到這個念頭。只要你曾想到，就算沒辦到也無所謂。」

　　「阿姨，也沒那麼嚴重啦！湯姆就是這樣毛毛躁躁的，總是匆匆忙忙，根本沒時間去想其它事。」瑪麗替他辯護。

　　「那更叫人傷心。若是席德，就會想到這點，他會回來告訴我、給我提示。湯姆啊！以後哪一天你回想起來，會後悔自己沒有多

關心我一點，而且這花不了你多少力氣。」

「可是，阿姨，妳知道我很掛念妳的。」湯姆說。

「但你表現出來的並不是這樣的啊！」

「我現在也希望當時能這麼想啊！不過我也夢過妳哦！這也算吧！不是嗎？」湯姆懊悔地說。

「這算什麼，這連貓都做得到……不過，總比什麼都沒有好。那你夢到什麼了？」

「嗯！星期三晚上，我夢到妳就坐在那張床邊，席德坐在木箱子上，瑪麗則坐在他旁邊。」

「唔？沒錯！當時我們的確是這麼坐的，不過我們平時都這樣坐。你這麼費盡心思把我們放在你的夢裡，我很高興。」

「我還夢到喬的媽媽也在這裡。」

「嘿，她真的來過這！你還夢到什麼？」

「有，我夢得可多囉！不過現在都記不太清楚了。」

「沒關係，盡量回想一下……你可以嗎？」

「我記得，好像有陣風……有陣風吹熄了……吹熄了……」

「再想想！湯姆！那風的確吹熄了什麼東西。說啊！」

湯姆的手指壓在前額，過了令人焦急的一分鐘後，才說：

「我想起來了！我想起來了！風吹熄了蠟燭！」

「老天保佑！繼續說！湯姆，繼續說下去！」

「我記得妳說：『唉，我看是門……』」

「門怎樣，湯姆？」

「讓我想一下嘛……一下下就好。哦，對了……妳說妳看是門沒關吧！」

「一點都沒錯，我就是這麼說的！是不是，瑪麗？你繼續說，

湯姆！」

「然後……然後……呃，我不太確定，不過妳好像叫席德去……去……」

「怎樣？怎樣？我叫他去做什麼？湯姆，我叫他做了什麼？」

「妳叫他去……妳……啊！妳叫他去把門關上！」

「哦，老天！我活了這把年紀從沒聽過這樣的怪事！別再告訴我夢全都是假的了。我要盡快把這件事告訴哈波太太，她對迷信不屑一顧，我倒想看看她聽到這件事會有什麼反應。繼續說下去，湯姆！」

「好，我現在都記起來了，一清二楚。接下來妳就說，我其實不壞，只是皮了點、冒冒失失的，妳還說了我只不過是個毛頭小子，沒想要傷任何人。」

「沒錯！我就是這麼說的！我的天哪！繼續說，湯姆。」

「然後妳就哭了起來。」

「是的、是的，反正那也不是我第一次哭了。然後呢？」

「然後哈波太太也哭了起來，她說喬也是如此，還說她後悔了，不該為了奶油的事毒打他一頓，奶油根本是她自己倒掉的。」

「湯姆！你一定是被神靈附身了！你簡直就是先知，你說的根本就是預言嘛！這真是上天顯靈！繼續說下去，湯姆。」

「然後席德他說……他說……」

「我不記得我說過話。」席德說。

「有，你說了，席德。」瑪麗道。

「你們兩個都閉上嘴，讓湯姆說下去！席德說什麼了，湯姆？」

「他說……我想他是說，他希望我在另一個世界能過得快活，

但要是我以前就乖乖的話。」

「你們聽見沒？他當時就是這麼說的！」

「妳還大聲叫他閉嘴呢！」

「我真的這樣講了！世上真有天使在這，一定是天使在暗地裡幫忙！」

「然後哈波太太提到，喬曾經拿爆竹嚇她，妳也說出彼得和止痛劑的事。」

「你說的都千真萬確！」

「後來，你們又說了很多關於到河裡打撈我們、舉行週日喪禮的事，然後妳和哈波太太抱在一起哭，之後她就離開了。」

「事情經過確實是如此！確實是如此啊，就和我現在坐在這裡一樣真實。湯姆，你說得就像是你親眼目睹的一樣！然後呢？繼續說啊，湯姆。」

「我記得妳替我禱告。我可以看到妳的模樣，聽到妳說的一字一句。然後妳禱告完就上床睡覺了，我覺得很難過，所以我拿出一張梧桐樹的樹皮寫著：『我們沒死，只是跑去當海盜了。』然後我把它放在桌上的蠟燭旁邊。妳看起來很好，躺在床上靜靜睡著，我還走過去彎腰親了一下妳的嘴唇。」

「真的嗎？湯姆，如果這是真的，我什麼都原諒你！」阿姨抓著湯姆緊緊抱住他，這一抱讓湯姆覺得自己像是最惡劣的大壞蛋。

「這真是太好了，不過它只是一場夢。」席德自言自語，聲音剛好夠讓別人聽得見。

「閉嘴，席德！一個人就是日有所思，才會夜有所夢。我留了一顆大蘋果給你唷！湯姆。我本來就打算要是能再找到你，就要給你吃的。現在去上課吧！我感激天父的恩賜，讓你重回我們身

邊，對於相信上帝、遵從上帝指示的子民而言，這段苦難是長了
點，但終究還是得到上天的慈悲。天知道我值不值得接受這份恩
惠，但若只有那些可敬的人才能獲得祂的祝福、得祂的幫助度過
難關，那麼在漫漫長夜到來之時，還能微笑或得以安息的人，就
少之又少了吧！去吧！席德、瑪麗和湯姆，你們快去上學吧！你
們耽擱得夠久了。」

　　孩子們離家上學後，老婦人跑去找哈波太太，想用湯姆那場
神奇的夢境，來說服哈波太太的現實主義。席德離開家的時候，
他心裡有別的想法，不過他決定還是別說出口。他想著：

　　「真是怪了，這麼長的一場夢，竟然一點差錯都沒有！」

　　現在，湯姆可變成一個大英雄了！他神氣地昂首闊步，走起
路來一改往日的蹦蹦跳跳、歡躍不已，如同一個受到眾人注目的
海盜。事實也是如此，經過人群時，他假裝不去看他們的眼光，
不去聽他們對他的評論，但其實，這些眼光和評論正是他的精神
糧食。比他小的男孩們成群結隊地跟在他身邊，能夠被別人看到
和他在一起，就讓他們感到與有榮焉，湯姆也不介意他們的吵鬧，
他就像是遊行行列中領隊的鼓手，或是領著一群動物進城的大象
一樣受人矚目。和他同齡的男孩表面上假裝湯姆根本沒離開過，
但其實心裡卻羨慕得要命，他們願意用任何東西去換他在太陽下
曬得黝黑的皮膚、和他閃亮的惡名，但是，就算有人肯拿一整個
馬戲團來換，湯姆也不會同意的。

　　在學校裡，孩子們都把他和喬捧上了天，眼中傳達出無盡的
羨意，沒過多久，這兩個英雄就趾高氣昂、得意忘形了起來。他
們開始向飢渴的聽眾訴說他們的冒險故事，但他們都只講開頭，
因為這些故事似乎永遠講不完，光靠他們的想像力就能加油添醋、

編出一大堆內容。後來，等他們拿出菸斗、自在地呼出幾口煙時，他們神氣的模樣也衝上了最高點。

湯姆認為，他現在已經可以不再留戀貝琪，一個人自由自在，有那些榮耀相伴就足夠了。他可以靠榮耀過活，其他的都不重要。他現在已經出名了，或許她會想和他重新和好吧！那就隨她囉！他想讓她知道，他也可以和某些人一樣冷漠。不久，貝琪到了學校，湯姆假裝沒見到她，故意走開，加入一群同學，開始和他們聊天。湯姆很快就察覺，貝琪泛紅著臉，開心地走來走去，眼神卻搖擺不定，假裝忙著追逐其他同學，追到了還會又笑又叫的；湯姆也留意到，她總是有意無意地徘徊在湯姆的附近，時不時望個幾眼，這讓他心裡那股惡毒的虛榮心大為滿足。這兩人戰爭的勝負至此已非常明顯，貝琪輸了，還助長了對方的氣焰。湯姆雖已看穿她的心思，卻努力地掩飾、視而不見。沒多久，她就停止嬉鬧，猶豫不決地走來走去，嘆了一兩次氣，偷偷用渴望的眼神朝湯姆望去，然後她發現湯姆和艾美說話的次數特別多，突然覺得心裡一陣刺痛，她變得手足無措，想要離開，但雙腳卻不聽使喚地把自己帶到那群人中。她故作開心，對一個站在湯姆身邊的女孩說：

「嘿，奧絲汀！妳這個壞女孩！怎麼沒去上主日學校呢？」

「我有去啊！妳沒看到我嗎？」

「沒有哇！妳真的去啦？妳坐在哪？」

「我在皮特小姐的班上，我一直都在那一班呀！我看見妳了唷！」

「真的嗎？真是奇怪，我竟然沒看到妳。我想跟和妳說野餐的事。」

「哇，太棒了！是誰要辦野餐啊？」

「我媽媽要讓我辦一個野餐會。」

「哦，真好。我希望她會讓我參加。」

「她會啊！那是為我辦的野餐，我想請誰她就會讓誰來，我想請妳參加。」

「這真是太棒了。什麼時候？」

「很快，也許是放假的時候吧！」

「那一定很好玩！妳打算請全部的男生和女生嗎？」

「對啊！我會邀請我所有的朋友，或是所有想當我朋友的人。」她偷偷瞄了湯姆一眼，但他卻正忙著和艾美談論著他在島上經歷的那場恐怖暴風雨，訴說著閃電如何把大梧桐樹劈成「碎片」，而他當時「就站在離樹三英呎不到的距離」。

「我可以去嗎？」葛蕾西問。

「可以。」

「那我呢？」莎莉問。

「可以。」

「我也可以嗎？還有喬呢？」蘇西・哈波問。

「都可以。」

就這樣，這群人每個都要求參加，獲邀後就開心地拍起手來，只有湯姆和艾美例外，於是湯姆冷漠地轉身帶著艾美離開，邊走邊繼續和她聊天。貝琪的唇顫抖著，眼淚在眼中打轉，她強顏歡笑地繼續和大家閒聊，藉以隱藏自己的情緒，但現在，不管是野餐或是其它任何事物，在她的生命中都已毫無意義。她迅速離開那裡，找了個地方躲起來，照女孩們的說法「好好痛哭了一場」，然後傷心地回教室坐下來，帶著受傷的自尊心，一直坐到上課鐘

響。這時,她站起身來,雙眸投射出復仇的眼神,把兩條辮子一甩,告訴自己:她知道該怎麼做了。

下課時間,湯姆繼續開心又自滿地和艾美打情罵俏,但於此同時,他也不斷晃來晃去找尋貝琪的身影,想藉此傷她的心。終於,他發現了她的蹤影,但他的心也隨之沉了下去。她正舒舒服服地和艾弗列德坐在校舍後面一張小長椅上,一起看一本畫冊,他們看得全神貫注,兩個人的頭靠得那麼近,好像全世界只剩下他們。嫉妒的火燄在湯姆的血管裡燃燒,他開始恨自己竟然放棄了貝琪找他和解的機會,他責罵自己是笨蛋,把所有想得到用來罵人的話,全都拿來罵自己,他懊惱地想放聲大哭。艾美和他走在一起,一路上開心地有說有笑,因為她的心在歌唱,但湯姆的耳朵和舌頭早已功能盡失,完全聽不見艾美說的是什麼,每當她停下來期待他的回應,他也只能結結巴巴地應付她,總是答非所問。他忍不住晃到校舍後面,一次又一次讓那令他痛恨的景象灼燒自己的雙眼。他更氣的是,貝琪根本沒有把他放在眼裡,不過,貝琪其實都看到了,她也知道自己贏了這一回合,她很高興看到湯姆嘗到自己曾有過的那種苦不堪言的滋味。

艾美不停地在耳邊興高采烈地喋喋不休,湯姆漸漸感到無法忍受,他暗示她自己還有別的事要做,而且是一定要做的事,就快沒時間了。但說了也沒用,艾美還是嘰嘰喳喳說個不停,湯姆心想:「喔,老天,我到底要如何甩掉她啊?」

最後,湯姆表示真的有事要離開的時候,她還天真爛漫地說放學後會等他,於是他急忙忙走開,心裡懊惱得要命。

「拜託,哪個男孩都行!」湯姆心裡咬牙切齒地想著,「這鎮上隨便哪個男孩都行,她居然看上從聖路易來的那個自作聰明的

傢伙，那個自以為穿得很好就是位貴族的臭傢伙！好哇，你這傢伙，我既然可以在你第一次出現在鎮上時就把你扳倒，現在我一樣可以再扁你一次！你給我等著，等我逮到你，我就會……」

然後他開始模擬起和一個假想的男孩對打的動作，他對著空氣連續揮拳，又踢又勾。「呵，你求饒啊！你大叫『夠了』是吧？那好，就當是給你一點教訓！」他想像對方被打得鼻青臉腫，這才感到心滿意足。

中午時分，湯姆偷溜回家，他的良心承受不了艾美的歡樂，而他的嫉妒心也無法再承受另外一件不幸。貝琪繼續和艾弗列德看畫冊，但時間一分一秒地過去，貝琪沒能看到受折磨的湯姆，她的勝利開始籠上了烏雲，興趣盡失，她覺得沉重、心不在焉，然後心情變得很憂鬱。有幾次她豎起耳朵聽聽是否有腳步聲，卻總是希望落空，湯姆沒有出現。最後，她覺得整個人傷心極了，但願自己沒有做得這麼絕。可憐的艾弗列德發現貝琪整個人心不在焉，只是一再地說：「嘿，這幅畫很棒！妳看看！」而貝琪終於失去了耐性，說：「哦，不要煩我！我根本就不想看這些畫呢！」接著就痛哭失聲，轉身離去。

艾弗列德跟在身邊試圖安慰貝琪，但她卻說：

「你可不可以走開，別煩我啊！我討厭你！」

於是這孩子停下腳步，不知道自己做錯了什麼。整個中午嚷著要看畫冊的人是她，現在她卻哭著走開了。艾弗列德回到空校舍裡沉思，覺得丟臉又生氣。他很輕易地就猜到了事實真相——那女孩只是利用他來報復湯姆而已。一想到這裡，他對湯姆的恨意就全數爆發，他希望能找到某種不用連累自己，就可以讓那個男孩惹上麻煩的方法。這時，湯姆的拼字課本落入他的眼簾，這

真是他的大好機會。他開心地翻到下午要上的那一課，然後把墨
汁灑在上面。

　　艾弗列德的舉動被正好經過窗戶邊的貝琪看見了，她繼續往
前走，沒讓他發現自己。然後，貝琪朝回家的路走去，打算找到
湯姆告訴他，湯姆一定會感謝她，這樣他們之間的問題就迎刃而
解了。但路才走一半，她就改變心意了，因為她想到自己說起辦
野餐的事時，湯姆對待她的那種高傲態度，就讓她覺得受到屈辱。
於是，貝琪決定讓他為了弄髒的課本而挨鞭子，也決定要恨他一
輩了。

chapter 20

感人的樹皮

湯姆沒想到事情竟然會變這樣。他自作聰明
地以為早上開了個很天才、很不錯的玩笑，
但那個玩笑現在看來卻是卑鄙、可恥的。
他垂著頭，一時想不出可以說些什麼。

　　湯姆悶悶不樂地回到家中，阿姨開口和他說的第一件事，就讓他發覺自己回來的真不是時候。

　　「湯姆，我真想活生生剝你的皮。」

　　「阿姨，我做了什麼？」

　　「你做的可多了。我像個老笨蛋似的跑去找哈波太太，想讓她相信你說的那場夢。結果她早就從喬那裡知道你那天晚上回來過，還聽到我們說的話。湯姆啊！我實在不知道有什麼理由，可以讓一個男孩做出這種事情。你竟然就這樣讓我去找哈波太太，像個傻子似的，卻一句話也不說，想到這裡我真的覺得很傷心。」

　　湯姆沒想到事情竟然會變這樣。他自作聰明地以為早上開了個很天才、很不錯的玩笑，但那個玩笑現在看來卻是卑鄙、可恥的。他垂著頭，一時想不出可以說些什麼。最後才說：

　　「阿姨，我真希望自己沒那麼做，但我那時沒想那麼多。」

　　「哦，孩子啊！你從來都不動腦筋想想。你什麼都沒想到，就只想到自己。你能想到那天晚上從傑克森島跑回來，嘲笑我們的傷心難過，你還可以想到用這樣一個夢境謊言來耍我，但你卻從來沒想到可憐我們、讓我們不要那麼傷心。」

　　「阿姨，我現在已經知道那麼做很殘忍，但我不是有意的，真的。而且那天晚上我也不是回來嘲笑你們的。」

　　「那你回來幹嘛？」

　　「我是打算回來告訴妳，不要擔心我們，因為我們沒有被淹死。」

　　「湯姆啊！湯姆，要是我能相信你曾經有過這麼乖的念頭，我就是這個世上最懂得感恩的人了，但你知道自己根本沒有過這種念頭，我很清楚，湯姆。」

「我真的有，真的、真的，阿姨。如果我沒有，我願意馬上死掉。」

「哦，湯姆，別說謊，千萬不要。說謊只會讓事情糟上一百倍。」

「我沒有說謊，阿姨，我說的是真話。那天晚上我就是不想讓妳那麼傷心，才會回來的。」

「我願意交出整個世界來相信你，如果你真的那麼做了，我就可以不計較你的惡作劇。湯姆，這樣一來，你逃家、還做出如此差勁的舉動，我都會很開心，但這實在說不通，如果你做了，為什麼不告訴我？」

「不是嘛！阿姨，當妳說到舉行葬禮時，我滿腦了想的都是回來躲在教堂的事，我就是不想破壞這個點子，所以就又把樹皮放回我的口袋，保持沉默囉。」

「什麼樹皮？」

「就是我寫了要告訴你我們去當海盜的那張樹皮啊！我真希望妳在我親妳的時候醒來，我說的都是真的。」

寶莉阿姨緊繃的臉一下子放鬆了，眼中頓時綻放出溫情。

「你親我了嗎？湯姆。」

「那當然囉！」

「你確定你親了嗎？湯姆。」

「當然確定啊！阿姨。」

「你為什麼要親我呢？湯姆。」

「因為我很愛妳呀！而且妳躺在床上嘆息，讓我覺得很難過。」

這些話聽來像是真話。老婦人藏不住她顫抖的聲音：

「再親我一次，湯姆！然後你就去上學吧！別再來煩我了。」

湯姆一出門，她就跑到衣櫃前，拿出湯姆當海盜時穿的那件破夾克。她把夾克拿在手上，對自己說：

「不，我不敢看。這可憐的孩子，我認為他是在說謊，但這實在是個善意的謊言，讓人倍感安慰。我希望……我知道上天會原諒他的，因為他是好心才會告訴我，但我不想發現它真是個謊言啊！我不會看的。」

她把夾克放到一邊，站在那裡想了一會，再一次伸手去拿那件衣服，卻又再次退縮。接著她決定再試一次，這次為自己預設了一個念頭：「這是個善意的謊話，是善意的謊話，我不會因此傷心難過的。」她摸索著夾克口袋，過了一會，就看到湯姆寫的那片樹皮，淚流滿面。

「現在就算那孩子犯了一千個罪，我也都願意原諒他！」

chapter 21

無妄之災

湯姆對自己的行為感到光榮，因為這樣的鼓舞，即使杜賓斯老師使出目前為止最無情的鞭打，他也沒半點哀嚎。

　　寶莉阿姨親吻湯姆時的眼神不同，讓他低落的情緒一掃而盡，再次感到輕鬆愉快。他回去上學，剛好在巷口遇見貝琪。湯姆的態度向來隨心情而變，所以他毫不遲疑地跑向貝琪，說：

　　「貝琪，我今天實在很壞，我覺得很對不起妳。我發誓這輩子再也不會做那樣的事了，我們和好吧，好不好？」

　　女孩停下腳步，一臉不屑地看著他：

　　「謝謝你，請你管好你自己吧！湯瑪斯 · 索耶先生。我再也不要和你說話了。」

　　貝琪甩頭就走，湯姆感到十分驚訝，他本想要回嘴：「誰甩妳啊！自作聰明的大小姐！」不過等他想到時，已為時已晚，因此他什麼也沒說出口。積了滿肚子的怒火，他悶悶不樂地走進校園，但願貝琪是個男孩，湯姆想像著如果她是男生的話，可以怎樣狠狠地痛扁她一頓。不久他又遇見她，經過的時候湯姆不忘說幾句刺耳的話，她也立刻還以顏色，這下子他們真的因為生氣而絕交了。貝琪氣得發火，簡直等不及學校開始上課，看湯姆因為弄髒拼字課本而挨打，就算她曾經考慮揭發艾弗列德的行為，湯姆無禮的嘲弄也已經讓貝琪打消了那些念頭。

　　這可憐的女孩，不知道自己很快就要大難臨頭了！杜賓斯老師已屆中年，卻有一個未能滿足的心願，他一直想當個醫生，但貧窮註定他最多只能當個小鎮老師。每天他都會從書桌裡拿出一本神祕的書，在沒課的時候專注地閱讀，他甚至還用鑰匙小心地把那本書鎖起來，學校裡的每個孩子都很想一窺究竟，卻苦無機會。每個男孩和女孩對那本書都各自有一套見解，每個人的想法都不一樣，但事實真相如何，也無從得知。此時，貝琪剛好經過講台，書桌就在門旁邊，她意外發現鑰匙就插在鎖上！這真是個

千載難逢的好機會！她四下觀望，發現只有她一個人，下一秒，書就已經被她拿在手上了。書的封面——某某教授之解剖學——她完全沒概念，於是她開始翻閱書頁，一翻就翻到一張精緻的彩色卷頭插畫，那是裸體的解剖圖。就在這時候出現一個人影，湯姆從門口走進來，往圖片瞥了一眼。貝琪抓住書想闔起來，卻不小心把那張圖片撕下一半。她立刻把書丟回抽屜，鎖上鑰匙，又羞又惱地大哭起來：

「湯姆，你真的是卑鄙到極點，竟然躲在後面，偷看人家在看的東西。」

「我怎麼知道妳在看什麼東西啊？」

「你真該覺得羞愧，湯姆，我知道你會去告狀的，我該怎麼辦？天啊！我該怎麼辦？我會被老師抽鞭子的，我從來沒在學校被打過。」

然後她又跺著小腳說：

「你要是想告狀就去告吧！我知道等一下會發生什麼事。你等著瞧！到時候你就知道了！可惡、可惡、太可惡了！」然後她就又哭著衝出教室。

湯姆定定地站著，對於她這番攻擊顯得心煩意亂。他對自己說：

「女生還真是奇怪！說什麼從沒在學校挨打過？拜託，真是敗給她了！女生就是女生，臉皮薄又膽子小。我當然不會去向老杜賓斯告發這個小傻瓜，反正我有的是機會，我不必用那麼殘酷的方法來報復她。但這件事怎麼辦？老杜賓斯會問是誰撕了他的書，沒有人會承認的，然後他會一如往常地一個接著一個問下去，等到他問到這個撕破書的女孩，就會因為她不敢說話而知道是她做

的。女生的表情總是藏不住祕密。她們真是一點骨氣都沒有。她一定會挨鞭子的，貝琪的處境艱難，她是無處可躲了。」湯姆又想了一會，才說了一句：「算了，反正換做是我陷入困境，她也會想看我受罰的，那就讓她忍受到底吧！」

湯姆跑到外頭和同學們一起嬉戲。幾分鐘後，老師來了，大家進教室上課。湯姆對上課沒有太大的興趣，每次只要他往女生座位那邊偷瞄時，貝琪的模樣就讓他心煩意亂。湯姆想到過去的點點滴滴，實在不想同情她，但是他心裡也覺得不痛快。這時，老師發現拼字課本的事，湯姆此刻已無暇他顧，只能專注在自己的事情上。貝琪也從原先沮喪的情緒中振奮起精神，對即將要發生的事顯露出強烈的興趣，她認為就算湯姆極力否認，也免不了一頓挨打。她猜得沒錯，對湯姆來說，否認似乎只會讓事情變得更糟。貝琪本以為自己會因此感到開心，也試著相信自己真的很開心，但卻不然，她沮喪到了極點，一度衝動地想站起來揭發艾弗列德的惡劣行為，但最後還是努力強迫自己保持鎮定，她對自己說：「他一定會告訴老師我撕破圖片的事，所以我也沒必要救他！」

湯姆挨了鞭子回到座位，心裡卻一點也不難過。他認為自己的確有可能在和同學嬉戲時，不小心打翻墨汁、弄髒了課本。他的「否認」一來只是做給別人看，二來是因為這是他的慣例，他要維護個人原則，否認到底。

一小時過去了，老師坐在他的寶座上，不停點著頭打盹，空氣中瀰漫著琅琅的讀書聲。很快地杜賓斯先生又挺直了身子，打了個呵欠，然後打開書桌上的鎖，伸手想拿他的書，卻似乎有些猶豫不決，拿不定主意要不要拿出來看。許多學生都意興闌珊地

抬頭一瞥，只有兩個人專注地看著他的一舉一動。杜賓斯先生的手指不自覺地碰了一會書，然後才把它拿出來，拉好椅子準備開始看書。湯姆瞥了貝琪一眼，她就像一隻遭到獵捕、無助的小兔子，被人用槍指著自己的頭，湯姆立刻忘了和她吵架的那回事，快！他一定得做點什麼幫助貝琪！而且還得快點！但這狀況來得如此急迫，反而讓他束手無策。有了！有一個辦法！他突然來了靈感，他可以跑上去搶老師的書，然後拔腿跑出門外！但他遲疑了一下子，機會稍縱即逝──老師把書翻開了。湯姆真希望剛剛錯失的機會能再來一次！太遲了，他想，這下他幫不了貝琪了。下一秒，老師的臉就對著全班同學。每雙眼睛都在他的注視下垂了下去，老師的眼神中有責備的意味，即使是無辜的人，也會因害怕而不敢直視。教室裡一片沉默，時間長得可以讓你從一數到十，終於，老師發脾氣了。他說：

「是誰撕了這本書？」

沒人吭聲，教室安靜得連別針掉落的聲音都聽得見。沉默持續著，老師審視每一張臉，尋找罪惡感的跡象。

「班傑明，你撕了這本書嗎？」

班傑明立刻否認。又是一陣靜默。

「約瑟夫，是你嗎？」

約瑟夫也否認。老師一個個質問，在這段漫長的折磨之下，湯姆越來越不安。老師問完男生，想了一會，才轉向女生那邊：

「艾美？」

艾美搖搖頭。

「葛蕾西？」

葛蕾西也搖搖頭。

「蘇珊，是妳撕的嗎？」

蘇珊也搖頭。下一個女孩就是貝琪了，湯姆緊張得全身都在發抖，對此刻的情況感到束手無策。

「貝琪·柴契爾！」湯姆偷瞄她，她嚇得臉都發白了。「是不是妳撕的？不，看著我的臉！」她的手眼看要舉起來了……「是不是妳撕了這本書？」

湯姆腦子裡突然閃過一個念頭。他跳起來大喊：

「是我撕的！」

全班同學都不解地盯著湯姆看，不敢相信他做出如此令人難以置信的蠢事。湯姆站著，努力地保持鎮定。當他上前接受懲罰時，看到小可憐貝琪的眼中散發出意外、感激和崇拜之情，這就足以讓他情願挨一百下鞭子了。湯姆對自己的行為感到光榮，因為這樣的鼓舞，即使杜賓斯老師使出目前為止最無情的鞭打，他也沒半點哀嚎。此外，老師還冷酷無情地罰他放學後留校兩個小時，他也無動於衷。因為他知道解禁後，會有人默默在外面等他，而那個人也不會在乎如此冗長的等待。

那天晚上，湯姆上床睡覺時，心裡就盤算著要怎麼報復艾弗列德——貝琪因為感到羞愧和懊悔，向湯姆全盤托出，也沒忘了說出她自己的奸詐行為——雖然他渴望復仇，但還是很快就放下這個念頭，轉而去想他的可人兒。

最後，他沉沉入睡，耳邊還朦朧地迴盪著貝琪今天對他說的最後一句話：

「湯姆，你實在是太偉大了！」

chapter 22

期末驗收

這些訓誡之詞一聽就知道很虛假，但學校
仍維持一貫的制度，時至今日還是無法將
這種說教的風氣逐出學校。或許，只要這
世界仍在運轉，就會一直延續下去吧！

　　假期將至，一向嚴厲的老師在此時變得更加嚴厲，要求也更嚴格，希望學生在期末驗收日能有好的表現。現在他的棍子和教鞭很少擱著不用，尤其是對那些年紀較小的學生，只有年紀最大的男孩，和十八歲以上的女孩能逃過老師的挨打。杜賓斯先生雖然戴著假髮、頂著一顆光禿禿的頭，但其實他才剛步入中年，肌肉還很強健，因此他的鞭刑十分帶勁。隨著重要的大考逼近，他體內暴虐的個性全都浮現出來了，為一個小小的過錯來處罰別人，似乎能讓他獲得一種報復的樂趣。年齡較小的男孩們白天時都活在恐懼和苦難中，到了晚上又圖謀復仇的方法，不放過任何能害老師出糗的機會，但老師卻總是能洞察先機，讓每次復仇失敗的孩子遭到更為慘烈、更大範圍的報應。潰不成軍的男孩們只好退出戰場。最後，他們齊聚一堂，重新謀劃一項計策，希望能帶來輝煌的勝利：他們讓招牌油漆匠的兒子宣誓加入，告訴他整個計畫，以尋求他的協助。因為老師此時正寄宿在他家中，剛好男孩也有一堆討厭老師的理由，所以他願意參與這個計畫。最近，師母會去鄉下待幾天，這樣就更沒人會干擾這項計畫了。每當有盛大場合即將來臨，老師常喝得醉醺醺的，於是油漆匠的兒子說，在驗收日那天晚上，他會趁老師坐在椅子上打瞌睡時「安排好一切」，然後在適當的時候叫醒老師，催他趕快到學校去。

　　時機成熟，大夥期待的時刻終於來臨。晚上八點，學校燈火通明，張燈結彩，掛滿了花花綠綠的裝飾。高聳的講台，老師坐在他偉大的寶座上，那張黑板就在他身後，老師這時看起來相當溫和。兩側各有三排長椅，老師的面前則有六排，長椅上坐滿了鎮上的權貴和學生家長。左手邊，幾排民眾的後方有一座寬敞的臨時講台，上面坐著當晚要參加表演的學生。一群小男生，梳洗

整齊，盛裝打扮，顯得渾身不自在的樣子，還有幾個舉止笨拙的大男孩；衣著素雅的女孩和年輕小姐們穿著麻裙和薄紗，裸著手臂，戴著祖母的舊式珠寶，繫著許多粉紅色和藍色的緞帶，頭上還插著鮮花。除此之外，屋裡還擠滿了沒有參與表演的學生。

發表會開始了。一個年紀很小的男孩上台，害羞地背誦：「各位可能沒想到，一個像我這樣年紀的小孩，會站在台上當眾演講……」等等，他邊說邊僵硬地比劃著精心設計、斷斷續續的手勢，僵硬得像一台機器，並且還是個失靈的機器。小男孩雖然嚇壞了，但還是順利過了關，最後他如機械人般地鞠躬下台時，還博得一陣熱烈的掌聲。

接著，一個靦腆的小女孩口齒不清地背「瑪麗有隻小綿羊」等童謠，表演完後還行了一個令人憐愛的屈膝禮，獲得一陣掌聲的褒賞，她紅著臉、開心地回座位坐下。

湯姆信心滿滿地走上台去，口沫橫飛背起那篇永垂不滅「不自由、毋寧死」的演講稿，並加入許多慷慨激昂的手勢，但唸到一半卻情緒失控，他突然怯場了起來，他抖著雙腿，就快窒息了。確實，他的表現讓大家都替他捏了把冷汗，也讓整間屋子的人安靜了下來，這讓他覺得比同情更難受。老師也皺起眉頭，終結了他的災難。湯姆掙扎一會便隨即下台，他覺得他徹底被擊敗了。台下響起奚奚落落的掌聲，旋即停止。

接下來是「站在燃燒甲板上的男孩」、「亞述人來了」和其他幾篇慷慨激昂的經典名作，人員稀少的拉丁班也自豪地背誦了一小段。緊接在後的是朗讀練習及拼字比賽。現在，輪到今晚的重頭大戲——由年輕小姐創作的「作文」朗讀。每個女孩都會站到講台前，清清喉嚨，拿起那綁著精美緞帶的手稿，開始朗讀，

朗讀時還特別強調表情和抑揚頓挫。文章的主題從她們的母親、
祖母開始，甚至回溯到十字軍東征時的女性祖先，人人都用過這
類主題。「友情」是其一，其它還有「往日回憶」、「歷史上的
宗教」、「夢境」、「文化優勢」、「政權政府形式的比較與對照」、
「傷感」、「孝道」、「內心的渴望」等等主題。

　　這些作文都有共同特色，就是充滿哀傷、無病呻吟，大量使
用情感豐沛的華麗詞藻，再來就是喜歡逼大家聽些陳腔濫調，非
把相關詞彙用盡不可。其中最怪的地方，就是每篇作文的結尾一
定都會加一段根深柢固、令人難以忍受的訓誡之詞，這也是它們
的敗筆之處。不管主題是什麼，作者費盡心思地想製造一種效果，
讓那些有道德心、有宗教信仰的人，能在受到文章的薰陶後，引
發些許沉思或啟示。這些訓誡之詞一聽就知道很虛假，但學校仍
維持一貫的制度，時至今日還是無法將這種說教的風氣逐出學校。
或許，只要這世界仍在運轉，就會一直延續下去吧！在我們的國
度裡，每個年輕女孩都覺得有義務用訓誡說教之詞作為文章的結
尾。你會發現，學校裡越不守規矩、越不在乎信仰的女孩，往往
就是拼命寫出訓詞最長、文章最偽善的人。算了，忠言逆耳，就
不多說了，到此為止吧！我們還是回到驗收的情況。第一位上台
朗讀的標題是《這就是人生嗎？》，我節錄了一小段，請各位讀
者們忍耐一下：

　　在尋常的人生道路上，當年輕的心開始期待某種可預見的歡
樂時，我們的心是多麼地愉快啊！想像力忙著描繪玫瑰色的歡愉
之景。於此，追求時尚的性感女孩看到自己身處歡樂饗宴中，成
為眾人的焦點。身穿雪白的禮服，擺出優美的體態，在歡欣舞動

的迷宮中穿梭來去。歡愉的群眾裡，她有最明亮的眼眸、最輕盈的步伐。

這般美好的快樂時光總是過得特別快，歡迎她進入極樂世界的時刻到了。她對那裡有許多燦爛奪目的夢想，在她陶醉的幻象裡，每件事物都像神話故事。每一個新畫面，都比先前的畫面來得迷人。

但是瞬間，她發現美好的外表下，什麼都是虛幻不實的。那曾經讓她靈魂著迷的恭維，如今在她耳裡聽來卻是如此刺耳難耐。舞池魅力盡失，她帶著衰弱的身軀和難過的心，堅定地轉身離去，俗世的歡樂再也不能滿足這個靈魂的渴望！

如此這般滔滔不絕地講個不停。台上在朗讀的時候，台下會不時傳出滿足的耳語，伴隨著讚賞的話，如「多美呀！」「口才真好！」「說得真有道理！」，在文末特別折磨人的訓詞結束之後，掌聲更加熱烈。

接著上台的是一位纖瘦、滿臉愁容的女孩，她蒼白的臉色引人注目，那種蒼白看起來像是藥物和消化不良造成的。她讀的是一首名為《密蘇里少女告別阿拉巴馬》的詩，這裡節錄兩小節就夠了。

阿拉巴馬，別了！我深愛的你！
但現在我將離你而去！
悲傷，是的，我的心對你滿懷傷感！
燃燒的回憶也湧上我的眉頭！
因我曾留戀徘徊在你絢麗的林間，

曾漫步在你泰拉布沙的河畔，
曾聆聽你泰拉西洶湧交戰的洪水，
也曾在你庫沙山腳迎著曙光女神的容顏求愛。
承受一顆滿盈的心，我不覺羞愧，
一雙盈淚眼眸回首，我不會臉紅，
這裡不是陌生土地，如今我卻必須離去，
離開我不陌生的朋友，我不禁要嘆息。
我在這個州得到歡迎和歸宿，
我將離開你的溪谷，你的峰塔也將迅速離我遠去，
我的雙眼，我的心，還有我的頭顱，都將冷卻，
我親愛的阿拉巴馬，它們都將因你而冷卻！

　　沒有幾個人知道「頭顱」是什麼意思，但這首詩還是很令人滿意的。

　　接下來是一位深色皮膚、黑眼珠、黑頭髮的年輕姑娘，她停頓了一段時間——這停頓讓人印象深刻——接著用一臉悲慘的表情，以及莊嚴又有韻律的語調開始朗讀：

　　一個幻想

　　這是一個暴風雨的暗夜。高掛的天空沒有半顆閃爍的星晨，但雷聲沉重的音調卻不斷震撼耳際。可怕的閃電也沉溺在憤怒的情緒中，穿越多雲的天庭，好像對那著名的富蘭克林不畏恐懼而發明出來的電力，表達它的不屑！就連狂亂的風也一致地從神祕之處吹將出來，風狂吹怒號，彷彿要藉著它們的幫助，讓這個畫

面更加狂野。在這樣的時刻，又黑又恐怖，人類的同情心，讓我的靈魂也嘆息。

但儘管如此，我親愛的朋友，我的導師，我的安慰者和嚮導，我憂傷時的喜悅，我喜悅時的第二福佑，來到了我身側。

她像是藝術家和年輕人畫在往日漫步幻想伊甸園裡的發亮精靈；她擁有一身超凡的氣質，是樸實但美麗的皇后；她的步履如此輕盈，輕得甚至沒有半點聲音。但若她友好的觸碰引起不可思議的激動，就會一如其他不冒犯人的美女般，不知不覺地悄悄溜走，遍尋不著。當她伸手指向爭辯的人們，喚我注視那兩人時，一種奇妙的傷感落在她身上，好比落在十二月外衣上的冰淚。

這場夢魘寫了十幾頁，結尾的訓詞將非長老會教徒的希望破滅得如此徹底，因此這篇文章得了首獎，還被認為是當晚最優秀的作品。鎮長親自頒獎給這位作者，還發表一篇溫馨的演講，說這顯然是他聽過最動人的文章，就連大演說家丹尼爾 · 韋伯斯特聽到都會感到佩服。

順帶一提，這篇文章裡濫用「華美的」一詞，把人生經驗說成「生命的一頁」更是隨處可見。

現在，老師沉醉其中，變得非常和藹可親。他把椅子拉到一邊，背向觀眾，開始在黑板上繪出一幅美國地圖，為地理課做準備，但他不穩的手卻沒能把圖畫好，引起滿屋子的竊笑聲。他知道是怎麼回事，想要設法改正，於是擦掉線條，重新來過，卻越畫越糟，台下的竊笑聲也就越來越大。現在，他把全副精神都放在畫圖上面，不想被這些笑聲擊垮。他知道每一雙眼睛都在看他。一陣努力之後，他以為自己成功地畫好了圖，但笑聲還是沒有停

止，甚至越來越激烈。這時，老師頭頂上方的閣樓天窗被打開了，有人正把一隻腹部繫著繩子的貓，從天窗上懸放下來。貓頭到下巴的部分被綁了一塊破布，以免牠叫出聲。牠慢慢地降下來，身體向上蜷曲，爪子緊抓著繩子，當牠的身子被翻過來向下時，爪子就在空中毫無目的地亂抓一通。竊笑的聲音越來越大，貓咪現在離老師的頭只剩不到六吋的距離。往下，往下，再放下來一點，牠絕望的爪子一伸就抓到了老師的假髮！於是緊緊抓著不放。就在這個時候，牠突然被人向上一提，爪上的戰利品也一併被帶了上去！這時老師光禿禿的頭上竟然閃閃發亮，因為油漆匠的兒子為他塗上了金漆！

　　這場盛會就此結束。男孩們復仇成功，假期也來臨了！

作者註：本章聲稱的「作文」，雖然都是一字不改摘錄自《西部小姐的散文與詩》一書，但這些文章都是精確地依照女學生的寫作模式撰寫而成，因此遠比我的模仿有趣得多。

chapter 23

加入自治學員團

湯姆繼續走下去，但願在絕望之餘能看到一張令他快樂的邪惡臉孔，但不管走到哪裡，看到的都令他大失所望。

　　湯姆加入了新成立的自治學員團。吸引他參加的是團員們那條酷炫華麗的「綬帶」，他保證入會期間，只要身為團員的一分子，就會戒除抽菸、嚼菸草和說話褻瀆神明的壞行為。不過在那之後他有了新的體悟：那就是只要被禁止做某事，就會讓你做那件事的欲望越發強烈。湯姆很快就發現自己渴望喝酒、說髒話，把自己折磨得天人交戰。這股欲望越來越強烈，若不是有機會能掛上紅色肩帶展示一番，他早就退團了。七月四日的國慶就要到來，才套上學員團的束縛還不到四十八小時，他就想放棄了。他把下一次的希望放到老治安法官弗來茲身上，這位老治安法官顯然行將就木，時日無多，他官階這麼高，屆時一定會舉辦一場盛大的葬禮。三天下來，湯姆全心關注法官的狀況，極度渴望聽到他的消息。他實在太想在葬禮上遊行了，有時甚至會把綬帶拿出來，站在鏡子前面練習一番。但法官的情況時好時壞，讓他非常氣餒。後來他竟康復了！湯姆憤恨至極，覺得自己受了傷，於是馬上辦了退團，沒想到法官當晚舊病復發，壽終正寢。湯姆發誓他再也不相信那種人了。

　　法官的葬禮頗為隆重，學員團遊行時意氣風發，讓這個退會的前團員羨慕得想死。不過，湯姆現在又重獲自由了，這還是有點好處的，他又可以大肆喝酒、說髒話了，不過他卻驚訝地發現自己一點也不想做那些事了。道理說來很簡單，他的自由趕走欲望，而欲望則帶走了樂趣。

　　湯姆四處閒逛，發現他渴望已久的假期沉悶又無趣。他試著寫日記，但這三天來什麼事都沒發生，於是就把日記丟一旁了。

　　一群黑人的歌舞表演團來到鎮上，引起了一陣騷動，於是湯姆和喬也組了一個樂團上台表演，開心地玩了兩天。

連光榮的國慶日也添了敗筆，因為當天下了場傾盆大雨，結果遊行取消了。而世界上最偉大的人——湯姆心中所認為的——現任美國參議員班頓先生，也讓人大失所望，因為他身高並沒有二十五英呎高，甚至離那個高度還遠得很呢！

接著馬戲團來了！在馬戲團離開之後，男孩們在帳篷裡，拿著破布當地毯，玩起馬戲團遊戲，入場費男生三枚別針，女生兩枚，足足玩了三天，最後他們也捨棄了這個遊戲。

一個骨相學家和一個催眠師來到鎮上，沒多久又走了。小鎮變得比以前更加沉悶、乏味。

其間有些男孩、女孩也曾舉辦派對，但這種活動次數太少，而且歡樂過後，反而讓這些孩子在沒有活動的時候更加寂寞難耐。

貝琪回康士坦丁堡的家，和父母共度假期，這麼一來湯姆的日子就更加黯淡無趣了。

那宗謀殺案的恐怖祕密不斷地困擾著湯姆，簡直像一個永遠好不了的毒瘤一樣。

接著，麻疹來到了鎮上。

在漫長的兩個星期裡，湯姆像個犯人似的臥病在床，與世隔絕。他病得很厲害，對什麼都不感興趣。等到湯姆好不容易可以下床、稍微到城裡走一走時，卻發現周圍的人事物都發生了極大的變化。城裡掀起一場「信仰復興運動」，每個人都「有了宗教信仰」，不止是成年人，就連小男孩、小女孩也是如此。湯姆繼續走，但願在絕望之餘能看到一張令他快樂的邪惡臉孔，但不管走到哪裡，都令他大失所望。他看到喬在讀聖經，只好難過地離開這個讓人沮喪的場景；他去找班，發現他正提著一籃宗教小冊子探望窮人；他費心尋覓吉姆的身影，吉姆卻要他感謝天恩，因

為他認為先前的麻疹可能是一種警訊。湯姆每遇見一個男孩，他的愁苦就多添一重。當他終於絕望地跑到心腹哈克那裡避難時，哈克卻對他說了一段引述自聖經的經文。湯姆的心碎了，他緩緩走回家，上了床，明白他成了全鎮唯一一個「迷途的羔羊」。

　　這晚，來了場可怕的暴風雨，猛烈的雨勢、恐怖的雷聲和目眩的閃電從天而降。湯姆用棉被蓋住頭，在恐懼中等待著他的末日審判。他一點都不懷疑這場喧囂是衝著他來的，他相信上天對他的容忍已經超過極限，而這就是他的下場。對他來說，發射大砲來扼殺一隻小蟲，或許太浪費彈藥，但發動這樣一場壯觀的風暴來鏟除像他這樣的壞蟲，卻似乎一點也不為過。

　　很快地，暴風雨力竭氣盡，沒有達成目標就休兵了。湯姆第一個念頭是心存感激，打算改過自新，但第二個念頭卻是等等看──說不定，今後再也不會有暴風雨了。

　　第二天，醫生再度來訪，因為湯姆的麻疹又復發了。這回，他在床上躺了三個禮拜，對湯姆來說感覺像是過了一世紀。等到終於可以出去玩時，他卻一點也開心不起來，因為他記得臥病在床的時候，是多麼孤苦伶仃、無人陪伴。他無精打采地走在街上，看見吉姆在扮演少年法庭的法官，正審判著一宗貓咪謀殺案件，躺在地面前的被害人是一隻鳥。接著在一條巷子裡發現喬和哈克正在分享一顆偷來的西瓜。這些可憐的孩子們就和湯姆一樣，全都舊病復發了。

chapter 24

最後的審判

聽眾的心懸在他的說詞上，個個都微張著
嘴、屏息凝神，忘了時間的流逝，全神貫
注聽著這駭人的經歷。

終於，這死氣沉沉的小鎮開始騷動起來，因謀殺案進入法庭審判階段，成了鎮民議論紛紛的話題。湯姆無法擺脫這件事，每當有人談論這場謀殺案，都讓他膽顫心驚，他不安的良心與恐懼，總讓他以為這些評論都是為了向他打探風聲。雖然他不相信有誰會懷疑他知道謀殺案的內幕，但還是無法在這個八卦中心感到心安。他把哈克拉到一處無人之地，和他談了一下這件事——找另一個共同受苦的人一起分擔心中的煩悶，倒可以讓他暫時鬆口氣，他甚至還想確認一下哈克有沒有把祕密洩露出去。

「哈克，你有沒有把那件事告訴別人？」

「什麼事？」

「你知道的啊！」

「喔！那件事，我當然沒說。」

「一個字都沒有？」

「半個字都沒有。你為什麼這麼問？」

「沒有，我只是有點害怕。」

「拜託！湯姆，要是被人發現了，我們根本活不了兩天。你知道的。」

湯姆心中覺得踏實多了。他停了一下，說：

「哈克，就算別人逼你，你也不會說出來，對吧？」

「逼我說出來？除非我想被那個混血惡魔淹死！」

「嗯！那就好。我想只要我們保持沉默，就會安然無恙。不如我們再發一次誓吧！這樣就更保險了！」

「我贊成！」

於是他們又舉行一場莊嚴的儀式，重新發了一次誓。

「最近大家都在說什麼？哈克，我聽到很多人好像都在談論某

件事。」

「說什麼？還不就是莫夫 ‧ 波特的事，每個人都在說。我老聽得一身冷汗，恨不得找個地方躲起來。」

「我也有同感。我看他是死定了，你會不會有時替他感到難過？」

「當然啊，常常會。他雖然不是什麼好人，但也從來沒做過害人的事。不過就是釣點魚賺錢買醉，四處遊蕩。老天爺！我們都是這樣的啊！至少大部分的人是這樣，牧師什麼的不也是這樣？他算是不錯的，有一次他釣的魚不夠兩個人吃，他還送了我半條，好幾次我倒楣的時候，他也都是站在我這邊的。」

「嗯！他也幫我修過風箏呢，哈克，他還幫我把魚鉤綁到魚線上。真希望我們能夠救他逃出監獄。」

「我的天哪！我們不能把他弄出來！湯姆。再說，這麼做對他也沒有什麼好處，他還是會被抓回來的。」

「沒錯！他還是會被抓回來。但我實在很討厭聽到別人把他罵得像惡魔一樣，而他根本就沒做——那件事。」

「我也是！湯姆。天哪！我聽到他們把他說成全國最冷血無情的壞蛋，還質疑他以前為什麼沒有被絞死。」

「對啊！他們老是這樣說他。我還聽過他們說，如果他獲判無罪，就要對他動用私刑。」

「他們一定會那樣做的。」

兩人聊了好一會，卻沒有因此得到什麼安慰。暮色低垂，兩人不由自主地來到那間偏僻的小監獄附近徘徊，或許他們懷著一種不明確的希望，但願會發生什麼事，來幫他們解決難題。不過什麼也沒發生，也似乎沒有哪個天使或精靈，對這個不幸的囚犯

感興趣。

　　他們倆還是像以前一樣——走到牢房外，偷偷拿一些菸草和火柴遞給波特。他的牢房在一樓，那裡並沒有守衛。

　　過去，波特表達的謝意總是讓他倆良心不安，但這次更像把刀似的深深刺進他們心裡。他們覺得自己儒弱、像個叛徒，因為波特說：

　　「孩子啊！這些日子你們對我真是太好了，你們比鎮上任何一個人都善良。我不會忘記的，絕對不會。我常常對自己說：『我過去常幫孩子們修理風箏之類的玩具，還告訴他們哪裡可以釣到大魚，跟他們交朋友，如今我惹上麻煩，他們就把我這個老波特給忘了。可是湯姆沒有忘，哈克也沒有忘，只有他們兩人沒有忘記。』我還告訴自己：『我永遠也不會忘了他們！』孩子們，我做了一件很糟糕的事，我總是喝得爛醉、瘋瘋癲癲的，也就是因為這樣才會做蠢事。現在我必須為此付出代價，這是應該的、正確的，而且我想這麼做是最好的，我希望是如此。啊！我們別說這個了，你們這麼照顧我，我不想讓你們聽了不舒服。但我要說的是，你們千萬別喝醉，這樣就不會落到這種地步。你們往西邊靠過去一點。對，就是這樣。當一個人把自己搞得一身穢氣，能看到這樣友善的臉孔就很安慰了，也只有你們會到這來看我。好一張友善的臉蛋！你們踩著對方的背站上來，讓我摸摸你們的臉吧。就是這樣，和我握握手。你們的手可以穿過鐵窗，我的手太大了。啊，這小小的手，卻給波特那麼多的幫助，如果你們有能力，一定會幫助我更多的。」

　　湯姆難過地走回家，當晚夢裡充滿了恐懼。接連著兩天，湯姆都在法庭外徘徊，他有一股克制不了的衝動想闖進去，可還是

強迫自己留在了外面。哈克也有同樣的際遇。他們刻意避開對方，明明走著走著離開了法院，但仍有一股陰沉的魔力，把他們引回來。每當有人在法庭外閒晃，湯姆就會豎起耳朵，但聽到的消息都令人悲痛，可憐的波特就要被判刑了。第二天快入夜時，鎮上謠傳印第安喬的證據確鑿，不難猜出法官的判決會是什麼。

那天夜裡，湯姆一直在外遊蕩，很晚才從窗戶爬進房間。他亢奮得不得了，花了幾個小時才睡著。隔天一早，鎮上的人群聚於法院，因為這天是個大日子，觀眾席擠滿了人，男女各佔一半，過了一段長時間的等待，陪審團入列就座。不久，波特銬著鐵鍊被帶進來，他面色蒼白憔悴、虛弱無助地坐在每雙好奇的眼睛都看得到的位子上，一樣引人注目的還有印第安喬，他一如往常地不動聲色。人家又等了一會，直到法官出現，警長才宣布開庭。接下來是律師們常見的交頭接耳和文件翻閱。種種細節和隨之而來的延宕，讓人有一種即將開庭的氣氛，那畫面讓人印象深刻。

現在，一名證人被傳喚上來，他作證道，在發現謀殺案的當天清晨，曾經看到波特在河邊清洗身體，然後又鬼鬼祟祟地溜掉了。檢察官問了幾個問題後，說道：

「有問題要問證人嗎？」

犯人的雙眼抬起了一會，但很快又垂了下去，這時他的辯護律師說：

「我沒有問題要問。」

下一位證人表示，他在屍體附近發現兇刀。檢察官說：

「有問題要問證人嗎？」

「我沒有問題要問。」波特的律師回答。

第三個證人發誓，他常常看到波特拿著那把刀。

「有問題要問證人嗎？」

波特的辯護律師還是拒絕向他質詢。聽眾的臉上開始露出不耐煩的表情，這律師是打算什麼都不做，就把當事人的生命給斷送掉嗎？

好幾個證人宣誓作證，認為波特被帶到命案現場時曾有畏罪行為出現。辯護律師還是沒有進行交叉質詢，就讓他們離開證人席了。

那天早上在墓園發生的每一件對被告不利的情況，證人們都記憶猶新，但波特的律師卻沒有對任何一個人進行詢問。眾人的疑惑與不滿藉著耳語在法庭內傳開，引起法官的斥責。於是，檢察官說：

「市民宣誓過的證詞，毋庸置疑，我們認定這件可怕的謀殺案，無疑地就是由受審的被告所犯下的。本案取證到此結束。」

可憐的波特，在喉間發出一聲嘆息，把頭埋在雙掌間，緩緩地來回擺動身體。一片沉痛的靜默在法庭內蔓延，許多男性動容了，女性們也流下同情的淚水。此時，辯護律師站了起來。

「法官大人，本案審理之初，目的是要證明我的當事人是因為喝了酒，所以在盲目、神智不清的情形下犯下這個滔天大罪。現在，我們改變了想法，我們決定撤銷先前的辯護詞。」然後他轉向書記官，「傳喚湯瑪斯‧索耶。」

此刻，法庭裡的每張臉都顯露出困惑、驚奇的表情，就連波特也不例外。當湯姆站起來走上證人席時，每隻眼睛都好奇地盯著他瞧。他看起來神情怪異，因為他實在是害怕極了。湯姆當庭宣誓。

「湯瑪斯‧索耶，六月十七日晚上，大約是午夜的時候，你

在哪裡？」

　　湯姆瞥了一眼印第安喬鐵青的臉，他的舌頭像打了結般說不出話。聽眾屏息聆聽，但他卻吐不出一個字。然而過了一會，這孩子恢復了一點點力氣，勉強提高了音量，但全場仍只有部分的人聽得清楚。

　　「我在墓園裡！」

　　「請你再稍微大聲一點。不用怕。你人在什麼地方？」

　　「在墓園裡。」

　　一抹輕蔑的微笑閃過印第安喬的臉龐。

　　「你是在霍斯・威廉斯的墳墓附近嗎？」

　　「是的，先生。」

　　「你的聲音可以再大聲一點。你距離墳墓有多近？」

　　「就像我和你的距離那麼近。」

　　「你躲起來了嗎？」

　　「我躲起來了。」

　　「躲在哪裡？」

　　「我躲在墳墓旁邊的榆樹後面。」

　　印第安喬似乎嚇了一跳，但沒人察覺異狀。

　　「有人和你在一起嗎？」

　　「有的，先生。和我在一起的是……」

　　「等等！先等一等。先不要提到你同伴的名字。我們會在適當的時機請他作證。你當時身上帶了什麼？」

　　湯姆遲疑了一會，看起來有點困惑。

　　「說出來，孩子，別害怕！說真話會讓人敬佩的。你當時帶了什麼？」

「就……帶了一隻……一隻……死貓。」

席間傳來一陣笑聲，法官予以制止。

「我們會提出那隻貓的骨骸作為證據。現在，孩子，告訴我們那晚發生的每一件事，用你自己的方式說出來，不要遺漏半點細節，也不要害怕。」

湯姆開始敘述。一開始還有些遲疑，但是一切入話題，他的話就如行雲流水般說了出來，不到一會，全場就只剩下他的聲音，每個人都盯著他看。聽眾的心懸在他的說詞上，個個都微張著嘴、屏息凝神，忘了時間的流逝，全神貫注聽著這駭人的經歷。聽眾緊迫的情緒升高到了極點，這時湯姆說：

「醫生拿起石板砸過去，波特就昏倒了，這時印第安喬忽然拿著刀跳到醫生身上……」

匡啷一聲！那個混帳如閃電般跳出窗外，衝過所有上前攔阻的人，逃逸無蹤！

chapter 25

再度成為英雄

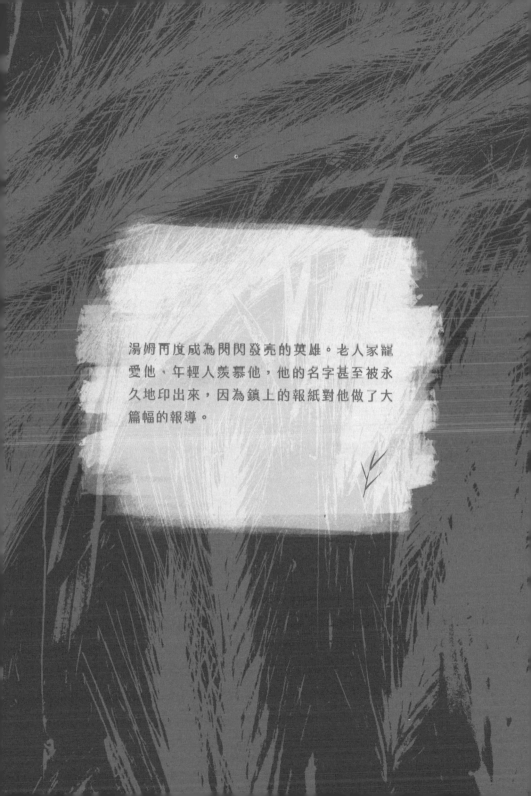

湯姆再度成為閃閃發亮的英雄。老人家寵愛他，年輕人羨慕他，他的名字甚至被永久地印出來，因為鎮上的報紙對他做了大篇幅的報導。

　　湯姆再度成為閃閃發亮的英雄。老人家寵愛他、年輕人羨慕他，他的名字甚至被永久地印出來，因為鎮上的報紙對他做了大篇幅的報導。有些人還認為，如果湯姆沒有被判絞刑的話，說不定有天會當上總統呢！

　　一如往常，這個世界既善變又不合情理，那些過去凌辱波特的人，現在對他熱情友好得不得了。但這種行為畢竟是人類的本性，我們就不用太吹毛求疵了。

　　白天，湯姆神氣十足，但到了夜晚卻害怕不已。印第安喬侵入他的夢境，眼神裡充滿殺氣，因此，幾乎任何誘惑都無法說服他在夜裡出外蹓躂。可憐的哈克也一樣處在惡劣、恐懼的狀態中，因為湯姆在大審前一夜將整個故事告訴律師，縱使印第安喬的逃跑讓哈克免於忍受上法庭作證的痛苦，但他還是深怕自己當時也在場的事會洩漏出去。這可憐的小傢伙要求律師保密，但那又有什麼用？雖然他們曾經用最惡毒和最讓人畏懼的誓言，發誓絕口不提，但湯姆還是因為受到良心折磨，在夜裡跑到律師家將事情全盤托出。這樣一來，哈克對人已完全失去信任了。

　　白天，波特的謝意讓湯姆很慶幸自己說出了事實；然而一到夜裡，他又懊悔自己沒能封住舌頭，守口如瓶。

　　湯姆一方面擔心印第安喬會永遠逍遙法外，而另一方面，他又害怕印第安喬被逮捕。他深深感覺，自己永遠無法安心過日子，除非那個人死了，讓他親眼見到屍體。

　　警方提供了懸賞獎金，並進行全國性的搜索，但仍然不見印第安喬的蹤影。居民從聖路易一些神通廣大的人物當中，派來了一名偵探。他四處打探，搖頭晃腦的，看起來一副很聰明的樣子，最後和同行一樣達成了一件驚人的任務，那就是他「找到了線

索」。但你不可能用一條「線索」把謀殺犯絞死，所以偵探就放棄並回家去了。湯姆還是和以前一樣無法安心。

　　漫長的日子一天一天地過去，每過一天，湯姆的心理負擔就稍稍減輕一些。

chapter 26

尋寶計畫

他們的希望開始攀升，興致越來越高，動
作也越來越快，洞越挖越深、越挖越深。

　　男孩們在某段時期，都會萌生一股強烈的欲望，就是去挖掘深藏已久的寶藏。有一天，湯姆也突然萌生了這樣的念頭。他衝出去找喬，卻沒能找到他；於是又去找班，但班釣魚去了。不久，他碰上了血染手哈克，這倒也不錯。湯姆帶哈克到一個隱密的地方，神祕兮兮地說出他的計畫，哈克欣然答應了，他總是很樂意參與任何有趣又好玩又不用花半毛錢的事情。對哈克而言，時間不是金錢，他正愁著大把的時間沒處花呢。

　　「我們要去哪挖寶藏？」哈克說。

　　「哪裡都可以挖吧？」

　　「不會吧！到處都有藏寶嗎？」

　　「不是，當然不是啦！哈克，寶藏都藏在很特別的地方，有時候是在島上，有時候是藏在腐爛的箱子裡，或埋在某棵老枯樹下，正好是午夜樹影照到的地方。不過，大部分的寶藏都是埋在鬼屋的地板下面。」

　　「是誰埋的？」

　　「誰？當然是強盜啦！不然你以為是誰？難道是主日學校的校長？」

　　「我不知道。要是我就不會把寶藏埋起來，我會把它花個精光，好好享受一下。」

　　「我也是。不過強盜不會這麼做的，他們總是把寶藏埋起來後就留在那裡。」

　　「他們不會再回去拿嗎？」

　　「不會，他們是想再回來找的，但強盜們常常忘了當初留下的記號，不然就是出意外死了，反正寶藏會一直放在那邊，還會生鏽，直到有人找到一張破舊、泛黃的藏寶圖。那張圖會告訴大家

怎麼找到那些記號，但通常還得花上一兩個禮拜才能解開這種藏寶圖上畫的暗號，因為它們多半都是符號和象形文字。」

「象形什麼？」

「象形文字，就是一些圖畫什麼的，它們看起來都沒什麼意義。」

「你有這種藏寶圖嗎？湯姆。」

「沒有。」

「那你要怎麼去找那些記號啊？」

「我不需要任何記號。反正他們總是把寶藏埋在鬼屋裡、荒島上，或是月光照得到的老枯樹下。我們已經在傑克森島上找過，以後可以再過去試試。在釀酒廠河岸上面有一間老舊鬼屋，還有好幾棵老枯樹，這些地方都有可能埋寶藏。」

「所以下面全埋著寶藏嗎？」

「想得美啦！當然不是啊！」

「那你怎麼知道哪棵樹才有寶藏咧？」

「每棵都挖挖看就知道啦！」

「什麼？湯姆，那要挖上一整個夏天呢！」

「那又怎樣？你想想看，也許我們會找到一個生鏽的銅罐，裡面有一百塊大洋，或是找到一個裝滿鑽石的破箱子，怎麼樣，聽起來很棒吧？」

哈克的眼睛閃閃發亮。

「太棒了！那對我來說很夠了。你只要把一百塊給我就行了，我不要什麼鑽石。」

「好哇！不過我和你打賭，我是不會放棄鑽石這種好東西的。有的鑽石一顆就價值二十塊呢！只有極少部分的鑽石只值六角或

一塊錢。」

「不會吧！真的嗎？」

「那當然，大家都這麼說的。你沒見過鑽石嗎？哈克。」

「印象中沒有。」

「唔，國王就有大把的鑽石。」

「湯姆，我又不認識什麼國王。」

「我想也是。不過你要是到歐洲去，就會見到一堆國王跳來跳去。」

「他們會一直跳？」

「跳？跳你的大頭啦！當然不會啊！」

「那你幹嘛那樣說？」

「拜託！我只是說你會『看到』他們。他們當然不會真的跳來跳去，他們幹嘛要跳來跳去？我的意思是你會看到他們，用通俗的話說，就是到處都有國王的意思啦。比如那個駝背的老理查國王。」

「理查！他姓什麼？」

「他沒有姓。國王都只有名字沒有姓。」

「沒有姓？」

「對，沒有姓。」

「哦？如果他們喜歡的話就隨便啦！湯姆，可是我不想當一個只有名字沒有姓的國王，好像黑奴似的。湯姆，你打算從哪裡開始挖？」

「嗯！我也不知道。不然我們先從釀酒廠河岸對面的小山丘上，從那棵老枯樹開始挖，你說好不好？」

「我同意。」

於是他們各拿一把十字鎬和鐵鍬，展開三英哩長的徒步行程。他們好不容易氣喘吁吁地抵達了目的地，來到附近一棵榆樹旁躺下來抽菸休息。

「真是痛快！」湯姆說。

「是呀。」

「嘿，哈克，如果我們在這裡找到寶藏，你打算怎麼用它？」

「嗯，我會每天吃一個派、喝一杯汽水，去看每一場馬戲團表演。我打賭我會有段很快樂的日子。」

「那，你不打算存點錢囉？」

「存錢？為什麼要存錢？」

「這樣才有錢讓你活下去啊！」

「哎呀！沒用的啦！我老爸遲早有一天會回到鎮上，我要是不快點花完，他一定會來和我搶的，而且我告訴你，他很快就會把那些錢也花光的。那你要怎麼用你那一份呢？湯姆。」

「我會去買一個新的鼓，一把真正的劍，一條紅色的領帶，一隻小鬥牛犬，然後娶老婆。」

「娶老婆？」

「對啊！」

「湯姆，你……你是不是腦袋不正常啊？」

「什麼……你等著瞧吧！」

「湯姆，那可是最愚蠢的事耶！你看我爸和我媽，一天到晚都在吵架！我可都記得一清二楚。」

「又不是每個人都會這樣，我要娶的那個女孩就不會和我吵架。」

「湯姆，我看她們都一樣的啦！她們都會拿梳子打人。我看你

最好是想清楚再做。那個馬子叫什麼名字？」

「她不是馬子，她是個女孩。」

「還不是都一樣！有人說馬子，有人說女孩，兩個都對，也都差不多。到底她叫什麼名字，湯姆？」

「以後我再告訴你，現在不行。」

「好吧！隨便你。只不過你結婚以後，我就會更寂寞了。」

「你不會的，你會過來和我一起住。現在先別管這個了，我們開始挖寶吧！」

他們揮汗工作了半個小時，沒有發現任何東西。又挖了半個小時，還是沒有收穫。哈克說：

「他們都埋得這麼深嗎？」

「有的會，但不是每個都這麼深。不一定，我想我們可能挖錯地方了。」

於是他們選了一個新地點，再次開挖。他們一開始挖得有點吃力，不過算是有些進展。他們安靜地工作了一會，最後，哈克靠在他的鐵鍬上，用袖子抹去額頭上的汗珠說：

「等我們挖完這一個，你打算再去哪裡挖？」

「我想我們可以到卡迪夫山丘那邊的老樹下挖一挖，就在寡婦家後面。」

「那地方不錯，但寡婦不會來和我們搶寶藏吧？湯姆，那可是她的土地耶！」

「她來搶寶藏？或許她會很想要，但寶藏是誰找到的，就歸誰所有。這和是誰的土地無關。」

這倒是令人滿意的答案。他們繼續挖，很快地哈克又說：

「該死，我們一定又挖錯地方了啦！你覺得咧？」

「這就怪了，哈克。我不知道。有時候巫婆會來搞鬼，我猜這就是問題所在。」

「拜託！大白天的，巫婆哪來的魔力啊？」

「說的也是，我倒沒想到這點。啊！我知道是怎麼回事了！我們真是蠢吶！一定得先找到午夜時樹枝的影子落在哪裡，才能動手挖嘛！」

「天啊，這豈不是做了白工？那就別挖了，我們晚上再過來，這裡真有夠遠的。你能出來嗎？」

「沒問題。我們一定得在今晚動手，如果讓別人發現這些洞，他們馬上就會知道是怎麼一回事，然後就會被人捷足先登。」

「那我今晚到你家外面學貓叫。」

「好，我們把工具藏到樹叢裡。」

當晚，他們在約好的時間重回這裡。兩人坐在樹陰下等待。這是個偏僻的地方，古老的傳說讓兩人感到毛骨悚然。幽靈在沙沙作響的樹葉間呢喃，鬼魂潛伏在陰暗的角落，遠處揚起獵犬低沉的吠聲，貓頭鷹也用牠陰森森的音調做出回應。詭異的氣氛讓兩個男孩鮮少交談。不久，他們認為十二點已經到了，便在樹枝月影的地方做上記號，開始挖掘。他們的希望開始攀升，興致越來越高，動作也越來越快，洞越挖越深、越挖越深。每當聽到鐵鍬敲到什麼東西，他們的心就噗通噗通地狂跳，但換來的都只是一次又一次的失望，因為都只是敲到一塊石頭或木塊罷了。湯姆終於開口：

「這樣是沒用的，哈克，我們又挖錯了。」

「可是我們不可能挖錯啊！我們確實在影子上做了記號。」

「我知道，但我們還犯了一個錯誤。」

「什麼錯誤？」

「我們只是猜測午夜的時間到了，但有可能猜得太早或太晚啊！」

哈克扔下他的鐵鍬。

「夠了，這實在很麻煩欸！我們別挖這個了，我們根本沒搞清楚正確時間。再說，幹這種事太可怕了，三更半夜的，好像到處都有巫婆和鬼魂在遊蕩，我總覺得有什麼東西在我背後，我不敢回過頭去，但很可能前面也有別的東西等著我。自從來到這裡，我就一直害怕得渾身起雞皮疙瘩。」

「嗯！我和你差不多，哈克。他們把寶藏埋在樹下時，多半也會放一具死屍來看守寶藏。」

「我的天哪！」

「真的，我常常聽人家這樣說。」

「湯姆，我不太喜歡在有死人的地方閒晃。這樣會給自己惹麻煩的，真的。」

「我也不喜歡打擾他們，哈克。搞不好我們會把他的骷髏頭挖出來，他還和我們說話呢！」

「別說了，湯姆！怪恐怖的。」

「你說得沒錯，哈克。我也覺得有點不舒服。」

「湯姆，我們放棄這個地點，去試試別的地方吧！」

「好，這樣也好。」

「去哪呢？」

湯姆考慮了一下，然後他說：

「決定了，去鬼屋！」

「該死！我不喜歡鬼屋，湯姆，那裡比死人還恐怖。死人也許

會開口說話，但祂們不會在你不注意時，披著白布飄來飄去，然後突然從你肩膀後面跑出來，像鬼魂一樣齜牙咧嘴。我一定會嚇破膽，湯姆，沒人受得了的！」

「是沒錯！但是哈克，鬼魂只有在晚上才會出沒，如果我們白天去挖，祂們就不會來煩我們了。」

「那倒是。可是你要知道，不管是白天或晚上，都沒人會去那間鬼屋。」

「那是因為很多人不喜歡到曾經發生命案的地方去，但大家只有在晚上才看過那裡有鬼影，白天什麼也沒有。夜裡，只有些藍色的鬼火在窗邊飄來飄去，沒有一般的鬼魂。」

「湯姆，只要你看到藍色鬼火在飄，就表示那附近有鬼魂。這是有道理的，只有鬼魂才會使用藍火。」

「沒錯！你說的對。但不管怎樣，祂們都不會在白天出現，那我們還有什麼好怕的？」

「好吧！既然你這麼說，我們就去鬼屋瞧瞧，不過我還是覺得那很冒險。」

這時，他們已經動身下山了。在下面的山谷中間，矗立著那間與世隔絕的鬼屋。它的籬笆很久以前就不見了，門階雜草叢生，煙囪也碎裂毀壞，窗上沒有框，屋頂的一角也崩塌了。兩個男孩一直盯著鬼屋看，有點期待看到藍色鬼火飄過窗前。在這種詭異的氣氛下，他們壓低嗓音交談了幾句，然後緊靠著右邊走，遠遠避開這間鬼屋，穿過卡迪夫山丘後面的樹林，往回家的路走去。

chapter 27

鬼屋裡的金幣

那個「聾啞」的西班牙人發出怨言，讓兩個男孩大為吃驚。這個聲音讓男孩們嚇得喘氣又顫抖。那是印第安喬的聲音！

　　隔天接近中午時，兩個男孩來到枯樹底下，他們是來拿工具的。湯姆等不及要去鬼屋，哈克顯然也很想去，但他卻突然說：

　　「等等，湯姆，你知道今天禮拜幾嗎？」

　　湯姆在心裡計算這個禮拜過了幾天，然後很快便抬起頭來，睜大著雙眼：

　　「天哪！我壓根沒想到，哈克！」

　　「我也沒想到，我只是突然想起來，今天是禮拜五。」

　　「真該死，我們真該小心點的！哈克。我們可能會遇到可怕的事，更別說是在禮拜五！」

　　「可能？我們鐵定會的呀！碰上別的日子，說不定還會有幸運的事，但禮拜五可不成！」

　　「這連笨蛋都知道。你應該不是第一個發現這件事的人，哈克。」

　　「我又沒說我是，不是嗎？糟的還不止是禮拜五呢！我昨晚做了一個可怕的惡夢——我夢到老鼠！」

　　「不會吧！那是個不吉利的徵兆耶。牠們有打架嗎？」

　　「沒有。」

　　「那就好，哈克。如果牠們沒打架，只是表示你身邊會有麻煩事出現。我們要做的就是小心點，設法避開它們就行了。今天就算了，我們去玩吧。哈克，你知道俠盜羅賓漢嗎？」

　　「不知道。誰是羅賓漢？」

　　「這你都不知道？他是英國有史以來最偉大的人物之一，也是最厲害的盜賊。」

　　「好棒喔！真希望我是個盜賊。他都偷誰的東西？」

　　「他劫富濟貧，只搶警長、主教、有錢人和國王之類的富人，

但他從來不找窮人麻煩，他對窮人很好，總是很公平地把東西分給窮人。」

「哇，那他一定是個大好人。」

「當然啦，哈克。他還是有史以來品性最高尚的人。我可以告訴你，現在已經沒有這種人了。他單手就可以打倒任何一個英國人，他還可以用他的紫杉弓射中一英哩半外的一毛錢硬幣，而且百發百中。」

「什麼是紫杉弓？」

「我也不知道，反正就是某種弓吧！如果他的箭射到硬幣邊緣，他就會坐下來哭，把自己罵一頓。我們來玩羅賓漢遊戲，好玩得很，我來教你。」

「好呀！」

於是他們整個下午都在玩羅賓漢遊戲，偶爾朝鬼屋投以渴望的眼神，然後議論著第二天可能會發生的情況。等到太陽漸漸西沉，才橫越長長的樹影踏上歸途，沒過多久，就隱沒在卡迪夫山的樹林中。

星期六的中午剛過不久，兩個男孩再次來到枯樹下。他們在樹蔭下抽了一根菸、閒聊了幾句，就在先前挖的洞上又挖了一會。他們本來沒抱太大希望，但因為湯姆說，很多人都會放棄某個藏寶地點，卻不知道再挖六吋就有寶藏，結果別人經過看到，鏟了一下就把寶藏帶走了。即便如此，這次還是什麼也沒挖到，於是他們扛著工具離開，心裡覺得雖然沒有挖到寶藏，卻充實了尋寶這個行業所需的技能。

當他們抵達鬼屋時，烈日籠罩下的死寂，給人一種詭異又可怕的感覺，這個地方的孤獨和荒涼，也令人沮喪，一度讓兩人顫

抖起來，不敢冒險走進去。兩人偷偷地來到門邊，往內窺望了一眼，他們看到一個沒有地板、沒有油漆、雜草叢生的房間，裡頭有一個老舊的壁爐、沒有框架的窗戶以及一座腐鏽的樓梯，這裡、那裡，到處都垂掛著殘破廢棄的蜘蛛網。他們終於輕悄悄地走進屋內，心跳加速、低聲輕語，耳朵敏銳到連最輕微的聲音都不放過，兩人的肌肉緊繃，隨時準備徹退。

又過了一會，兩人終於對這個地方熟悉一些，也減輕了點內心的恐懼。他們好奇地把這個地方好好地檢查了一遍，更加佩服自己的膽量，也對這裡的一切驚嘆不已。接下來，兩人便想到樓上看看，但內心仍感到有些膽怯，他倆互相壯膽，才一起把工具丟在牆角，爬上樓去。樓上和樓下是一樣的頹廢景象。他們在一個角落發現一座衣櫃，看起來很神祕，也很嚇人，但裡面卻什麼也沒有。湯姆和哈克的膽子現在大了起來，覺得一切都在掌握中。正打算下樓開始工作時……

「噓！」湯姆警覺道。

「怎麼了？」哈克低聲細語，臉都嚇白了。

「噓！那邊……你聽到沒？」

「聽到了！哦，我的老天，我們快跑！」

「別動！你別亂動！他們正往門這邊來呢！」

兩個男孩趴在地板上，透過地板上的節孔偷看，極度恐懼地等待著。

「他們停下來了……不……又走過來了……他們到了。什麼話都別說，哈克。我的天哪！我們真不該來的！」

兩個男人走了進來。這兩個男孩開始低聲自言自語道：

「那是最近在城裡出現過一、兩次的聾啞西班牙老頭，另一個

人我從沒見過。」

　　另外那個人一身破爛、蓬頭垢面，臉上顯得不太開心。西班牙老人穿著一件披肩，蓄著濃密的白鬍鬚，一頭長長的白髮垂在闊邊帽下，還戴著一副深色墨鏡。他們走進來時，另一個人正在低聲說話。他們坐在地上，面對著門口、背靠著牆，說話的人沒有停下來，他似乎放下了警戒心，越說越大聲。

　　「不，我反覆想了好幾遍，我覺得不好，這事太危險了。」他說。

　　「危險？你這懦夫！」那個「聾啞」的西班牙人發出怨言，讓兩個男孩人為吃驚。

　　這個聲音讓男孩們嚇得喘氣又顫抖。那是印第安喬的聲音！樓下兩人沉默了一會，然後印第安喬說：

　　「有什麼工作會比上次那件事還要危險？結果還不是什麼事都沒有。」

　　「那不一樣。上回是在河川上游那邊，附近又沒別的房子，就算我們失手，也不會有人知道。」

　　「是嗎？那還有什麼會比白天到這裡來更危險的？看到我們的人都會起疑心的。」

　　「這我知道。但自從上次幹了那件蠢事後，就只有這個地方最方便了。我想離開這個破房子，我原本昨天就想走了，可是那幾個可惡的小鬼在山丘上玩耍，他們把這裡看得一清二楚，我根本沒機會抽身。」

　　一聽到「那幾個可惡的小鬼」這句話，讓他們再次渾身發抖，幸好昨天是星期五，讓他們決定多等一天，真是太走運了。他們真心希望自己多等了一年，而不是一天。

　　這兩個男人拿出一些食物，解決了午餐。在經過一段漫長、深思的沉默後，印第安喬說：

　　「聽著，兄弟，你回去河的那邊等我的消息，我會找機會再回鎮上一趟。等我查探情況，想清楚整件事該怎麼辦之後，我們再幹那件『危險的』事情，然後就一起去德州吧！」

　　兩人都對此感到滿意。沒過一會就開始打起呵欠，印第安喬說：

　　「我睏死了！輪你把風啦！」

　　印第安喬把身子蜷縮在草地上，很快就開始打鼾。他的同伴搖了他一兩下，總算是安靜下來了。過沒多久，把風的也開始打起瞌睡，他的頭越垂越低，現在兩個人都開始打鼾了。

　　兩個男孩感到慶幸，深深地吸了一口氣。湯姆低聲道：

　　「我們的機會來了，走吧！」

　　哈克說：「我不走……如果他們醒來的話，我就死定了。」

　　湯姆一直催他，哈克卻躊躇不定。最後湯姆慢慢地站起來，準備自己一個人走。但他才踏出第一步，搖晃的地板就發出很大一聲嘎吱聲，嚇得他趕緊趴下來，不敢再試。兩個人躺在那裏默默數著時間，一分一秒過去，覺得像等了一輩子那麼長，天色漸漸暗了下來，兩人心存感激，太陽終於要下山了。

　　這時，其中一個鼾聲停了下來，印第安喬坐起身子，四下張望。同伴的頭垂在他的膝蓋上，他冷笑一聲，用腳把對方踹醒，說：

　　「喂！你不是在把風嗎？算了……反正沒什麼事發生。」

　　「天哪！我睡著了？」

　　「差不多，我們該上路了，夥伴。我們要怎麼處置之前留在這的那些錢？」

「我不知道……我想還是和以前一樣，把它們留在這裡吧！在我們南下之前，帶著它們也沒用。六百五十枚銀幣可不好帶。」

「嗯！那好吧！反正再回來拿也不礙事。」

「沒錯！不過我們要像以前那樣晚上回來拿，那樣比較妥當。」

「好，不過你聽著，在我找到機會下手前，可能還要好一陣子，什麼意外都有可能發生，這裡不算是非常好的地點，我們還是照舊把它埋起來，埋深一點。」

「好主意。」他的同伴說完便走到房間另一頭，跪下去把其中一塊爐底石拿起來，取出一個發出悅耳叮噹聲的袋子。他從裡面倒出二、三十塊給自己，也拿了同樣多的錢給印第安喬，再將袋子遞給喬。喬這時正跪在角落用他的鋼製獵刀挖洞。

在二樓的孩子們，此刻早已把自己的恐懼和不幸忘得一乾二淨。兩雙貪婪的眼睛望著樓下的一舉一動。真走運！這種運氣真是超乎他們想像之外的好！六百塊可以讓六個孩子變得非常富有！這是尋寶人最樂於見到的事，他們完全不費吹灰之力，到那裏去挖就對了。兩個孩子不時以手肘互碰，這個動作很容易就能理解，因為它的意思就是「哪！你現在應該很高興我們人在這裡了吧！」

印第安喬的刀子敲到了什麼東西。

「喂！」他說。

「怎麼了？」他的同伴道。

「這有塊爛掉的木板，不，我想是個箱子。來幫我一把，這樣就可以知道它到底是什麼東西了。沒關係，我來弄個洞。」

他把手伸進去洞裡，再抽出來。

「老天！是錢哪！」

兩個大男人檢視著滿手的硬幣。是金幣！樓上的兩個男孩和他們一樣興奮、一樣開心。

喬的同伴說：

「我們要趕快把這些錢幣弄出來。角落的草叢裡有一把生鏽的舊鐵鍬，在壁爐的另一邊，我剛剛才看到的。」

他跑過去拿兩個男孩的十字鎬和鐵鍬。印第安喬拿起鐵鍬，審慎嚴格地檢視一番，然後搖搖頭、喃喃自語個幾句，才開始動手。箱子很快就被挖出來。箱子並沒有很大，它的周圍包著鐵皮，在受到漫長歲月的侵蝕之前，是個相當堅固的箱子。兩個男人樂得說不出話來，靜靜地望著寶藏好一會。

「兄弟，這裡面至少有好幾千元啊！」印第安喬說。

「以前常聽人家說，有一年夏天莫雷幫常在這附近混。」那陌生人說。

「我聽說過，我看這八成就是他們的錢。」印第安喬說。

「這樣你就不用幹那危險的工作啦。」

混血印地安人皺著眉說：

「你不了解我，至少你不了解這整件事。這和搶劫不能混為一談，這是復仇！」他露出邪惡的目光，「我需要你的幫忙。等到事情結束，我們就去德州。你可以回到你老婆蘭西和孩子的身邊，等我的消息。」

「好吧！就照你說的做！那這個怎麼辦？也埋起來嗎？」

「沒錯！」樓上的兩人歡天喜地。「不，不行！看在偉大的印第安酋長份上，不能這麼做！」樓上的兩人變得絕望至極。

「我差點忘了。那把鐵鍬上頭沾有新土！」男孩們嚇得屁滾尿

流。「這裡怎麼會有鐵鍬和十字鎬？為什麼上面會沾有新土？是誰把它們帶來這裡的？那些人又到哪裡去了？你有聽到任何的聲音嗎？看到任何人了嗎？開什麼玩笑！還要把錢再埋起來，讓他們回來看到被破壞的地面嗎？不行，我絕不幹這種事。把錢帶回我們的巢穴去吧！」

「那當然！我們早就該想到的。你想要帶到一號那嗎？」

「不，去二號，十字架下面。別的地方不好，太引人注目了。」

「好。天色也暗了，我們啟程吧！」

印第安喬站起來，在窗邊走來走去，仔細地四下查探。然後說：

「誰會把工具帶到這來？你說他們會不會躲在樓上？」

兩個男孩的呼吸聲出賣了他們。印第安喬把手放在刀上，猶豫不決，遲疑了一會，然後才往樓梯走去。兩個男孩想要躲進衣櫃，卻一點也使不上力。樓梯傳來嘎吱作響的腳步聲，情況危急，兩個孩子鼓起勇氣，正打算放手一搏衝向衣櫃時，腐朽的木頭瞬間往下坍塌，印第安喬整個人也摔落到地上，落在樓梯碎片之中。他站起來，嘴裡咒罵了幾句。同伴說道：

「算了，就算有人也無所謂了！要是真有誰在樓上，就讓他們待著吧！沒人在乎，如果他們想現在跳下來，給自己惹麻煩，也沒人會反對！反正再過十五分鐘天就黑了，到時候想跟蹤我們，就讓他們跟吧！我很樂意的。依我看，把東西放在這的人，就算看到我們，也會以為我們是鬼魂、惡魔之類的東西。我看他們早就逃之夭夭了吧！」

喬發了幾句牢騷，然後才同意朋友的提議，應該要趁天黑之前，趕緊把東西收拾收拾、準備離開。沒過一會，他們就溜出屋

外，帶著藏寶箱朝河的方向走去，消失在低沉的暮色之中。

湯姆和哈克站了起來，兩人雖感到精神耗弱，卻都大大地鬆了一口氣，從房子的木頭縫隙中目視他們離開。跟蹤？他們倆可不做這種事，能夠跳到一樓還沒摔斷脖子，就已經很謝天謝地了。接著他們便越過山丘，往城裡走去。兩人沒說什麼話，只是一個勁埋怨自己運氣太背，竟然把十字鎬和鐵鍬放在那裡，要不然印第安喬根本不會起疑心，他一定會把銀幣、金幣都藏在那裡，直到他「復仇」完畢，才會有機會發現錢幣不翼而飛。真是該死，真是倒楣，要是他們沒帶工具就好了！

那個「西班牙人」理應會再回到城裡，探查執行復仇工作的機會，他們倆決定到時候要好好盯著他，不管天涯海角都要跟蹤他到「二號」去。然後，湯姆突然閃過一絲可怕的念頭：

「復仇？他指的不會就是我們吧！哈克。」

「天啊，不會吧！」哈克差點沒昏過去。

他們仔細討論著這件事，等到兩人快抵達鎮上時，才終於有了共識。他們相信喬指的復仇可能另有其人，就算是要找他們復仇，指的也應該是湯姆一人，因為只有湯姆在法庭上作證過。

獨自一人身陷危險，令湯姆感到不安。他想，如果有人陪他一起受罪，也許還會好受一些。

chapter 28

神祕的二號房

凌晨時分，當他躺在床上回想他那場偉大
的冒險經歷時，發現那些事好像變得既模
糊又遙遠，彷彿是在另一個世界、或是在
好久好久以前發生的事情。

　　那場白天的冒險讓湯姆沒睡好，又做了一夜的惡夢。好幾次他的手都已經碰觸到那個寶藏，又因夢醒而化為烏有，醒來後，只會讓他回到自己不幸的殘酷現實。凌晨時分，當他躺在床上回想他那場偉大的冒險經歷時，發現那些事好像變得既模糊又遙遠，彷彿是在另一個世界、或是在好久好久以前發生的事情。於是，他突然覺得，這場偉大的冒險之旅一定是場夢！針對這個想法，他的內心引發了一場非常激烈的爭辯，就是因為他看到的錢幣數量太多了，變得非常不真實。湯姆從來沒有看過五十元的錢幣，他和同樣年紀的男孩子一樣，認為所有「數以千計」和「數以百計」的形容詞，都只是一種特意誇大的講話方式，世上並沒有這樣的數量存在。他想都沒想過，有人可以真正擁有像一百塊這麼大一筆數量的金錢。如果分析湯姆對「寶藏」的觀念，就不難發現，他所謂的寶藏只是一把真正的一角銀幣，和一堆數量驚人、光采奪目、握不住的一元硬幣罷了。

　　但是他反覆回想這場經歷，卻又覺得越來越清晰，終於發現自己還是比較相信這不是一場夢。他想要一掃這種不確定感，於是他迅速地解決了早餐，跑去找哈克。

　　哈克正坐在平底船的船舷上緣，無精打采地把腳垂在水裡晃蕩，看起來憂心忡忡。湯姆決定與哈克談談，並找個機會將話題引到那件事上。如果他沒有特別的反應，就可以證明那場冒險純粹只是個夢。

　　「哈囉，哈克！」

　　「哈囉，湯姆。」

　　兩人沉默了一分鐘。

　　「湯姆，如果我們把那該死的工具留在枯樹那，就能拿到寶藏

了。真是糟糕啊！」

「這麼說它不是夢囉！它真的不是夢！不知道為什麼，我反而希望它是場夢，我是說真的，騙人是小狗。」

「什麼夢不夢的啊？」

「就是昨天的事啊！我半信半疑，覺得那是場夢。」

「夢？要不是那樓梯塌了，看你還會不會以為在做夢了！我做的夢已經夠多了，夢裡那個戴眼罩的西班牙惡魔一直追著我，那該死的傢伙！」

「不，他不能死。我們要找到他！追回那筆錢！」

「湯姆，我們找不到他的。這種機會不可能一再發生，一旦錯過了，就再也找不回來了。何況我要是再見到他，一定會嚇得渾身發抖的！」

「我何嘗不是。但無論如何，我還是想找到他，然後跟蹤他，到他的『二號』窩。」

「二號……對！沒錯。我也一直想著這件事情，但我實在想不出個所以然。你有想到什麼嗎？」

「沒有，這太深奧了。欸！哈克，也許它是門牌號碼！」

「說得好！……嗯，不對，湯姆，我想不是。就算是，也不會是在這個鄉下小鎮，這裡又沒有門牌號碼。」

「說的是。讓我再想一想。有了！是房間號碼，你知道的啊！就是旅館的房間號碼！」

「哦，原來是這一招。這鎮上只有兩間旅館，我們很快就可以找出來的。」

「哈克，你留在這裡等我回來。」

湯姆立刻跑了出去，他不喜歡和哈克一起出現在公共場合。

他離開了大約半個小時。他發現，城裡最好的那間旅館的二號房，長久以來都一直住著一位年輕律師，現在還住在那。至於另一間設備比較差的旅館，它的二號房則是一個謎。旅館老闆的年輕兒子說，那間房一直上鎖著，也沒有見過任何人從那裡進出，老闆兒子也不知道其中有什麼特別的原因，雖然曾經有點好奇，不過現在好奇心比以前還要少了。他也曾以那間房其實是「鬧鬼」來娛樂自己，不過他確實注意到，前一天晚上那間房的燈光是亮著的。

「我知道的就這些了，哈克。我想它就是我們要找的二號房。」

「我想也是，湯姆。現在你打算怎麼辦？」

「讓我想想。」

湯姆想了很長一段時間，然後才說：

「我跟你說，從那間二號房的後門出去，就是那間舊磚材店和旅館中間的一條狹窄小巷。現在，你去蒐集所有的門鎖鑰匙，我也會去把阿姨的鑰匙全偷來，一入夜我們就到那裡去試鑰匙。你要去盯印第安喬的梢，因為他說他會到鎮上來，探查報仇的機會。如果你看到他，就跟蹤他，萬一他沒有去那間二號房，就表示地方不對。」

「老天，我不想一個人跟蹤他！」

「怕什麼，是晚上跟蹤他。他可能根本就看不到你，就算他看到了，也想不起什麼。」

「好吧！如果天很黑，我就跟蹤他。我不知道……我不知道啦！我試試看就是了。」

「如果天很黑，我敢說我一定會跟蹤他的，哈克！因為他可能會發現沒辦法報仇，就直接去拿那些錢了。」

「沒錯，你說得沒錯！湯姆。我會跟蹤他的，我會的，我發誓。」

「這樣就對了！千萬別猶豫，哈克，我也會堅持下去的。」

chapter 29

跟監行動

有一會，哈克心裡那份等待的焦慮感像被大山壓住一般，他真希望自己能看到那盞提燈的一絲光線，雖然那會嚇到他，但至少能讓他確定湯姆還活著。

　　那晚，湯姆和哈克準備好展開他們的冒險。他們待在旅館附近直到九點，一個在巷子遠處看守，另一個則負責旅館門口。沒有人進出那條巷子，也沒有半個看起來像那個西班牙人的人進出旅館大門。今晚看來很適合下手，於是湯姆回家去，他心裡明白，如果天黑到某個程度，哈克就會來他家外面學貓叫，屆時再溜出去試鑰匙。但夜空始終明亮，到了十二點左右，哈克就結束盯梢，回去他那只空糖桶睡覺了。

　　星期二，他們一樣運氣不佳，星期三也是如此。不過星期四晚上似乎有轉機，湯姆看好時機溜出門，帶著阿姨的老錫燈，還用一塊大毛巾蓋住它的光芒。他把提燈藏在哈克的糖桶裡，監視就此展開。離午夜還有一小時，旅館打烊了，店裡的燈也熄了，這是附近唯一的路燈。沒看到那個西班牙人，也沒有人進出那條巷子，一切都很順利。黑暗籠罩大地，只有遠處偶爾傳來的微微雷聲，打破這片全然的寂靜。

　　湯姆拿出他的提燈，在桶子裡把它點燃，再小心地用毛巾裹住，然後這兩個冒險家才在朦朧的夜色中慢慢走向旅館。哈克負責把風，湯姆則提著燈摸進巷子裡。有一會，哈克心裡那份等待的焦慮感像被大山壓住一般，他真希望自己能看到那盞提燈的一絲光線，雖然那會嚇到他，但至少能讓他確定湯姆還活著。湯姆彷彿已經消失了好幾個小時，他一定是昏過去了，要不然就是死了，還是他因為害怕和過度激動，整顆心臟都爆掉了？在這樣不安的情緒下，哈克已經不知不覺地離巷子越來越近，他深怕遇到任何駭人的事情，也隨時準備好意外災難的降臨，把自己嚇斷氣。老實說他也沒剩多少氣可以嚇斷了，因為他現在似乎只能小口呼吸，照這麼下去，心臟也很快就會筋疲力竭的。突然間，眼前一

道燈光閃現，湯姆飛奔到他身邊，急急地喊道：「跑啊！快逃呀！」

這句話不需要再覆述一遍，一遍就夠了。在他說第二遍之前，哈克就已經以三、四十英哩的時速飛奔了。兩個人一路沒命地跑，一直跑到小鎮南方一處廢棄屠宰場的棚屋才停下來。就在他們衝進棚帳之際，天空刮起風暴，大雨傾盆而下。待湯姆緩過氣來，才開始敘述剛才的經歷：

「哈克，真是太恐怖了！我盡量輕聲地試了兩把鑰匙，但它們發出的聲音卻大得嚇人，我簡直無法呼吸，我嚇壞了，而且根本也開不了鎖。我一時沒留意自己在做什麼，就這樣把手放在門把上，門竟然就開了！門根本沒鎖！我跳進去，把毛巾拿掉，然後，我的媽呀！嚇死我了！」

「怎樣？你看到什麼了，湯姆？」

「哈克，我差點就踩到印第安喬的手了！」

「不會吧！」

「真的！他就躺在那，大概是在地上睡著了。他的舊眼罩還戴著，兩隻手是張開的。」

「老大，那你怎麼辦？他醒了嗎？」

「沒有，他一動也沒動，我想他是喝醉了。我抓了毛巾就衝出來啦！」

「如果是我，一定會忘了拿毛巾！」

「我不會，要是把毛巾弄丟了，我阿姨會海扁我一頓的。」

「湯姆，那你看到那個箱子了嗎？」

「哈克，我根本沒時間看。我沒看到箱子，也沒看到十字架。我什麼都沒看到，只看到印第安喬旁邊的地板上有一個酒瓶和一個錫杯！真的，我還看到房裡有兩個酒桶和好幾罐酒瓶子。現在

你該知道，那間鬼屋是鬧什麼鬼了吧？」

「什麼鬼？」

「鬧的是酒鬼啊！也許每間禁酒旅館都有一間鬧鬼的房間，對吧！哈克？」

「我想是吧！誰會想到這種事呢？可是，湯姆，如果印第安喬喝醉了，那現在就是拿那個箱子的大好時機呢！」

「說的是！那你去！」

哈克嚇得渾身發抖。

「唔……不，我想還是算了好了。」

「我也認為不行，哈克。印第安喬身邊只有一瓶酒是不夠的。如果有三瓶，那就表示他一定醉得不省人事，那我就敢去拿箱子。」

兩人久久沒作聲，然後湯姆開口了：

「聽著，哈克，我們等到印第安喬不在旅館的時候再試試吧！不然實在太危險了。如果我們每天晚上都監視他，就肯定能看到他出來，然後我們就像閃電一樣迅速拿走那個箱子。」

「好，我贊成。我會整晚監視他，但你也得盡你的本份。」

「好，沒問題。你只要跑到虎波街那一帶學貓叫就行了，如果我睡著了，你就往我窗戶丟幾顆小石頭，那樣我就會醒了。」

「好，就這麼辦！」

「哈克，現在風雨已經停了，我得回家去。再過兩個小時天就要亮了，你回去旅館那監視到天亮，好嗎？」

「湯姆，我說到做到。我願意每天晚上守著那間旅館，守上一整年都行。我會在白天睡覺，這樣就可以每晚監視他了。」

「那就好。你打算睡在哪裡？」

　　「班他們家的乾草棚裡，是他讓我去那邊睡的，他爸爸的黑奴傑克大叔也同意了。有需要的時候，我就會去幫他提水，每次我開口，他就會盡量分一點東西給我吃。他真是一個心地善良的黑人，湯姆，他喜歡我，因為我不會擺架子、表現得好像我在他之上。有時候我會坐下來和他一起吃東西，但你別說出去，一個人餓壞肚子的時候，什麼事都願意幹。」

　　「好，哈克，如果我白天不需要你的時候，就讓你盡量去睡。我不會過去打擾你的。夜裡只要你發現任何動靜，不管什麼時間，別忘了要馬上過來學貓叫哦！」

chapter 30

期待已久的郊遊

这晚確定會有的樂趣，遠比那不確定的寶藏還要重要。於是他和一般男孩一樣，決定臣服於比較強烈的欲望，並決定這一天都不再讓自己想起那箱錢幣的事。

星期五一大早，湯姆聽到的第一件事，就是一個令人開心的消息：柴契爾法官一家人已經在昨晚回到鎮上了。現在，湯姆心中，印第安喬和寶藏的事立刻退居第二順位，而貝琪則坐上了首席位子。他和貝琪碰面，和一群同學玩「猜謎遊戲」和「守溝員」的遊戲，樂不可支。這天還有一件特別令人愉快的事情：貝琪懇求她媽媽隔天舉辦那場答應了很久、也拖延了很久的野餐，她媽媽同意了。貝琪真是開心極了，湯姆也和她一樣興奮。邀請函在日落前送了出去，鎮上的孩子馬上就投入一片準備的熱潮當中，他們也都非常樂意參加。湯姆激動到很晚才睡著，他希望今晚就能聽到哈克的貓叫聲，然後明天帶著他的寶藏，讓貝琪和其他一起野餐的人大吃一驚。但他失望了，這天晚上什麼暗號也沒有。

早晨終於到來，約莫十點、十一點左右，一群歡騰、喧鬧的同伴聚集在柴契爾法官家，大家都準備好出發了。大人們沒有陪著小孩出席郊遊野餐的習慣，他們都認為，有幾個十八歲的年輕女生和幾個二十三歲左右的年輕人照顧，孩子們就很安全了。為了這趟郊遊，他們還租一艘老蒸氣渡輪。不久，這群歡喜的孩子就帶著他們的餐籃，成列地走在大街上。席德生病了，所以沒辦法參加這場盛會，瑪麗也留在家中照顧他。貝琪臨走前，柴契爾太太對貝琪交代：

「今晚回來時，要是時間很晚的話，妳就找個住在碼頭附近的女孩家借宿一晚吧。」

「那我就住在蘇西・哈波她家，媽媽。」

「好，出去要注意自己的行為舉止，不要惹任何麻煩哦！」

不久，當大家開心地走在一起時，湯姆便偷偷對貝琪說：

「來，我告訴妳我們要做什麼。妳不要去喬他家，我們爬到山

上，到道格拉斯寡婦家去。那裡有冰淇淋！她幾乎每天都會準備很多很多的冰淇淋！她一定會很歡迎我們的。」

「哦！那一定很好玩！」

然後貝琪想了一會後說：

「但是媽媽會怎麼說呢？」

「她怎麼可能會知道？」

貝琪在心裡想了又想，有點勉強：

「我想這麼做是不對的，但是……」

「但是什麼啊！妳媽媽不會知道的，就算知道了又怎樣？她只是希望妳平安無事，我敢和妳打賭，要是她聽到，她也會叫妳去的。她一定會的！」

道格拉斯寡婦的熱情款待聽起來非常誘人，再加上湯姆的說服，貝琪心動了。他們決定不和任何人提起當晚的計畫，但是，湯姆很快又想到，或許就在今晚，哈克會到他家送暗號。這個念頭讓他的興致大減，但他還是無法抗拒拜訪道格拉斯寡婦家的念頭。他和自己爭辯：為什麼要放棄？昨天晚上沒暗號，為什麼今天晚上就會有？這晚確定會有的樂趣，遠比那不確定的寶藏還要重要。於是他和一般男孩一樣，決定臣服於比較強烈的欲望，並決定這一天都不再讓自己想起那箱錢幣的事。

渡輪從小鎮南下三英哩，停靠在一處樹林繁茂的山谷口。一群人蜂擁上岸，很快地，整個森林和峭壁高處，或遠或近地迴盪起孩子們的叫聲和笑聲。各種讓人又瘋又累的遊戲，孩子們都玩遍了。過了好一段時間，這些四處遊玩的孩子才拖著腳步回到營地，開始胃口大開地橫掃美食。用完餐，他們就神清氣爽地坐在橡樹的樹蔭下休息、聊天。過了一會，有人大喊：

「誰準備好去洞穴探險啦？」

　　每個人都準備好了！大家拿了蠟燭，直接就往山上跑。洞穴的入口在高聳的山坡上，洞口的形狀像字母Ａ，厚重的橡木門沒有用橫木閂著。洞裡是一個小房間，冷得像冰庫，四周的天然石灰岩，有著像冷汗一樣的露珠。站在這裡一片幽暗，看著外面閃耀在陽光下的綠色山谷，實在是一件浪漫又神祕的事。不過大家很快就忘卻這裡的美景，又開始嬉鬧起來。只要有人一點亮燭光，就會有一群人衝過去，在一陣掙扎和勇敢的防衛過後，蠟燭不是被打翻在地上，就是被吹熄，接著又是一陣歡愉的笑鬧聲，又重新追逐起來。但什麼事都有結束的時候，很快，隊伍就排成一排，沿著陡峻傾斜的主通道走下去。成列閃爍的燭光微弱地映照出巍然的岩壁，幾乎要照到頭上六十英呎高的岩壁接縫處。這條主通道的寬度，不超過八或十英呎，每走幾步路，就會看到其它高聳且更狹窄的裂縫，往通道兩邊裂出去，這是因為麥克道格洞穴本身就是一個巨大的迷宮，洞裡有很多彎彎曲曲的走廊，有的交錯在一起，有的直通洞外，有的是死胡同。有人說，如果你走在這些錯綜複雜、糾結不清的裂口和斷層裡，會分不清白天或黑夜，找不到洞穴的出口，你可能會一直往下走，往深處走，一直走到地底，結果都是一樣的——迷宮的下面還是迷宮，永遠沒有盡頭。沒有人真正「了解」這洞穴的構造，這是很正常的事，大部分的年輕人只熟悉洞穴裡的某一部分，他們並不習慣去探險洞穴裡未知的地方。而湯姆對洞穴的認識，也和其他人差不多。

　　隊伍沿著主通道走了四分之三英哩的路，然後大家又開始成群成對地走進不同的叉路，在幽暗的廊道裡跑來跑去，又在廊道交會的地方互相嚇來嚇去。他們到自己「知道」的那部分去，閃

避別人，在裡面晃上半個小時。

　　後來，一個個小團體都陸續拖著疲憊的步伐，回到洞穴的入口，個個都喘著氣、興高采烈，從頭到腳都被滴落的蠟脂和石灰弄得髒兮兮的。這天他們都玩得非常盡興、非常開心，然後才猛然發現，他們只顧著玩，忘了注意時間，現在天都快要黑了，船上的鈴聲都已經敲了半個小時。無論如何，這樣結束一天冒險的方式還是很浪漫、也很滿足。當渡輪載著吵吵鬧鬧的遊客進入河道時，不開心的人只有懊惱太晚開船的船長而已。

　　當渡輪的燈光照過碼頭之際，哈克已經開始監視了。他沒聽到船上有吵鬧聲，因為船上的年輕人都累癱了，靜得一點聲音都沒有。他猜想著那是什麼船，還有它為什麼沒在碼頭靠岸。不過隨後他就把船的事拋諸腦後，專心做他的正事。今晚雲層越來越厚，也越來越暗。十一點一到，汽車停止發出噪音，點點燈光漸漸熄滅，三三兩兩的行人也不見了，整個村莊都睡著了，留下這個小小的守夜人獨自與沉默和鬼魂共處。十一點，旅館的燈熄了，現在到處都是一片漆黑。哈克等了一段感覺很長的時間，但什麼事也沒發生。他的信心開始動搖，懷疑這樣守夜有用嗎？真的有用嗎？要不要乾脆放棄，回家算了？

　　此時耳邊傳來一聲動靜，他馬上全神貫注地聆聽，巷子裡那道門被輕輕地關上了。他立刻飛奔到磚材店的角落，下一秒，兩個男人從他身邊掠過，其中一個似乎把什麼東西夾在腋下。一定就是那個藏寶箱！看來他們打算把寶藏移走。現在去叫湯姆？怎麼可以！等到把湯姆叫來，他們兩人早就帶著箱子逃走了，那他和湯姆永遠都無法再找到它了。不行，他決定跟蹤他們，他相信黑夜能保護他不被發現。哈克和自己內心交戰了一會，便隨即邁

開腳步跟蹤他們，他打著赤腳，像貓一樣躡足跟進，和他們保持剛好的距離，又不至於讓他們落到視線之外。

他們沿著河邊往上走了三條路，然後在十字路口左轉，一路直走，來到通往卡迪夫山丘的小徑，走了進去。他們經過威爾斯老人位在半山腰的家，但沒有停下來，依舊向上走去。很好，哈克心想，他們可能是要把寶藏埋在舊採石場裡。但他們也沒有在採石場停留，只是經過，然後一路走到山頂。突然，他們走進高大漆樹之間的窄徑，馬上就藏身在昏暗之中。哈克立刻靠上去，縮短與他們的距離，反正他們絕不會看見他。他快步走了一會，然後放慢速度，深怕一下拉得太近。哈克往前走幾步，然後又停下腳步。注意聽，沒有聲音，他什麼都沒聽到，只聽到自己的心跳。山上傳來一聲貓頭鷹的咕嚕聲，真是不吉利的聲音！但他還是沒聽到腳步聲，天哪！他是不是跟丟了？他正打算加速飛奔時，卻聽到一個男人站在離他四英呎不到的地方清了清喉嚨。哈克的心臟都快跳出來了，不過隨即鎮定下來。他站在那裡，彷彿身體發燒了般渾身顫抖；他四肢發軟，覺得自己這次一定會倒下去。他知道自己的位置，知道自己離通往道格拉斯寡婦家的那個階梯口只有五步之遙。哈克心裡想，這地方很好，讓他們把寶藏埋這裡吧！這裡找起來並不困難。

這時傳來一個聲音，非常地低沉——是印第安喬的聲音。

「該死，她家好像有客人，這麼晚了還亮著燈。」

「我怎麼看不到？」

這是那個陌生人的聲音，就是鬼屋裡的那個陌生人。一股寒意湧上哈克心頭，原來，這就是那件「復仇」的工作！他只想一溜煙地逃掉！但他又想起道格拉斯寡婦不只一次對他好，說不定

這兩個傢伙想殺了她。真希望自己有膽量去警告她,但哈克知道他不敢,因為這兩個傢伙可能會來抓他。哈克就在陌生人開口後、印第安喬回話前的這段空檔,左思右想、內心交戰,然後他聽到印第安喬的聲音:

「那是因為樹叢擋住你的視線。等等……現在可以看到了,對吧?」

「對,沒錯!我想她是有客人在。我們最好放棄吧!」

「放棄?我就要永遠離開這裡了!現在放棄的話,就不會再有第二次機會了。我再告訴你一次,我不在乎她的錢,你要就全給你吧!但她老公曾經害過我,還害了我好幾次,最重要的是,他就是那個判我是流氓的治安官。還不止這樣呢!比起那些對我造成的傷害,這連百萬分之一都不到!他害我挨馬鞭!而且就在監獄前面抽我,讓我像個黑奴一樣!全鎮的人都看著我!挨馬鞭欸!你懂不懂?他占了我的便宜就死掉了,所以我要找他老婆算帳!」

「噢,你可別殺她!別做那種事!」

「殺?誰說要殺她了?要是他還活著,我就會把他殺了,但我不會殺他老婆。想要報復一個女人,犯不著殺她,哼!只要毀她的容就行了。你可以割破她的鼻子,在她的耳朵刻上像豬一樣的痕跡!」

「天哪,這實在是……」

「你少給我說廢話!這樣對你最安全。我會把她綁在床上,要是她失血過多致死,那可不關我的事?她死了我也不會感到傷心的。我的朋友,看在我的面子上,你要幫我做這件事,這就是你在這裡的原因,我一個人是幹不來的。你要是退縮,我就殺了你!

懂了嗎？萬一我必須幹掉你，我就會把她也殺了，那我想就不會有人知道是誰幹的。」

「好吧！如果非幹不可，那就快動手吧！越快越好，我已經嚇得渾身發抖了。」

「現在？她還有朋友在呢！聽著，老兄，我可要開始懷疑你了。現在不行，我們要等到熄燈才能動手，這急不來的。」

哈克覺得他倆會一直沉默下去，這比那些談論謀殺的對話還要恐怖，於是他屏住呼吸，慢慢向後退。他謹慎確實地踩著腳步，保持平衡，先跨一隻腳，然後再跨另一隻腳，這種姿勢很危險，他差點就要跌倒了。他小心翼翼地、冒著極大的危險逐步向後退，一步又一步，卻突然踩斷了一根細樹枝！他憋住氣聽著，沒有異樣聲響——只有一片靜默。真是謝天謝地！現在他已經回到大漆樹間的窄徑入口，他把自己當成一條船，小心地轉身掉頭，然後迅速但謹慎地快步走開。等他走到採石場，覺得自己安全了，便開始拔腿狂奔。他一路往下跑、一直跑，直到他抵達威爾斯老人家門前。他重重地敲著門，老人和他兩個健壯的兒子很快就從窗戶探頭出來。

「誰啊？是誰在敲門？要幹嘛？」

「讓我進去，快！我什麼都告訴你。」

「你是誰？」

「哈克・芬！快、快讓我進去！」

「真的是哈克・芬！我看這個名字會讓很多人都不想開門的！不過，孩子們，讓他進來吧！讓我們聽聽他惹上什麼麻煩了。」

「求求你千萬別說是我講的，」這是哈克進門後說的第一句

話，「請您務必保密……不然我肯定會被殺的……那寡婦有時候會當我是好朋友，我想說……我會說的，只要你們答應不要對人說是我講的。」

「我的老天，他真的有話要說，不然他不會這個樣子！」老人驚呼，「孩子，你儘管說吧！這裡沒有人會講出去的。」

三分鐘後，老人和他的兒子就已經全副武裝往山上去，手裡拿著武器，躡足進入漆樹林徑。哈克就陪他們走到這裡，他躲在一顆大鵝卵石後面，靜靜地聽著。樹林裡籠罩著一片駭人的寂靜，突然之間，一聲槍響伴隨著尖叫聲響起，哈克沒膽再等下去，他盡其所能地全速衝下山丘。

chapter 31

印第安喬的復仇

冗長的夜裡，全鎮都在等消息，但當黎明到來，傳回來的話語卻只有「送更多蠟燭和食物過來」。

　　星期日早晨第一道微弱的曙光乍現，哈克摸索著上山的路，輕輕敲著威爾斯老人家的門。屋裡的人都還在睡覺，不過因為昨晚發生的驚人事件，大家變得十分警惕。窗邊有人喊著：

　　「是誰？」

　　哈克十分緊張，低聲答道：

　　「拜託你們讓我進去！我是哈克・芬！」

　　「聽到這個名字，不論晝夜，我家的門都會為你而開，孩子！請進！」

　　這個流浪兒從沒聽過如此愉悅溫暖的話。他想不起來過去是否曾經有人對他說過「歡迎你」這樣的話語。大門很快敞開讓他進入，他們請哈克坐下，老人和他那對高頭大馬的兒子迅速地換好衣服迎接他。

　　「好了，孩子，我希望你沒事，肚子餓了吧！太陽一升起，早餐就會準備好了，而且是熱騰騰的唷！你可以安心地慢慢吃。我和我兒子都希望你昨晚會回來，留在這過夜。」

　　「我嚇壞了，所以就先跑掉了。我一聽到槍聲就跑，一直跑了三英哩路才停下來。我現在過來，是因為我想知道事情後來怎麼樣了。我趕在天亮前過來，就是不想在路上碰見那些魔鬼，即使他們已經死了。」哈克說。

　　「啊！可憐的孩子，你看起來真的是過了一個難捱的晚上，等你吃過早餐，我們會替你準備一張床。不過，孩子，他們沒有死，我們也很擔心這件事。你知道，昨晚透過你的描述，就可以判斷出他們確實在什麼地方，所以我們躡手躡腳地潛進樹林，直到離他們只有十五英呎遠，但那漆樹林真是像地窖一樣暗哪！就在那時候，我發現我很想打噴嚏。運氣真是背到家了！我努力忍住，

但是沒用，結果我真的打了個噴嚏！我舉著槍走在最前面，所以我的噴嚏一打出來，那些無賴就沙沙地鑽出小徑，我大喊：『孩子們，開槍！』然後我們的子彈就往那沙沙聲的方向射去，不過那些混球走運、沒被射中，我們追上去，一直追出樹林。我想應該沒有射中他們。他們逃跑時也曾朝我們開槍，不過子彈擦身而過，我們也都沒受傷。直到聽不見他們的腳步聲才停止追捕，我們下山把警察叫醒，他們組了一個隊到河岸巡邏，天一亮，警長就會帶著一組人進入樹林搜索。我兩個兒子很快也要加入他們的行列。我真希望我們能夠更清楚知道有關於那些惡棍的描述，這會大有幫助的。不過我想，昨晚那麼黑，你可能也沒看清楚他們的樣了吧！孩子？」

「哦，不，我是在鎮上見過他們，然後才跟蹤他們的。」

「太好了！描述一下他們的模樣，孩子！」

「一個是曾經來過鎮上一兩次的那個又聾又啞的西班牙老人，另一個看起來很邪惡，穿得破破爛爛的……」

「這樣就夠了，孩子，我們看過他們！有一次在寡婦家後面的樹林曾撞見他們，但被他們給跑了。兒子，你們快去！把這些話告訴警長，早餐明天早晨再吃吧！」

威爾斯老人的兒子立刻出發。在他們要離開房間的時候，哈克跳著腳大喊：

「噢！求求你們別告訴任何人是我告發他們的！拜託！」

「好吧！既然你都這麼說了，哈克，但你應該讓人知道這是你的功勞啊。」

「哦，不，不用了！拜託你別說出去！」

年輕人離開後，威爾斯老人說道：

「他們不會說的，我也不會。但你為什麼不願讓人知道呢？」

哈克不願多加解釋他是因為知道太多關於其中一個人的事，也不想讓那個人知道他曉得所有不利於那個人的事，要是讓那個人知道了，自己肯定會被殺的。

老先生再次保證守密，但他問道：

「你怎麼會去跟蹤那兩個人呢？孩子，他們看起來有什麼可疑嗎？」

哈克沉默不語，他心裡正在編造一個適當、謹慎的理由。然後說：

「嗯！你知道，我是那種無可救藥的小孩，差不多每個人都這麼說，我也不覺得這麼說有什麼錯。有時候我會因為想得太多而睡不好，然後會去找點新鮮事來做做。昨天晚上就是這個情形，我睡不著，所以就在午夜的時候跑到街上閒晃。當走到禁酒旅館旁邊那間簡陋的磚材店時，我靠在牆上想事情，也就在那個時候，這兩個傢伙從我旁邊溜了過去，腋下還夾著什麼東西，我想那是他們偷來的。其中一個人正在抽菸，另一個向他要火，所以他們就在我面前停了下來，雪茄的火光照亮了他們的臉，我看到那個大個子就是聾啞的西班牙人，因為他留著白色的鬍鬚，還戴著眼罩，另一個則是穿著破舊、一臉窮酸樣的壞蛋。」

「你可以從雪茄的火光看見他穿的衣服很破舊？」

「呃，我也不知道為什麼，我好像就是看得到。」

「然後他們繼續走，你就……」

「我就跟蹤他們，沒錯！就是這樣，我想看看他們要幹嘛！因為他們太鬼鬼祟祟了。我跟著他們到寡婦家的院子階梯那裡，站在黑暗中，聽到穿著破爛的那個人替寡婦求情，然後西班牙人發

誓要毀她的容，就像我和你們說的……」

「什麼！那個又聾又啞的人會說話？」

哈克發現自己又犯了一個可怕的錯誤！他想盡辦法不要讓老人猜出西班牙人是誰，但他一張嘴卻似乎就只會讓他不斷惹禍上身。他做了很多努力擺脫困境，但老人的眼睛直盯著他看，他越說就錯越多。威爾斯老人終於開口：

「孩子啊！你不用怕我，我不會傷你半根汗毛的，我也不會害你，而且我會保護你。這個西班牙人不聾也不啞，你已經無意洩露出來，現在你也沒法掩飾了。你知道那個西班牙人的一些事，但你不想說出來。現在你要相信我，告訴我、並且信任我，我不會出賣你的。」

哈克看著老人真誠的雙眼，過了一會，才彎下腰在他耳邊輕語：

「他根本不是西班牙人，他是印第安喬！」

威爾斯老人差點沒從椅子上跳起來。他很快就說：

「現在一切都很清楚了！當你說到割耳朵和劃鼻子的時候，我還以為那是你想像的，因為白人不會那樣報仇。但他是印第安人！那又完全是另一回事了。」

吃早餐時，這個話題一直延續著。其間，老人說他和他的兒子在上床睡覺之前做的最後一件事，就是提燈到寡婦家附近查看血跡。他們什麼都沒發現，只找到一大袋的……

「的什麼？」

這幾個字如閃電般地從從哈克發白的嘴裡吐了出來。現在，他瞪大了雙眼，屏息等待著答案。威爾斯老人也被哈克嚇了一跳，他回瞪哈克……三秒鐘……五秒鐘……十秒鐘……然後才回答：

「的竊盜工具。你怎麼了？」

哈克緩緩喘息，有種難以言喻又如釋重負的感覺。威爾斯老人嚴肅又好奇地盯著他看，然後說：

「沒錯，就是一袋強盜作案的工具。這好像讓你鬆了一大口氣。為什麼會這樣？你原以為我們找到什麼了？」

哈克屏住呼吸，老人那雙質疑的眼光落在他身上，他願意用任何東西交換一個看似合理的答案。但他什麼也想不出來。那雙犀利的眼睛越盯越深，他的腦海於是冒出一個毫無意義的答案，沒有時間衡量了，他無力地胡亂說了出口：

「也許是……主日學校的課本。」

可憐的哈克緊張得笑不出來，但老人卻開懷大笑，笑到全身上下都在抖動，還說這種大笑就像是人口袋裡的錢，可以省下大把的醫藥費。他還補充道：

「可憐的小夥子，你臉色蒼白，也累壞了。你的情況真的不太好，難怪會有點精神錯亂，說話不正常。不過你會沒事的。我希望你睡個覺，休息一下，就會恢復了。」

哈克沒想到自己居然這麼傻，居然激動到差點讓人起了疑心，不免有點生自己的氣。他在寡婦家的台階那裡，聽到印第安喬和他同伴間的對話時，就已經知道那袋從旅館帶出來的東西不是寶藏了，但他也只想到那可能不是寶藏，卻沒料到它真的不是，所以聽到老人說撿到一袋東西時，還是忍不住嚇了一跳。不過，不管怎麼說，他還是蠻開心聽到這段小插曲，因為這樣他就能夠確定老人撿到的那袋東西，並不是他們要找的那一袋，他心裡感到踏實舒服多了。事實上，所有的事現在似乎都朝著正確的方向進行：寶藏一定還留在二號，等到那些人被逮捕進監獄的那晚，他

和湯姆就可以輕輕鬆鬆地去拿那袋金幣，不用擔心被打擾了。

才剛吃完早餐，就有人來敲門。哈克趕緊躲起來，因為他一點也不想讓人把他和昨天晚上的事聯想在一起。威爾斯老人讓幾位先生女士進來，道格拉斯寡婦也在其中，老人也發現有一群群的民眾正要上山，想去寡婦家一探究竟。這麼說來，消息已經散布出去了，威爾斯老人必須將昨晚的前因後果告訴這些訪客。對於威爾斯老人的保護，寡婦直言無諱地表達她的謝意。

「別這麼說，夫人。還有一個人，或許比我和我兒子還值得讓您感謝，但他不讓我說出他的名字。要是沒有他，我們是不會去那的。」

這番話當然引起了一陣騷動，幾乎讓主要事件變得微不足道，但威爾斯老人對此祕密絕口不提，讓訪客心癢難耐，於是這個消息就此在整個小鎮傳開。當來龍去脈交代清楚後，寡婦說：

「昨晚我睡前在床上閱讀，一直到那些噪音平息了才睡。你為什麼不來叫我呢？」

「我們認為不必驚動您。那些傢伙不太可能再回來，他們已經沒有工具可以再犯案了。如果大半夜把妳叫起來，讓妳受到驚嚇，又有什麼用呢？我手下三個黑奴整夜都在妳家前面站崗，他們剛剛才回來呢！」

越來越多的訪客到來，於是整個故事一再地被複述，就這樣持續說了兩個多鐘頭。

學校放暑假時，主日學校是不上課的，但每個人卻都一早就到了教堂。大家都在討論這起驚人的事件。消息指出，目前尚未發現兩名歹徒的行蹤。佈道結束後，柴契爾法官太太隨著人群在走道上移動，她來到哈波太太的身邊說：

「我們家貝琪打算在你家睡上一整天嗎？我猜她是累壞了吧！」

「你們家貝琪？」

「對啊！她昨晚沒去妳家嗎？」她露出驚慌的眼神。

「沒有呀！」

柴契爾太太臉色發白，整個人跌坐到長椅上。這時，正和朋友開心聊天的寶莉阿姨剛好經過，她向兩人問好：

「早安，柴契爾太太。早安，哈波太太。我家孩子又鬧失蹤了。我想知道我們湯姆昨晚是否待在你們其中一家過夜。這次他一定是怕上教堂，我得來教訓教訓他！」

柴契爾太太虛弱地搖搖頭，臉色越來越蒼白。

「他沒在我們家。」哈波太太說，看起來神情不安。寶莉阿姨的臉上露出明顯的焦慮。

「喬・哈波，你今天早上看到我們家湯姆了嗎？」

「沒有。」

「你上次看到他是什麼時候？」

喬試著回想，但不確定他說的對不對。往教堂外走的人都停下腳步，耳語傳開，每個人都顯露出不安的情緒，焦急地詢問孩子們和那些年輕老師，他們都說，沒注意湯姆和貝琪究竟有沒有搭上回程的渡輪，當時天都黑了，也沒人留意到要詢問是否少了誰。一位年輕人開口，擔心地表示，說他怕兩個孩子都還待在洞穴裡！柴契爾太太當場暈了過去，寶莉阿姨也握緊雙手哭了起來。

這個驚人的消息一傳十，十傳百，一下子傳遍了大街小巷。五分鐘內，警鈴大作，全鎮的人都緊急動員起來！卡迪夫山丘的事件立刻變得無關緊要，竊賊的事被遺忘，馬匹上了鞍、峭壁上

擠滿了人、渡輪也受命出航，不到半個小時，就有兩百個人從路面或河面往洞穴移動。

整個漫長的下午，小鎮彷彿是座死寂的空城。許多女士去探訪寶莉阿姨和柴契爾太太，試著安慰她們，也陪著她們一起哭，這比說話還要受用。冗長的夜裡，全鎮都在等消息，但當黎明到來，傳回來的話語卻只有「送更多蠟燭和食物過來」。柴契爾太太和寶莉阿姨都著急得快瘋了。柴契爾法官從洞穴捎來希望和鼓勵的訊息，卻引不起大家的興致。

威爾斯老人在快天亮時回到家，身上沾滿蠟脂和灰塵，整個人快累癱了，卻發現哈克還躺在那張床上，因為發燒而不省人事。醫生們現在都到洞穴去了，所以道格拉斯寡婦過來照顧病人，她說她會盡力照顧哈克，因為不管他是好、是壞，或者不好不壞，都是上帝的子民，上帝的子民是不會被忽略的。威爾斯老人說哈克也有他的優點，寡婦說：

「這是當然，那正是上帝留下來的記號。祂不曾扔下他的，從來不會。每一個出於上帝之手的生物都會有這樣的記號。」

清晨，一些疲憊不堪的人開始拖著腳步進城，但最健壯的市民還在持續搜索。他們所能得到的消息是，洞穴裡以前從來沒人去過的最深遠處，都被搜遍了，也沒有錯過任何角落與每個縫口。廊道迷宮裡到處都有人在走動，遠近都能看到燭光的晃動，叫聲和槍聲也在陰森的走道間空洞地迴響在耳際。有人發現，遠在旅客經常造訪的區域之外，有一個地方的石牆上用燭火燻了「貝琪」和「湯姆」的字樣，附近還發現一小段沾了蠟脂的緞帶。柴契爾太太認出緞帶後痛哭失聲，她說那大概就是她寶貝女兒留給她的最後遺物，再也沒有其它紀念品比這個東西還要珍貴，因為在可

怕的死亡來臨前，從那孩子身上最後掉落下來的，就是這條緞帶。有人說，洞穴遠方偶爾會見到燭光點點閃爍，然後有人放聲呼喊，接著一組二十個人就在發出回音的走道裡找過去，結果總是叫人失望。孩子們不在那裡，那只是某個搜尋者的燭光罷了。

這令人焦慮的三天三夜過去了，每個小時都冗長得令人乏味，小鎮陷入絕望的恍惚狀態。每個人都無心做任何事。此時傳來一個消息，他們意外發現，禁酒的旅館老闆在店裡私藏酒，即使這確實是件令人震驚的事件，卻引不起大眾的騷動。哈克在神智清醒的時候，斷斷續續把話題引到旅館上，他有點害怕聽到最壞的消息，但還是問了這個問題：在他生病的這段期間，有沒有在禁酒旅館發現什麼東西。

「有啊！」寡婦說。

哈克睜大雙眼從床上突然坐起來：

「什麼？發現什麼了？」

「酒啊！而且旅館已經被勒令停業了。躺下來吧！孩子，你把我嚇壞了！」

「妳只要再告訴我一件事，只要一件事就好了，拜託妳！那東西是不是湯姆找到的？」

寡婦突然哭了起來。

「噓！孩子，安靜點！我之前就和你說過，不要講話了！你實在病得太重了！」

看來，除了酒以外，什麼都沒找到。如果找到的是金幣，早就轟動全鎮了。這麼說來，寶藏不見了，永永遠遠地不見了。但她有什麼好哭的呢？這真是件奇怪的事。

種種疑問盤旋在哈克心中，但他實在太虛弱，只能沉沉地睡

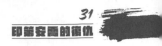

去。寡婦自言自語著：

「這可憐的小病人，終於睡著了。是湯姆找到的？唉，要是有人能找到湯姆就好了！不過，希望不大了，現在大家都已沒有指望，也沒有力氣再找下去了。」

chapter 32

我們迷路了！

周圍安靜極了，安靜得連他們的呼吸聲都聽
得到。湯姆大叫一聲。叫聲在空盪盪的走道
裡迴響，一直到了遠處才變成微弱的聲音，
慢慢消失，彷彿是嘲笑的漣漪。

　　現在讓我們回到湯姆和貝琪野餐的現場。他們跟著隊伍沿著陰暗的走道參觀，走訪熟悉的洞穴奇景，這些奇觀都被取了誇張的名稱，像是「會客室」、「大教堂」、「阿拉丁神殿」等等。過沒多久，他們就玩起捉迷藏，湯姆和貝琪玩得很起勁，一直玩到有點累才停下來。然後他倆走進一條迂迴曲折的走道，舉起蠟燭，細讀石牆上交織成網狀的名字、日期、郵局地址和箴言，以及用燭火燻出來的壁畫。兩人只顧著邊走邊聊，沒發現已經走到沒有壁畫的區域了。他們將自己的名字燻在一塊突出來的石頭上便繼續往前走，不久，他們走到有條小溪的地方。溪水從岩礁流出來，水裡帶著石灰石的沉積物，經年累月，這些溪流就在閃爍、不朽的石頭上，形成一片綴著蕾絲、縫著皺摺的「尼加拉瓜瀑布」。湯姆小小的身軀擠到石頭後面，好讓貝琪藉著他的燭光欣賞這片瀑布。此時，湯姆發現石頭後面有一些陡峭的天然階梯，圍繞在狹窄的石牆中間，激起了湯姆想當探險家的野心。

　　他呼喚貝琪，貝琪走了過去，兩人在牆上燻了記號作為回程時的指引，然後開始了他們的探險。他們繞來繞去，一路深入洞穴的神祕深境，兩人又做了一個記號，接著就走進叉路，打算再找些新鮮事告訴上面那些同伴。他們在另一個地方又發現了一個大洞穴，從洞頂垂下了好多閃亮的鐘乳石，長度和外觀都像是人類的腳。兩人穿梭其間，既好奇又讚嘆，然後才從許多通道中的其中一條走出去。不久，呈現在眼前的是一座迷人的清泉，潭底覆蓋著一層層璀璨水晶的霜花，清泉就在洞穴的中間，洞的四周有許多驚人的石柱支撐。這些石柱由大鐘乳石和石筍共同組成，是經過幾世紀涓滴不息的水珠形成的。洞穴頂端有一大片成群的蝙蝠聚集在一起，每一群都有數千隻。受到燭光的打擾，幾百隻

蝙蝠成群飛了下來，憤怒地發出尖銳的叫聲，衝向蠟燭。湯姆了解牠們的習性，也知道這種行為的危險性，於是他抓起貝琪的手，迅速帶她衝向第一道走廊。說時遲那時快，就在貝琪離開洞穴之際，一隻蝙蝠用翅膀拍熄了她的燭光。這些蝙蝠追了他們好長一段路，逃命的兩人一見到新的走廊就往裡頭衝，才終於擺脫那些危險的東西。不久，湯姆發現一座地下湖泊，湖泊的盡頭模糊不清，最後竟消失在陰影之中。他想去探索湖的邊界，但還是決定先坐下來歇會。這時，他們第一次感到洞穴裡寂靜得可怕，就像有人向他們伸出又濕又冷的手。貝琪說：

「天哪！我都沒發現，我們好像很久沒聽到其他人的聲音了。」

「妳想想，貝琪，我們遠在他們下面，我也不知道是遠到東西南北哪個方向，在這裡當然聽不見他們啦。」

貝琪開始擔心起來。

「不知道我們在這裡待多久了。湯姆，我們還是回去吧！」

「嗯！我想也是，最好趕快回去。」

「你知道怎麼回去嗎？湯姆，這些路彎彎曲曲的，我都搞混了。」

「我想我找得到路，可是那裡有蝙蝠。如果我們兩個人的蠟燭都被牠們弄熄，就很難了。我們試試別的路吧！這樣就不用從那裡回去了。」

「也好。希望我們不要迷路，不然就慘了！」貝琪一想到迷路的可能性，就嚇得渾身打顫。

他們從一條長廊開始，靜靜地走了好長一段路，仔細觀察每一條新的通道，看看有沒有任何熟悉的印象，但它們全都是陌生

的。每當湯姆要去察看通道，貝琪就想從他臉上找到一絲希望的神情，而湯姆總是開朗地說：

「哦，沒關係。這條不是，但我們很快就會找到的！」但每次失敗都讓他越來越不抱希望，最後他開始完全隨機地轉進分岔的通道，極度渴望想找到正確的那條。湯姆嘴裡說著「沒關係！」但心裡總有股沉重的恐懼感，讓這幾個字失了光環，聽起來彷彿是在說「完蛋了！」貝琪緊跟在他身邊，害怕到極點，她努力試著不讓眼淚掉下來，淚水卻不聽使喚。終於她說：

「哦，湯姆，別管那些蝙蝠了，我們從原來那條路回去吧！這樣走下去，好像越來越不對勁。」

湯姆停下腳步。

「妳聽！」他說。

周圍安靜極了，安靜得連他們的呼吸聲都聽得到。湯姆大叫一聲。叫聲在空盪盪的走道裡迴響，一直到了遠處才變成微弱的聲音，慢慢消失，彷彿是嘲笑的漣漪。

「唉呀，別那樣叫啦，湯姆，太可怕了！」貝琪說。

「雖然很可怕，但是我還是得叫呀！貝琪，妳知道，他們可能會聽見我們的。」

於是他又大喊了一聲。

那句「可能會」甚至比鬼魅的笑聲還要讓人毛骨悚然，像在嘲笑他們已了無希望，他們動也不動地站著，沒有半點回應。湯姆立刻往回走，加快他的腳步。湯姆一會篤定、一會又猶豫不決的態度，讓貝琪發現另一個讓人害怕的事實，那就是：他找不到回去的路！

「噢，湯姆，你什麼記號都沒有做！」

「貝琪，我真是個笨蛋！笨死了！我壓根沒想到我們會走不回去！沒錯，我找不到路，我全搞混了。」

「湯姆、湯姆，我們迷路了，我們迷路了啦！我們永遠、永遠都沒辦法走出這個可怕的地方了！哦，我們當初為什麼要和其他人走散呢？」

貝琪跌坐到地上，眼淚狂飆，嚇得湯姆以為她會死掉或是發瘋。湯姆在她身旁坐下來，雙手摟著她，她把臉埋進他胸膛，緊抓著他，把她內心的恐懼、悔恨全部放聲哭出來，這傳得遠遠的回音，全部變成竊竊的譏笑聲。湯姆求她再次拾起希望，她說她做不到。湯姆開始對自己又罵又打，怪自己害貝琪落入這樣悲慘的處境。沒想到這一招反而奏效了，貝琪說她會試著重拾希望、振作起來，他到哪裡，她就跟到哪裡，只要他不再說那樣的話，因為她說，不只湯姆，她自己也有錯。

於是他們繼續走下去，毫無目標，只是隨意地走著，他們能做的就是走，不停地走。過了一陣子，他們又懷抱一絲希望。不為什麼，只因為他們的年紀還小，還沒嚐過太多失敗的經驗，因此很容易重新燃起希望。

不久，湯姆把貝琪的燭光吹熄。這種節約意義深遠，不需要多加說明，貝琪也能了解，但她的希望也再次破滅。她知道湯姆有一整支蠟燭和口袋裡的三、四截殘燭，但他必須節省著用。

疲憊漸漸湧上兩人心頭，孩子們試著不去留意，因為一想到時光寶貴，坐下來休息是件多可怕的事情。不管如何，往一個方向或往任何方向移動，都至少會有點進展，或許還能有所收穫。但坐在原地，就等於是坐以待斃，讓死神降臨得快一些。

終於，貝琪虛弱的四肢再也走不下去了。她坐下來，湯姆陪

她休息，然後他們聊到家庭，聊到鎮上的朋友，還有舒適的床，最重要的是，燈光！貝琪哭了，湯姆試著想別的方法安慰她，但他的鼓舞全然失效，聽起來都像是諷刺。貝琪實在疲憊極了，她累得睡著了。湯姆見此覺得很高興，他坐著看貝琪沉睡的臉龐，看她似乎因為做了好夢，露出柔和、自然的神情，帶著一抹微笑，這張祥和的臉龐療癒了湯姆的心，他的思緒也飄回過去的美好時光與夢境般的回憶。當湯姆沉思之際，貝琪帶著微笑醒來，但那笑容到了嘴邊就立刻停止，接著是一陣呻吟。

「哦，我怎麼睡著了呢！我希望我永遠、永遠不要醒來！哦、不，我不是這個意思，湯姆！我不會再這麼說了。」

「我很高興妳睡著了，貝琪，現在妳精神比較好，我們會找到路出去的。」

「我們或許可以再試試看，湯姆，但我在夢裡看到一個好美麗的地方，我想我們就快要到那裡去了。」

「不會的、不會的。振作點！貝琪，我們繼續試吧！」

他們站起來繼續向前走，手牽著手，不抱希望地走。他們試著估算，待在洞穴裡已有多久的時間，但只知道彷彿過了好幾天、甚至好幾個禮拜——當然這是不可能的，因為他們的蠟燭都還沒用完。之後過了好一陣子，他們也不知道有多久，湯姆說他們必須輕聲慢步，傾聽滴水的聲音，因為他們得找到一處泉水才行。他們找到時，兩人都筋疲力竭，湯姆說該休息一下，但貝琪說她還可以再走一段路，但湯姆拒絕了，貝琪不明白。兩人坐下來，湯姆用一些石灰把他的蠟燭固定在眼前的石牆上。思緒在流竄，有段時間他們什麼話也沒說，最後貝琪打破沉默：

「湯姆，我好餓！」

　　湯姆從口袋裡拿出一樣東西。

　　「還記得這個嗎？」他說。

　　貝琪差點笑了出來。

　　「是我們的結婚蛋糕，湯姆。」

　　「沒錯，我真希望它大得像桶子一樣，不過我們現在只有這麼多了。」

　　「這是我在野餐時留下來做紀念的，湯姆，大人都是這樣處理結婚蛋糕的……但這將是我們的……」

　　她的話就此打住，湯姆把蛋糕分成兩半，湯姆一小塊一小塊地剝著吃，貝琪立刻吃得精光。吃完後，他們喝了一些泉水。過了一會，貝琪就提議再次出發。湯姆沉默了一下，然後才說：

　　「貝琪，我要告訴妳一件事，你能承受得了嗎？」

　　貝琪的臉色都發白了，但她說她應該可以承受。

　　「那麼，貝琪，我們必須留在這裡，因為這裡有水可以喝。我們的蠟燭只剩下最後一小截了！」

　　貝琪嚎啕大哭。湯姆盡力安慰她，不過沒什麼效果。最後貝琪說：

　　「湯姆！」

　　「什麼事，貝琪？」

　　「他們會想起我們，然後來找我們的！」

　　「是啊！他們會的！他們一定會的！」

　　「也許他們現在正在找我們呢！湯姆。」

　　「嗯！我想也是！我希望是。」

　　「他們什麼時候才會想到我們呢？湯姆。」

　　「當他們回到船上的時候吧！我想。」

「湯姆，那時天可能都黑了，那……他們會發現我們沒回家嗎？」

「我不知道。但不管怎麼說，他們一回到鎮上，妳媽媽就會想到妳了吧！」

貝琪臉上露出了驚恐的表情，待湯姆回過神來，他才發現自己犯了一個大錯。貝琪當天晚上是不用回家的！他們變得沉默，陷入深思。很快地，貝琪臉上又浮現悲傷的神情，湯姆知道，他倆想的是一樣的事情，說不定要等到週日早晨都過了一半，柴契爾太太才會發現貝琪不在哈波太太家。

他們的眼睛盯著那一點點的蠟燭，看著它慢慢燃燒，一點一點地消失；看著它只留下最後半吋的燭芯，看著它微微燭光忽長忽短，延著細長的煙爬上去，在頂端停了一瞬，然後——恐怖的黑暗籠罩一切。

不知道過了多久，貝琪才發覺自己一直在湯姆的懷裡哭泣。他們只知道似乎過了好長的一段時間，兩人才從完全昏睡的狀態中醒過來，再次重回悲慘的現實。湯姆說現在也許是星期天了，也可能是星期一，他試著讓貝琪開口，但她實在傷心過度，什麼希望都沒有。湯姆說他們一定早發現他們失蹤，那些搜索行動一定開始進行了，他要放聲大喊，這樣或許有人會聽到而過來看看。他試了一次，但在黑暗中，遠方的回音聽來卻是如此詭異，讓他不敢再多試一次。

時間一分一秒流逝，飢餓感再度折磨著兩人。湯姆那半塊蛋糕還有剩，他們便分著吃了。然而，他們卻似乎越吃越餓，那塊小得可憐的蛋糕反而讓他們更想吃東西。

過了一會，湯姆說：

「噓！妳聽到沒？」

兩個人豎起耳朵傾聽，遠處好像有微弱的呼叫聲。湯姆迅速予以回應，他拉著貝琪的手，開始朝聲音的方向摸索而去。很快，他又聽到一聲，又一聲，顯然越來越近了。

「是他們！」湯姆說，「他們來了！來吧！貝琪，我們現在沒事了！」

這兩個受困者真是欣喜若狂。不過他倆走得很慢，因為地上的坑洞實在太多，必須避開才行。這時，他們又遇上一個坑洞，非停下來不可。這個坑洞可能有三英呎深，也可能有百英呎深，無論如何，他們是過不去的。湯姆趴下去，盡他所能地把手伸下去，但還是觸不到底。他們必須留在這裡等搜救員過來才行。他們仔細聽著，結果那遠方的呼叫聲卻變得越來越遠！又過了一兩分鐘，那聲音就完全消失了。這真是讓人失望透頂！湯姆一直叫到聲嘶力竭，還是一點用處都沒有。湯姆不斷鼓勵貝琪，但在一段令人焦慮的等待時間後，也沒有任何聲音傳來。

孩子們摸黑走回泉水旁。時間漫長得像永無止盡似的，他們又睡著了，然後又飢腸轆轆地醒來。湯姆相信，這時已是星期二了。

湯姆突然想到一個好主意。附近有幾條旁支走道，與其枯坐在這裡忍受長時間的煎熬，還不如去其他的通道闖闖看。他從口袋裡拿出一條風箏線，把一端綁在突出的岩石上，就開始和貝琪探索起來。湯姆領頭，他邊走邊放線，大約走了二十步後，發現通道的盡頭有一個不太深的坑洞。湯姆蹲著跳下去，盡量把手伸出去往角落觸碰，再努力地往右伸出去一點。就在那時候，不到二十碼遠的地方，有一隻男人的手，手裡握著一根蠟燭，出現在

一塊岩石後面！湯姆大喊了一聲，卻馬上看到那隻手的主人——
是印第安喬！湯姆渾身麻痺，動彈不得。但很快，他看到那個「西
班牙人」拔腿就跑，離開了他的視線，真是謝天謝地。湯姆想，
印第安喬沒有認出他的聲音，也就不會過來為了他在法庭作證的
事殺了他，一定是洞穴的回音讓人無法辨識原來的聲音，一定是
這樣的，湯姆心想。恐懼感使他每一吋肌肉都無力了，他告訴自
己，如果有足夠的力氣回到泉水旁，他就會乖乖待在那裡，無論
什麼也引誘不了他去冒險，萬一再遇上印第安喬就慘了。他很謹
慎地不讓貝琪發現他看到什麼，他告訴貝琪，大叫只是為了碰碰
運氣。

　　但到了最後，飢餓與倦意勝過了恐懼。他們在泉水邊等了好
長一段時間，又睡了好長一段時間，終於迎來轉機。孩子們睡醒
了，強烈的飢餓感讓他們痛苦難耐。湯姆堅信現在已經是星期三、
星期四，甚至是星期五或星期六了，搜救應該也已經結束了。他
提議再去探索另一條通道。現在，他雖然恐懼，但寧願冒著撞上
印第安喬的危險，也不願待在這裡坐困愁城了。不過貝琪非常虛
弱，她完全漠不關心，一動也不想動，她說現在她要待在原地，
等待死亡，而且應該不久就會來臨。她告訴湯姆，如果他要去的
話，就拉著風箏線去吧！但她懇求湯姆每過一段時間就要回來和
她說說話，她還要湯姆保證，當那可怕的那一刻來臨時，湯姆一
定要陪在她身邊，握著她的手直到她死去。

　　湯姆親吻她，喉間帶著哽咽，他故作信心十足的樣子，深信
自己能找到搜救員或逃出洞穴。接著他拉著風箏線，跪在地上，
摸黑爬進其中一條通道，飢餓令他痛苦，未來命運的不祥預兆則
讓他悲傷不已。

chapter 33

重見天日

小鎮燈火通明，沒有人再回去睡覺，這是
這個小鎮有史以來最熱鬧的一夜。

　　日子來到星期二下午。接近傍晚時分，聖彼得堡的小鎮依舊沉浸在悲悽的氣氛中，失蹤的孩子尚未尋獲，鎮上為他們辦了公開的祈福大會，也有許多人私下全心全意地為他們祈禱，但洞穴那邊還是沒有好消息傳來。大多數的搜救員都放棄了搜索，回到他們日常的工作崗位上，他們認為這兩個孩子是不可能找得到的。柴契爾太太生了重病，經常處於神智不清的狀態，有人說常聽到她呼喊自己孩子的名字，看到她抬起頭來靜心傾聽，然後又再次虛弱地倒下去，發出一陣陣呻吟，那模樣看了真是令人心碎；寶莉阿姨則陷入一片愁雲慘霧中，她的灰髮幾乎都變白了。星期二的晚上，小鎮就在悲傷與絕望中度過。

　　到了半夜時分，小鎮響起一陣急切的鈴聲，街道上瞬間湧現許多激動又衣衫不整的人，嘴裡喊著：「大家快起來啊！快起來啊！找到孩子了！找到孩子了！」錫盤和號角加入喧雜聲的行列，民眾聚成一團，全部往河的方向移動，迎接那兩個坐著敞篷馬車回來的孩子。喧囂的民眾拉著車子，大家都圍了上去，加入回家的隊伍，一群人浩浩蕩蕩地掃過大街，一次又一次地高聲歡呼。

　　小鎮燈火通明，沒有人再回去睡覺，這是這個小鎮有史以來最熱鬧的一夜。頭半個小時裡，成列的村民排在柴契爾法官家門外，抱著兩個獲救的孩子親吻他們，而後又緊緊握著柴契爾太太的手，在場每個人都哭得淚流滿面，想說點什麼，卻又感動得說不出口。

　　寶莉阿姨開心極了，柴契爾太太也一樣。不過，要是有人把這個天大的好消息告訴還在洞穴搜索的先生，她會更開心的。湯姆躺在沙發上，身旁圍繞著一群心急的聽眾，於是他就把整個精彩的冒險故事說給大家聽，還大肆渲染了不少驚人的情節來吸引

聽者注意。湯姆描述了當他離開貝琪之後獨自前往探索的情形。他走了兩條通道，隨著風箏線，盡量走到最遠的地方。到第三條通道時，他的風箏線放盡了，正打算走回去時，瞥見遠處有個看起來像是白晝的微微亮光。他丟下風箏線，摸索前行，把身體和頭擠到一個小洞外，看到寬廣的密西西比河從他眼前滾滾流過！

如果當時是夜晚，他就看不到那點微光，也不會再回頭探索這條通道了！他又說道，他回頭找貝琪，告訴她這個天大的消息時，貝琪卻叫他別拿這些話來開玩笑，因為她很累，自知不久於人世，也很想趕快死了算了。湯姆說他很努力解釋才說服貝琪相信，而當她自己親眼看見那道白晝的微微藍光時，她是多麼開心！他努力把自己擠出洞穴，然後再幫忙把貝琪拉出洞口，他們就坐在那裡，高興地大喊大叫。後來，有幾個人乘著小艇經過，湯姆呼叫他們，把自己的處境和挨餓的情況告訴他們。那些人起初不相信這個瘋狂的故事，他們說「因為湯姆和貝琪待的洞穴，是在河的下游五英哩處」，但他們還是把孩子帶上船，划到一戶住家，讓他們吃過晚飯，在天黑休息了兩三個小時後，才把他們帶回家。

黎明破曉前，在洞穴裡拼命搜尋兩個孩子的柴契爾法官和幾位搜救人員也得知了這個大好的消息。湯姆和貝琪很快就發現，在洞穴裡辛苦挨餓了三天三夜，不是一時片刻可以恢復的。星期三和星期四，他們整天都躺在床上動彈不得，看起來似乎越來越累、也越來越疲倦。星期四，湯姆已經可以下床走動；到了星期五他已經可以去鎮上了；星期六時，他就已經恢復得差不多了。但貝琪一直到星期天才走出房門，看起來就像是生過一場大病似的。

湯姆聽說哈克病了，星期五去看他，但他們沒讓湯姆進臥室，

星期六和星期日也沒能進去，但之後他就天天都獲准進去了，只是他們警告湯姆，不要把他的冒險故事說出來，也不要提任何刺激的話題。道格拉斯寡婦還待在旁邊看他有沒有遵守約定。湯姆從家人那邊聽說了卡迪夫山丘事件，也知道人們在渡船頭附近的河裡，發現那個衣衫襤褸的人的屍體，他可能是在企圖逃亡時淹死的。

　　湯姆從洞穴獲救約兩星期後，動身去找哈克，哈克的力氣現在已經恢復得差不多了，可以聽一些刺激的話題。湯姆有一些會引起哈克興趣的話題想要與他分享。途中經過柴契爾法官家，便停下來進去看貝琪。法官和幾個朋友留他下來說了幾句話，有一個人幽默地問他還想不想再去那個洞穴，湯姆說他無所謂，就算再去也不害怕。

　　法官說：

　　「的確，很多人都有和你一樣的想法，湯姆。我一點也不會懷疑。不過我們已經處理好了，以後不會有人在那個洞穴裡迷失了。」

　　「為什麼？」

　　「因為兩個禮拜前，我就把大門釘上鐵板，還上了三道鎖，鑰匙都在我這呢。」

　　湯姆的臉變得像床單一樣慘白。

　　「怎麼了，孩子？來人啊！快拿杯水來！」

　　水一拿來，就往湯姆的臉上潑去。

　　「啊！現在你沒事了吧！剛剛是怎麼了？湯姆！」

　　「哦，法官，印第安喬還躲在那洞裡啊！」

chapter 34

最後的勝利

是藏寶箱！千真萬確！就放在一個隱匿的小洞穴裡，旁邊還有一個空的火藥桶、兩把套著皮套的手槍、兩三雙老舊的軟皮靴、一條皮帶，以及一些被滴水浸濕的垃圾。

　　幾分鐘內，消息就傳開了。小艇載著十二個人前往麥克道格洞穴，渡輪則坐滿了旅客，緊跟在後。湯姆與柴契爾法官坐在同一艘小艇上。當洞穴的門打開，朦朧暮色下呈現的是一幕悲慘的畫面，印第安喬張著四肢倒在地上，已斷氣多時。他的臉貼近門縫，彷彿臨死之前，那雙眼睛都是渴望著外面的光明與自由的世界。湯姆感觸很深，因為自己也曾被困在洞裡，所以能理解這可憐的人死前是遭到了多大的痛苦，他的同情心被觸動了；但另一方面，印第安喬的死亡，也讓湯姆大大鬆了一口氣，感到安全多了。這時候他才發現，自從開口指控這個冷血無情、不為社會所容的人之後，竟有如此沉重的壓力背負在自己身上。

　　印第安喬的鋼製獵刀就在附近，刀鋒已經裂成兩半。門下的基底大橫木已經被砍碎，顯然費了不少力氣。但花了這麼多工夫也是徒然，因為外面還有道天然岩石形成的門檻擋著，碰上這麼堅硬的物質，獵刀當然起不了作用。就算沒有這塊石頭擋著，這麼多的工夫還是白費力氣，因為即使印第安喬把整個橫木砍斷，也不可能從門下面擠出去。他自己也是明白的，他劈砍這塊木頭，只是為了找點事做，為了打發枯燥冗長的時間，為了耗盡自己的精力。一般來說，大門附近都可以找到五、六根被旅客塞在石縫中的蠟燭，但現在一根都找不到，這個囚犯把它們都找出來吃掉了，他也設法抓了幾隻蝙蝠，把牠們吃得精光，只剩下骨頭。這可憐又不幸的傢伙，就這樣活活餓死了。在不遠處的地上有一柱石筍，這是上方的鐘乳石經年累月滴下來所形成的，死囚打斷了石筍，在柱面上放了一塊石頭，石頭上面鑿了一個淺淺的空洞，用來接取上面落下來的珍貴水滴，水滴像時鐘滴答聲般地每隔三分鐘滴一次，要等二十四個小時才能滴出一湯匙的水。從埃及金

字塔興建好時，這水就開始滴了。在特洛伊城毀滅、羅馬帝國奠基、耶穌被釘上十字架，征服者建立大英帝國、哥倫布出航、雷克辛頓大屠殺還是「新聞」的時候，那水就一直在滴個不停了。

直到現在，它還在滴，而且它會一直滴下去，直到這些事情都成為歷史的洪流，直到傳統沒落、被吞沒在世人遺忘的深夜，它都還會滴下去。是不是世間萬物都要有一個目的，都有使命呢？這水滴耐心地滴了五千年，是為了這個可憐蟲的需求嗎？還是有更重要的目標，等待它在一萬年後完成呢？不，這都不重要了。從這個倒楣的傢伙用石頭擷取無價的水開始，又過了好多好多年，如今，當遊客來到麥克道格洞穴時，那塊悲慘石頭和慢慢滴落下來的水，會讓他們駐足得最久，印第安喬的石杯會是洞穴奇觀名單上的第一名，就連「阿拉丁神殿」都望塵莫及。

印第安喬後來被埋在洞口附近。人們乘著船或馬車從小鎮和十英哩遠的各個農場與村落，他們成群結隊，帶著孩子和所有家當前來。葬禮上，他們也都承認，這樣的結局和絞死他一樣讓他們感到滿意。

之前有很多人為印第安喬向州長求情，請願活動得到很多人簽署，也舉辦過許多悲傷、雄辯的會議。一群愚婦還組成委員會，穿上喪服圍在州長身邊痛哭，苦苦哀求他當個仁慈的傻子，別管自己的職責，對印第安喬網開一面。印第安喬已經殺了五個鎮民，但那又如何？就算他是魔鬼撒旦，也還會有更多心軟的傻瓜準備在請願書上簽下他們的名字，從他們年久失修、還會漏水的水庫中落下一滴眼淚。儘管如此，所有活動都隨著印第安喬的葬禮一起落幕了。

葬禮的隔天早上，湯姆把哈克帶到一個隱密的地方，準備和

他談件重要的事。這時哈克已經從道格拉斯寡婦那裡聽說湯姆的冒險經歷，但湯姆說，他認為有件事他們並沒有告訴哈克，而那就是他現在要說的事。哈克臉上露出愁容，他說：

「我知道你要說什麼了，你到了二號房，除了威士忌以外，什麼也沒找到。沒人告訴我是你找到的，但我一聽到關於那個威士忌事件，我就知道，那個人一定是你。我也知道你沒拿到那袋錢，因為你要是拿到了，就算不告訴別人，也會想辦法來告訴我。湯姆，我有一種感覺，我們永遠都拿不到那袋寶藏了。」

「你在說什麼呀，哈克，我從來沒告過旅館老闆的密啊？我去野餐的那個星期六，旅館都還好好的。你不記得那天晚上是你在守夜嗎？」

「啊！對！真是的，那彷彿已經是一年前的事了。我就是在那天晚上跟蹤印第安喬到寡婦家的。」

「你跟蹤他？」

「是啊！但你別說出去哦！我猜印第安喬還有其他朋友，只是還沒出現，我不想讓他們知道我，以防他們來害我。告訴你，要不是我，他現在早就到德州去了！」

然後哈克就把他整個冒險過程告訴湯姆，在這之前，湯姆只聽過威爾斯老人的版本。

「我看，偷走威士忌酒的人，一定也把錢偷走了。總之，它已經離我們遠去了，湯姆。」哈克總算回到主題。

「哈克，那筆錢根本就不在二號房裡！」

「什麼！湯姆，你又有那筆錢的線索了嗎？」哈克努力觀察他同伴的表情。

「哈克，它就在洞穴裡！」

哈克的眼睛閃閃發亮。

「你再說一次，湯姆！」

「錢就在洞穴裡！」

「湯姆，說真的，你是在開玩笑還是認真的？」

「當然是認真的，哈克！我這輩子從沒這麼認真過。你要和我一起去把錢拿出來嗎？」

「我當然要去！只要我們能做記號，不迷路的話，我就去！」

「哈克，我們根本不用那麼麻煩就可以進去了。」

「太好了！你怎麼會認為錢在……」

「哈克，等我們到那裡你就知道了。如果我們沒找到，我願意把我的鼓和我在這世上擁有的全部東西都給你。我發誓我一定會。」

「好，就這樣說定了。你要什麼時候去？」

「馬上就去，你覺得呢？你身體撐得住嗎？」

「在洞穴很裡面的地方嗎？我已經休息三、四天了，但現在還是不能走超過一英哩路，湯姆。至少我覺得是這樣。」

「別人去的話大約要走五英哩路，但我不用，哈克，我知道一條別人都不知道的捷徑。哈克，我會用小艇載你去，把小艇停在那裡，再划回來，這些工夫都由我來做，你完全不用動手。」

「那我們就出發吧！湯姆。」

「好！我們還要帶一些麵包、醃肉，還有我們的菸斗，一兩個袋子，兩三條風箏線，還要一些叫黃磷火柴的新玩意。我告訴你，之前在洞穴裡的時候，我就好希望當時能有這種火柴。」

中午過後沒多久，兩個男孩從外出的鎮民那裡借來一艘小艇，就立刻動身出發。當他們來到岩洞下七英哩處時，湯姆說：

「你現在看這片峭壁，覺得它好像從岩洞下來都是一個樣子，沒有房子，沒有伐木廠，所有的灌木叢都長得一個樣，但是你有沒有看到上面有塊山崩過白白的地方？那就是我做的記號之一。我們現在要靠岸了。」

他們上了岸。

「現在，哈克，在我們站的這個地方，可以用釣魚竿撈到我挖的那個洞。你試試看你能不能找到它。」

哈克到處都找遍了，什麼也沒找到。湯姆驕傲地走到一片低矮濃密的漆樹叢說：

「在這裡！你過來看，哈克。這恐怕是全國最隱密的洞口了，你可要守住祕密。我一直都想當一個強盜，但我知道我得弄一個像這樣安全的藏身地，可是一直找不到適合的地方。現在我們找到了，我們要守住祕密，只能讓喬和班知道，因為我們理所當然地要組成一個幫派，不然就趕不上流行了。『湯姆‧索耶幫』！名字聽起來很響亮吧！哈克？」

「的確是，湯姆。那我們要搶誰呢？」

「誰都可以搶啊！半路搶劫！大多數強盜都是這樣幹的。」

「然後再殺了他們嗎？」

「不！不一定。我們可以把他們藏在洞穴裡，向他們要贖金。」

「什麼是贖金？」

「就是錢。叫他們把所有的錢、或親朋好友的錢都拿出來，然後把他們關上一年，如果不交贖金，就把他們殺了。一般都是這樣的，但是不殺女人，你可以叫她們閉嘴，但不要殺她們。女人都是漂亮又有錢的，而且都害怕得要死。你可以拿走她們的手錶和物品，但要記得脫帽致意，且說話要有禮貌——沒有人比強盜

更有禮貌了，每本書都是這麼寫的。而且，那些女人會漸漸愛上你，她們在洞穴裡待上一兩個禮拜之後，就會停止哭泣，到時候，你怎麼趕都趕不走她們了，就算真的把她們趕走，她們還是會掉頭回來找你。書裡都這麼寫。」

「哇！那真是太棒了，湯姆。那比當海盜還棒！」

「沒錯！確實有些好處，因為當強盜離家近，還可以常常去看馬戲團。」

這時，準備工作已經就序，他們進入洞穴，由湯姆帶頭。他們走向蜿蜒的通道深處，綁好了風箏線，就迅速前進，又走了幾步路，他們就來到了泉水處。湯姆全身打起冷顫，他帶哈克看牆上用石灰黏住的燭芯殘骸，告訴哈克，他和貝琪看著燭火掙扎到燃盡的經歷。

兩個男孩現在正壓低著嗓子說話，因為這裡的寂靜和幽暗莫名地壓迫著他們的心。他們繼續走下去，哈克跟著湯姆走進其它通道，直到他們抵達湯姆遇到印第安喬時的那「可跳下去的坑」。在燭光的照射下，顯示出這裡其實不是懸崖，只是一處陡峭的泥土斜坡，大約二、三十英呎高。湯姆低聲道：

「我現在讓你看樣東西，哈克。」

他把蠟燭舉高，說：

「盡量往遠處看那個角落。看到了沒？在那，那個大岩石的上面，就在蠟燭燻出來的煙那裡。」

「湯姆，是個十字架！」

「現在你說二號在哪呢？『就在十字架下面』，對吧？我看到印第安喬就是把他的蠟燭放在那裡的，哈克！」

哈克盯著這幅神祕的景象瞧了一會，然後才用顫抖的聲音說：

「湯姆，我們趕快離開這裡吧！」

「你說什麼？把寶藏留在這裡？」

「對，留在這裡。印第安喬的鬼魂一定在這附近。」

「不會的，哈克，不會的。它只會在他死掉的地方徘徊，印第安喬死在洞穴口，離這裡有五英哩遠呢！」

「不對，湯姆，不是那樣的。它會在寶藏的附近遊蕩。我知道鬼魂的習性，你應該也很清楚才對。」

湯姆動搖了，開始害怕哈克說的是對的，焦慮在他心頭打轉，但他很快又想起一件事。

「你看，哈克，我們真是笨透了！印第安喬的鬼魂不會到這附近游蕩的，因為那裡有個十字架啊！」

這話說到了重點，果然奏效。

「湯姆，我沒想那麼多。不過你說得沒錯，有那個十字架在，我們真是太走運了。我想我們必須爬下去找那個箱子。」

湯姆走在前面，往下爬的時候，他還在泥土斜坡上留下深深的腳印。哈克跟著爬下來。大石頭的小洞穴裡，共有四條通出去的道路。兩個人探查了三條都一無所獲。而在最靠近岩石的那條通道上，他們發現了一個小小的窩，裡頭有鋪著毯子的地鋪，另外還有一條舊吊籃、幾片燻肉皮、兩三副啃得精光的雞骨頭，卻沒有寶盒的蹤影。他們把這個地方找了又找，還是一無所獲。湯姆說：

「他說是在十字架的下面。可是這已是最接近十字架下面的地方啦！總不可能在岩石下面吧！這岩石下面一點縫隙也沒有。」

他們再一次找遍每個地方，最後還是失望地坐了下來。哈克什麼也想不出來。不久湯姆便說：

「你看這裡，哈克。這塊石頭的一邊有腳印和一些蠟脂掉在泥土上，但另一邊卻沒有。為什麼會這樣？我敢和你打賭，錢就在石頭下面。我來挖。」

「真是好主意，湯姆！」哈克開心地說。

湯姆馬上拿出他的正宗「巴洛牌」小刀，挖不到四英吋，就敲到了木頭。

「嘿！哈克！你聽到沒？」

哈克也開始挖，很快地，幾片木板就露了出來。他們把木板移開，木板底下藏了一處天然的縫口，直通往岩石下面。湯姆爬進縫口，拿著蠟燭盡他所能地往岩石下面照過去，卻看不到裂縫的盡頭。他想要一探究竟。他彎著身子穿過去，狹窄的小徑漸漸傾斜。他隨著彎曲的方向，先向右轉、再向左轉，哈克尾隨其後。湯姆很快繞了一個小彎，突然一個大喊：

「我的天哪！哈克，你看這裡！」

是藏寶箱！千真萬確！就放在一個隱匿的小洞穴裡，旁邊還有一個空的火藥桶、兩把套著皮套的手槍、兩三雙老舊的軟皮靴、一條皮帶，以及一些被滴水浸濕的垃圾。

「終於找到它了！」哈克說。他伸手撈起那些失去光澤的錢幣。「我的天哪，這下我們發財了，湯姆！」

「哈克，我一直相信我們會找到，但這實在是太令人難以置信！我們真的拿到了，真的！我們別在這耗下去了，把錢帶走吧！我看看能不能抬起這個箱子。」

那藏寶箱大概有五十磅重，湯姆要使盡力氣才能把它抬起來，卻無法順利地帶著它走。

「我猜得沒錯，那天在鬼屋裡，看他們拿箱子就覺得很重。我

早就注意到這點了。還好之前有想到要準備幾個袋子過來，我的決定是對的。」湯姆說。

　　錢幣很快就被裝進袋子裡。兩個男孩帶著錢袋，爬回十字架下的岩石邊。

　　「現在我們去拿槍和其它東西吧！」哈克說。

　　「不行，哈克，把那些東西留在那吧！等我們要搶劫時，才會派得上用場。我們要把它們留在原處，到時候再回來縱酒狂歡。這真是一個縱酒狂歡的好地方。」

　　「什麼是縱酒狂歡？」

　　「我也不知道。不過強盜們常常都會狂歡，我們當然也要這麼辦！來吧！哈克，我們在這裡待很久了，我看時間不早了，肚子也餓了，趕快上小艇吃點東西、抽根菸吧！」

　　他們很快就鑽出洞穴，出現在漆樹叢裡。走時還小心查看了一番，確定岸上沒人，兩人便迅速上了小艇吃午飯、抽菸。當太陽快要沉到地平線下，他們才把小艇推進河裡，啟程回航。湯姆就在漫長的黃昏中，掠過河岸，開心地和哈克閒聊，在入夜後迅速上岸。

　　「聽著！哈克，我們先把錢藏到寡婦家柴棚的閣樓上，早上我會過來，我們再來算錢、分錢，然後我們就到樹林裡找個安全的地方藏起來。你靜靜地待在這裡看好這些東西，等我把班尼的小推車弄到手。我很快會回來的。」

　　說完，湯姆就消失不見了，沒多久，他就帶著推車回來。他們把兩袋東西放上去，上面再蓋幾條舊破布，就辛苦地拉著他們的貨物上路。當他們走到威爾斯老人的家前時，停下來休息了一會。就在他們打算繼續動身時，威爾斯老人走了出來，說：

「喂！那裡是誰啊？」

「我們是哈克和湯姆。」

「太好了！和我進來吧！孩子們，大家都在等你們呢！來，動作快，往前走，我來幫你們拉這推車。唔？它拉起來還挺重的呢！放的是磚塊，還是舊金屬？」

「是舊金屬。」湯姆說。

「我想也是。鎮上的小男孩就是喜歡花工夫去翻找些只值六毛錢左右的破銅爛鐵，卻不願意找份固定的工作賺兩倍多的錢。不過這也是人的天性。快點，快跟我來吧！」

男孩們想知道他們急著去哪。

「別管啦！等我們到了道格拉斯寡婦家，你們就會曉得了。」

哈克常常被冤枉，所以他有點害怕地說：

「瓊斯先生，我們什麼事也沒幹啊。」

威爾斯老人笑了。

「喔！這我就不知道了，哈克小朋友。我不清楚這件事。不過你和道格拉斯寡婦不是好朋友嗎？」

「是啊！嗯！她是我的好朋友。」

「那就好啦！這樣你還有什麼好怕的？」

哈克反應慢，還沒想透這個問題的答案，就發現自己和湯姆已經被推進了道格拉斯寡婦家的客廳。威爾斯老人把推車留在門口，跟著進屋。

這地方光采奪目，鎮上的重要人物都來了。柴契爾一家人都在，哈波家、羅傑斯一家、寶莉阿姨、席德、瑪麗、牧師、作家……還有好多好多人，都盛裝出席。寡婦用最熱情的方式接待這兩個孩子。看到他們身上都是泥土和蠟脂，寶莉阿姨羞愧地紅著

臉，皺著眉對湯姆搖搖頭。兩人剛剛受的苦可多了。威爾斯老人說：

「我去找湯姆時，他剛好不在家，所以我就放棄了。結果卻在我家門口碰上他和哈克，直接把他們倆一起帶過來了。」

「你做得很好，跟我來吧！孩子們。」寡婦說。

她把他們帶到臥室，對他們說：

「現在你們去梳洗一下，換上新衣服。這裡有兩套新衣服——上衣、襪子，什麼都有。這些是哈克的，不，不用謝了，哈克。瓊斯先生和我各買了一套。這尺寸你們倆應該都可以穿。進去吧！我們會等你們的，打扮好了就下樓來。」

說完，她就離開了。

chapter 35

一夕致富

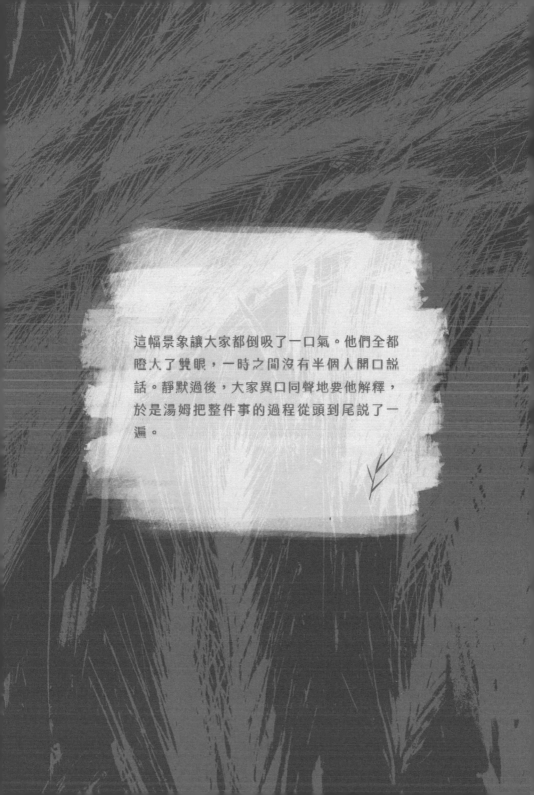

這幅景象讓大家都倒吸了一口氣。他們全都瞪大了雙眼，一時之間沒有半個人開口說話。靜默過後，大家異口同聲地要他解釋，於是湯姆把整件事的過程從頭到尾說了一遍。

哈克說：「湯姆，如果我們可以找到一條繩子，就可以逃跑了。」

「拜託！你幹嘛要逃啊？」

「哎呀！我不習慣這麼多人啦！我受不了，我絕對不下樓，湯姆。」

「哦，兄弟！這沒什麼啊！我一點感覺也沒有，我會幫你的。」

這時席德跑了上來。

「湯姆，阿姨等了你一整個下午。星期天要穿的衣服瑪麗也幫你準備好了，每個人都被你氣壞了。咦？你衣服上的是不是蠟脂和泥土啊？」他說。

「席德先生，你給我聽著，請你管好自己的事就行了。究竟是為了什麼而舉辦這場盛會？」

「這只是寡婦常常辦的宴會之一啊！這次是為了答謝瓊斯先生和他兒子，因為他們那天晚上幫了她一個大忙。還有，我可以告訴你一件事，如果你想知道的話。」

「什麼事？」

「嗯！瓊斯先生今天晚上打算跟大家宣佈一個大消息。不過，我今天已經偷聽到他和阿姨說了這個祕密，所以我想它現在應該已經不是祕密了，因為每個人都知道了，包括道格拉斯寡婦在內，但她還是會裝作不知道的。瓊斯先生說當祕密公布時哈克必須在場，否則就不好玩了。」

「是什麼祕密啊？席德。」

「就是哈克跟蹤強盜到寡婦家的祕密啊！我想瓊斯先生打算把公開這個大祕密當成今天的意外驚喜，不過我敢說它會變得很平淡無趣。」

席德一臉心滿意足地咯咯笑著。

「席德，是不是你說出去的？」

「欸！別管是誰說的。反正某個人洩漏了，就是這樣囉！」

「席德，這鎮上只有一個人會這麼惡劣，那就是你。如果你是哈克，當天就會偷偷下山，絕對不會告訴別人強盜的事，你就只會幹些陰險的事，看不慣別人因為做了好事而受到稱讚。你走吧！套句道格拉斯寡婦的話，不用謝了。」然後湯姆揪著席德的耳朵，狠狠地踹了他幾下，把他趕到門邊。「你要是敢跟阿姨告狀的話，看我明天怎麼修理你！」

幾分鐘後，客人都上了餐桌，十幾個孩子被安置在同一個房間的另一張小桌子上——在當時，這是那個地方的習俗。時候一到，瓊斯先生說了幾句話，感謝寡婦的款待讓他和他兒子享受此榮耀，接著又說，還有一個謙遜的人……

他說了很多話後，接著就以他最拿手、最具戲劇化的方式，說出關於哈克那段冒險歷程的祕密，但它引起的驚喜卻多半都是假裝出來的，所以大家表現出來的喧鬧和流露出的感情，也不如預期的熱烈。然而，寡婦還是露出相當驚訝的表情，對哈克說出許多讚美和感謝的話，讓哈克幾乎忘了穿著新衣服的彆扭，以及在眾目睽睽之下成為焦點的那種不自在感。

寡婦說，她打算給哈克一個家，讓哈克和她一起住，讓他接受教育，將來還要出錢幫他開創事業。湯姆抓住了機會，說：

「哈克不需要錢。哈克很有錢！」

聽了這逗趣的笑話，在場的客人都為了維持良好修養而強忍笑意。隨之而來的沉默讓場面變得很尷尬，湯姆打破了沉默：

「哈克真的有錢。你們或許不相信，但他真的有很多錢。哦！

你們不要笑，我可以拿給你們看，請你們等一等。」

　　湯姆跑出門外，這些客人既困惑卻又好奇地互相看著彼此。他們詢問哈克，哈克卻舌頭打結，說不出話來。

　　「席德，湯姆是怎麼啦？」寶莉阿姨露出不解的神情，「他……呃，這孩子不知道又要搞什麼鬼，我從來不……」

　　湯姆進來了，吃力地拖著那兩袋重物，寶莉阿姨話沒說完，湯姆就把黃澄澄的硬幣倒在桌上。

　　「看！我不是和你們說了嗎？這些一半是哈克的，一半是我的！」

　　這幅景象讓大家都倒吸了一口氣。他們全都瞪大了雙眼，一時之間沒有半個人開口說話。靜默過後，大家異口同聲地要他解釋，於是湯姆把整件事的過程從頭到尾說了一遍。故事很長，但非常有趣，中間沒有人插過嘴打斷故事。等他說完，瓊斯先生說：

　　「我以為我已經替今天這個場合帶來了一個小小意外的驚喜，但我現在才發現那根本算不上什麼。你的故事太精彩了，我認輸啦。」

　　他們把錢幣全部數過，總共是一萬兩千多元。雖然現場有很多人的財產遠比這個數字還多，但卻沒有半個人曾經一次看到這麼多錢過。

chapter 36

尾聲

「湯姆！我不要當有錢人，也不要住在那些悶死人的房子裡。我喜歡森林、河流和大桶子，我會一直喜歡下去的。」

　　湯姆和哈克發了意外之財的事，轟動了聖彼得堡這個窮苦的
小鎮。讀者們讀到這裡應該可以鬆一口氣。這麼大一筆錢財，又
全都是現金，實在令人難以置信。街頭巷尾的居民們都在談論著
這件事，大家都紛紛表示羨慕並讚嘆不已，其中還有居民因為過
度興奮，精神變得有點不太正常。聖彼得堡和鄰近小鎮裡每間鬧
鬼的屋子都被人拿來「解剖」，木板被一片片拆開，地基也被挖
開，為的就是想看看裡面是不是有寶藏。而忙著幹這種事的可不
是小孩，而是成年人，有的還是很嚴肅、很理性的大人。每當湯
姆和哈克出現，人們總會討好他們、讚美他們，或是盯著他們看。
兩個孩子不記得自己過去說的話曾經受到重視，但現在，他們說
的每句話都有重大的意義，甚至被到處傳頌，他們做的每件事似
乎都被認為是很了不起的事。很顯然，他們已經失去說平凡的話、
做平凡事的能力，甚至還有人翻出他們過去的歷史，發現他們本
來就有超凡的天賦，就連鎮上的報紙也刊載兩個男孩的傳記側寫。

　　道格拉斯寡婦用六分利幫哈克放債，在寶莉阿姨的要求下，
柴契爾法官也幫湯姆做一樣的處理。現在，兩個孩子都有了收入，
數目還不小呢！平日每天一元，週日則是五毛。這筆錢相當於牧
師的收入，不，應該說和他們答應給牧師的收入一樣，牧師通常
都拿不到那麼多錢。在那個古早單純的年代，一星期一元兩毛五
就足夠讓一個學生接受教育，且連治裝費和清洗費，都包含在內
了。

　　柴契爾法官對湯姆有了更好的印象。他說，一般的男孩是永
遠無法把他女兒帶離那個洞穴的。當貝琪偷偷告訴父親，湯姆在
學校是如何代替她受罰時，法官更加動容。貝琪懇求父親大發慈
悲，原諒湯姆為了替她接受鞭刑而說謊的事情。柴契爾法官激動

地告訴她，湯姆說的是一個高尚、又寬宏大量的謊言，這個謊言值得讓他抬頭挺胸地走進歷史，和喬治・華盛頓承認砍倒櫻桃樹的故事並駕齊驅！當父親在房裡邊走邊頓足說出這番話時，貝琪發現她從來不曾覺得父親是如此高大、如此宏偉。她立刻跑去找湯姆，把這件事告訴他。

柴契爾法官希望有朝一日會看到湯姆成為一名偉大的律師，或是一名偉大的軍人。他說，他覺得湯姆應該進入國家軍校就讀，到國內最好的法學院受訓，這樣他就能做好準備，以便將來當個律師或軍人，或兩者兼備。

哈克・芬的財富，以及他接受道格拉斯寡婦照顧的事實，讓他走入了社會。不，該說是硬把他拉進、扔進了社會。他受到的痛苦簡直是前所未有的大。寡婦的僕人總是讓他保持乾淨整潔，在他身上又梳又刷的；為他鋪上冷冰冰的白色床單，上面一點污漬或折痕都沒有，讓哈克想把污漬貼在心口上、把髒汗當個朋友都沒辦法；他必須用刀叉進餐，必須用餐巾、杯子和盤碟，必須上學、上教堂，必須說話得體。這讓哈克覺得說話變得索然無趣，無論走到哪裡，文明的障礙和牽絆都束縛著他的手腳。

哈克硬著頭皮忍耐了三個禮拜，然後有一天，他失蹤了。寡婦心焦如焚地找了他四十八小時，甚至翻山越嶺、到河裡尋找他的屍體。第三天早上，湯姆機靈地跑到棄置在屠宰場後面那幾個老舊的大空桶裡尋找，果然在其中一個桶子裡找到這個小難民。哈克這幾天都睡在那裡，他剛吃完偷來的早餐，正要躺下來，悠閒地抽著他的菸斗。他臉也沒洗、頭也沒梳，身上還穿著過去那些美好、自由時光穿的破爛衣服。湯姆叫他出來，把他惹的麻煩告訴他，催促他回家。哈克臉上平靜的滿足感消失了，換上一臉

愁容。他說：

「別說了，湯姆。我試過了，但是根本沒用。那樣做是沒用的，湯姆。那不適合我，我也不習慣那種生活。寡婦對我很好，也很友善，但我實在不能忍受他們的生活方式。她要我每天早上在同一個時間起床，叫我清洗，用力梳我的頭；不讓我睡柴房，還得穿他們那些該死的衣服，弄得我快要窒息。湯姆，那些衣服好像一點也不透氣似的，而且質料太好，害我不能坐、不能躺，更不能到處滾來滾去；我也已經很久沒溜去別人家的地窖裡——嗯！好像已經有好幾年了。我還得上教堂，坐在那滿身是汗，我痛恨那些無聊的佈道！在教堂裡我不能抓蒼蠅，不能嚼菸草，每個星期天都得穿鞋；寡婦每次吃飯要搖鈴，上床要搖鈴，起床也要搖鈴。總之，一切都太井然有序了，真讓人受不了！」

「可是每個人都是這樣過日子的啊！哈克。」

「湯姆，那又怎樣？我不是那些人，我受不了。全身上下綁得那麼緊，實在受不了。還有，食物來得太容易了，害我對吃東西失去興趣；要去釣魚得先問過，要去游泳也要先問過，做什麼事情都要先徵求她的同意。然後呢！我說話得要很有禮貌，這一點都不自在，害我每天得爬上屋頂大罵幾句，才能讓我發洩一下，不然我會死的，湯姆。寡婦不讓我抽菸，也不讓我大叫，她不讓我在大眾面前張大嘴巴、伸懶腰或抓癢。」這時，哈克顯得十分煩躁與委屈。「更該死的是，她老是在禱告！我從來沒見過這種女人！我非逃不可，湯姆，我非逃不可。再說，學校就要開學了，我還得上學去呢！拜託！我可受不了上學這件事，湯姆。原來，當有錢人不如想像中得好，老是擔心這、擔心那的，一天到晚緊張到流汗，老是恨不得一死了之。現在這些衣服就很適合我，這

個桶子也適合我，我永遠不會丟下它們了。湯姆，要不是那些錢，我永遠不會惹上這些麻煩。你把我那一份也拿走吧！只要時不時給我幾毛錢用就可以了，也不用很常啦！因為我對那些輕易就能到手的東西實在是沒興趣。你回去吧！順便替我向寡婦道別。」

「哦！哈克，你知道我不能那麼做的。這不太好。再說，你只要再試一段時間，可能就會開始喜歡這種生活了啦。」

「喜歡？是喔，那就像把我放在燒燙的爐子裡，放得夠久了，所有感覺都麻痺了，再來對我說我會喜歡的。不可能的，湯姆！我不要當有錢人，也不要住在那些悶死人的房子裡。我喜歡森林、河流和大桶了，我會一直喜歡下去的。真是該死！我們才剛找到槍和一個洞穴，都準備好要當強盜了，卻冒出這麼件蠢事，把一切都搞砸了！」

湯姆眼見機會來了，趕緊說：

「聽我說，哈克，發財並不會阻礙我們當強盜的事啊！」

「是嗎？那真是太棒了，你是認真的嗎？」

「當然是認真的，就和我現在坐在這裡一樣，千真萬確。可是哈克，如果你不受人尊敬，我們就不能讓你加入幫派，你知道嗎？」

哈克的欣喜之情消失了。

「不讓我加入？湯姆，你不是說要讓我加入海盜幫的嗎？」

「對啊！可是這個不一樣。強盜比海盜的格調還高，一般說來是這樣的。在很多國家裡，他們都擁有非常高的聲望，跟公爵之類的人一樣。」

「唔，湯姆，你不是向來都對我很好嗎？你不會把我排除在外的，對吧！湯姆？你現在告訴我，你不會拒絕我的，對不對，湯

姆？」

「哈克，我不想拒絕你，我也不會那樣做，但別人會怎麼說？他們會說『哼！什麼湯姆・索耶幫嘛！盡是些下流的角色！』他們指的就是你呀！哈克。你不會想變成這樣吧，我也不想啊。」

哈克沉默了好一會，內心正在天人交戰。最後他說：

「那好吧！湯姆，如果你讓我加入幫派，我就回去寡婦家再待一個月，再試試看能不能承受。」

「好極了，哈克，這真是太棒了！來吧！老朋友，我會拜託寡婦對你寬鬆一點的，哈克。」

「真的嗎？湯姆，你會嗎？那真是太好了。如果她能在幾件痛苦的事情上面放我一馬，讓我在私底下抽點菸、罵幾句髒話就行了，我就撐得下去。你打算什麼時候組成幫派當強盜？」

「很快。我們把人找齊，也許就在今晚舉行儀式吧！」

「舉行什麼？」

「舉行結盟儀式。」

「那是什麼？」

「就是發誓彼此互相支持。就算別人要把你剁成肉醬，你也永遠不會把幫裡的祕密說出去，哪個人傷害幫裡的成員，就把他們全家殺光光。」

「這真是太好玩了，湯姆。」

「那還用說。而且發這些誓言，一定要在午夜進行，在你能找到最偏僻、最可怕的地方發誓。鬼屋是最佳選擇，不過它們現在全被毀了。」

「不過，午夜還是個很棒的時間，湯姆。」

「沒錯，的確如此。然後我們找一副棺材來宣誓，再用鮮血把

名字寫上去。」

　　「這才像樣嘛！這比當海盜有趣一百萬倍。我到死都會跟著寡婦的，湯姆。如果我當上強盜，闖出一點名氣，這麼一來，當大家都談論著我的時候，我想她會對當初收養我這件事感到非常驕傲的！」

後記

　　這個故事就到此結束。嚴格說來，這是個小男孩的故事，所以必須就此打住，如果再寫下去，就會變成一個大人的故事了。當你在寫一個大人的故事時，肯定很清楚故事該在哪裡結束，那當然就是結婚囉。不過，若是寫少年的故事，最好是能見好就收。

　　這本書裡出現的許多人物，至今都還活著，而且活得很好、很快樂。或許哪一天，我會再回來寫這些年輕人的故事，看看他們長大之後都變成什麼樣的大人了。因此，最聰明的做法，就是現在別在這裡透露他們此刻的生活了。

「雖然這本書主要是寫給小男孩和小女孩們，
但我希望成年男女不要因此而放棄閱讀。
因為我也想提醒成年人，藉由這本書，
愉悅地回憶起童年的快樂時光，
回想那些兒時曾有的感覺、想法、說過的話，
還有那些曾深深著迷過的奇特事物。」

　　　　　　　　　　　　——馬克・吐溫

馬克‧吐溫生平年表

1835	0	十一月三十日,出生於美國西部佛羅里達鄉村的一個小律師家庭,原名賽姆‧朗赫恩‧克萊門斯(Samuel Langhorne Clemens)。父母原是從南方來的移民,後輾轉搬遷至佛羅里達。
1839	4	十一月,全家移居密西西比河畔的漢尼拔鎮。馬克‧吐溫在此度過了他的童年,對密西西比河上粗獷的水手、奴隸制度留下深刻的印象,奠立了他日後的寫作風格,成為後來《湯姆歷險記》和《頑童流浪記》等著作的主要題材。
1847	12	父親因肺炎過世,全家陷入經濟困境。馬克‧吐溫因此輟學,進入當地印刷廠當學徒,做了兩年排版工人。
1851	16	開始為其兄奧利安‧克萊門斯的雜誌社撰寫一些輕鬆小品。

1853	18	離開漢尼拔鎮，出外流浪。先後前往聖路易斯、費城、紐約等地，在《晚報》、《探索報》、《大眾報》、《北美日報》等印刷廠工作。
1857	22	成為密西西比河的輪船領航員。為此，他研究許多河邊知識與風土人物，為後來的寫作有極大幫助。
1858	23	說服弟弟亨利一起在船上工作，但亨利卻在該年八月不幸遇難去世。 九月取得正式領航員執照。
1861	26	美國南北戰爭爆發。因密西西比河水運受阻，馬克‧吐溫跟隨哥哥前往內華達州，成為一名礦工，並熱衷於淘金夢。
1862	27	淘金夢碎。於當地《企業報》擔任新聞記者，為該報撰寫關於礦區的奇聞軼事。
1863	28	開始以馬克‧吐溫（Mark Twain）為筆名，持續在報紙上發表文章。Mark Twain 為駛船時的術語，原意為「二噚深」，表示能夠行駛船隻的河水深度，也有「兩個標記」之意。

1864	29	移居舊金山，於《企業報》工作，並持續創作。其文章大多取材自礦區，將聽到的各種趣聞寫成幽默小品。 於紐約《周末報》發表了《卡拉維拉斯著名的跳蛙》（The Celebrated Jumping Frog of Calaveras County），一時名聲大噪。
1866	31	曾作為通訊記者至夏威夷群島遊覽四個月之久，並以旅行見聞作為題材公開演講，一舉成名。 此後其足跡遍布檀香山、歐洲、中東等地，旅遊期間所寫的文章，後來編選成《傻子出洋記》（Innocents Abroad），因詼諧的筆觸，出版後大為暢銷。
1868	33	在歐洲、中東旅遊期間，對友人查爾斯·蘭登的姊姊歐麗維亞·蘭登一見鍾情，陷入熱戀。 《卡拉維拉斯著名的跳蛙》短篇小說集於紐約正式出版。
1870	35	與歐麗維亞·蘭登結婚。 同年十一月長子蘭登旋即早產出世。

1872	37	出版第二部旅行文學著作《苦行記》（Roughing It），以半自傳的方式記述早年西行的經驗，詳細描寫了他一生當中最艱苦、最漫長的歲月，也暗藏許多諷刺美國西方社會的內容。 長女蘇珊出生，同年長子蘭登罹病夭折。
1873	38	於哈特福德市自建一棟擁有十九個房間的大宅邸，建築設計堪稱一絕，為時人所稱頌。 與查爾斯・華納合寫《鍍金時代》（The Gilded Aqe），是馬克・吐溫第一本小說。內容多在諷刺當時金融界與政界的腐敗。
1874	39	次女克拉拉出生。 寫下《密西西比河的舊日時光》(Old Times on the Mississippi)及《密西西比河上的生活》(Life on the Mississippi)，兩書皆在述說其在密西西比的經歷。
1876	41	《湯姆歷險記》（The Adventures of Tom Sawyer）一書出版。這本書可說是他童年生活的寫照，而且書中的人物與故事大多是真有其人其事。也因為此書的廣為流傳，更加奠定他在美國文壇的地位，書中主人公湯姆・索耶也成為著名的美國兒童代表人物。

1880	45	三女珍出生。 出版《浪跡海外》(A Tramp Abroad)，寫在歐洲旅行的所見所聞。
1881	46	《王子與乞丐》(The Prince and the Pauper) 一書問世，主要諷刺古英國王朝的霸權淫威。但因馬克·吐溫對英國了解不深，當時此書並未被普羅大眾接納。
1885	50	創辦韋伯斯特出版公司，並出版《頑童流浪記》(The Adventures of Huckleberry Finn)。該書甫問世即獲得如潮好評，使他名垂青史，也是他最賺錢的一部小說。 罹患慢性風濕。
1886	51	三月二十二日發表著名的政治演說《勞動騎士團——一個新的王朝》。
1889	54	完成《亞瑟王朝的康乃狄格州美國人》(A Connecticut Yankee in King Arthur's Court)，大意是諷刺當時的貴族昏庸愚昧，讚美本土美國人腦筋靈活、機伶聰明。

1894	59	美國發生全面性經濟危機，經營十年的出版公司宣告破產，研製多年的排版機器亦失敗，內心遭受嚴重打擊。為了償還債務，馬克·吐溫不得不重返演講台，開始美國各地的巡迴演講，且更致力於寫作。 出版《傻瓜威爾遜》（The Tragedy of Pudd'nhead Wilson）一書。
1896	61	長女蘇珊逝世。投資失利、親人離世，馬克·吐溫至此開始文風轉變，後期作品皆瀰漫著悲觀厭世的情緒。
1897	62	出版演講集《赤道旅行記》（Following the Fquator）。
1900	65	出版演講集《敗壞哈德堡的人》（The Man that Corrupted Hadleyberg）。這年返美居住，受到媒體熱烈報導。
1901	66	發表政論《給在黑暗中的人》，強烈抨擊當時的帝國主義。 獲頒耶魯大學榮譽博士學位。
1902	67	獲頒密蘇里大學文學博士榮譽學位。

1904	69	妻子歐麗維亞逝世。開始將許多妻子生前不喜歡的文章交給出版社進行編輯。
1905	70	前後發表《亞當日記》與《夏娃日記》。在兩篇內容中，深刻描述男人與女人的原型，以及男女天性上、思維上的種種差異，提出男人必須依靠女人的觀點。
1906	71	開始口述自傳。
1907	72	訪英。牛津大學授予他文學博士榮譽學位。
1909	74	三女珍逝世。 發表《斯托姆菲爾德船長天堂訪問記》，內容悲觀，深刻表達出其對人性的失望。後著手進行《神祕陌生人》（The Mysterious Stranger），由於觀點太過於偏激悲觀，認為其死後才能發表，但目前因手稿版本不一，出版情況混亂。
1910	75	四月二十一日，逝世於自建的斯托姆菲爾德山莊。 死後，《馬克·吐溫自傳》及各類小説、書信、演講、短文集陸續出版。

湯姆歷險記 / 馬克·吐溫著 ； 王幼慈譯
-- 初版. -- 臺北市：笛藤，2021.04
　　面；　公分
譯自 The Adventures of Tom Sawyer
ISBN 978-957-710-815-9(平裝)

874.57　　　　　　　　　　110005313

2021年4月23日　初版第一刷　定價360元

作者	馬克·吐溫
翻譯	王幼慈
編輯	江品萱
編輯協力	陳琇琳
美術設計	王舒玕
總編輯	賴巧凌
編輯企劃	笛藤出版
發行所	八方出版股份有限公司
發行人	林建仲
地址	台北市中山區長安東路二段171號3樓3室
電話	(02) 2777-3682
傳真	(02) 2777-3672
總經銷	聯合發行股份有限公司
地址	新北市新店區寶橋路235巷6弄6號2樓
電話	(02)2917-8022・(02)2917-8042
製版廠	造極彩色印刷製版股份有限公司
地址	新北市中和區中山路二段380巷7號1樓
電話	(02)2240-0333・(02)2248-3904
印刷廠	皇甫彩藝印刷股份有限公司
地址	新北市中和區中正路988巷10號
電話	(02) 3234-5871
郵撥帳戶	八方出版股份有限公司
郵撥帳號	19809050